U0590081

从前有座山

童亮 / 著

四川文艺出版社

图书在版编目（CIP）数据

从前有座山 / 童亮著. -- 成都：四川文艺出版社，
2023.7
　ISBN 978-7-5411-6639-6

　Ⅰ.①从… Ⅱ.①童… Ⅲ.①短篇小说 - 小说集 - 中
国 - 当代 Ⅳ.①I247.7

中国国家版本馆CIP数据核字(2023)第063418号

CONGQIANYOUZUOSHAN

从前有座山

童亮 著

出 品 人　谭清洁
责任编辑　邓　敏
封面设计　付诗意
内文设计　小　T
责任校对　段　敏

出版发行　四川文艺出版社（成都市锦江区三色路238号）
网　　址　www.scwys.com
电　　话　010-56421373 (发行部)　028-86361781（编辑部）

邮购地址　北京市朝阳区慧忠北里临甲11楼金利大厦413室　　100020
印　　刷　环球东方（北京）印务有限公司
成品尺寸　145mm×210mm　　　　开　本　32开
印　　张　11　　　　　　　　　　字　数　250 千
版　　次　2023年7月第一版　　　印　次　2023年7月第一次印刷
书　　号　ISBN 978-7-5411-6639-6
定　　价　49.00元

目 录

CONTENTS

蝴蝶蛊

世上的事情，有得就有失。

自从有了尾巴之后，我很少见人了。

好在我的工作比较自由，不是非得跟人打交道。在大部分时间里，我过着"闭门即是深山"的生活，简直像躲在深山里修行的老妖怪一般。

但还是不免偶尔有人非得要见。尤其是本来不相干的人。

在这一点上，我忽然理解了外公在世时的困境，也理解了外公的父亲为何迟迟不愿将自己的本事传给他。

后来外公想教我的时候，我妈就在旁大呼小叫："不要教坏了你外孙！你以为这是什么好本事？都是听人小叫的本事！"

老家的方言里，"听人小叫"是被人呼来唤去，做下人的意思。

人家房顶上梁，必定先来找外公算个好时辰。老人病倒，必定来找外公算算这一坎过不过得去。喜添新丁，必定请外公算算前程。昨夜做了不寻常的梦，必定问问是凶是吉。

哪怕是太阳落了山，鸡笼里少了一只鸡，都会来找外公掐算一下，看看鸡是走失了，还是被人偷去做了菜。

那时候的人若是要杀鸡做菜，给鸡放了血，还要将鸡头藏进鸡翅膀里，等它"过了山"，再把它当做一盘菜对待。在"过山"之前，它的灵魂尚在，是万万不能浇开水拔毛的。

鸡的灵魂和人的灵魂一样，过了那座看不见的山，才算真正告别了人间。

方圆几十里的人都说外公掐算厉害。可是外婆对此极其反感。

世上的事情，有得就有失。察见渊鱼者不祥。泄露天机的人自身会遭到反噬。

若是靠这个吃饭，也就算了。可外公自己种着几十亩水稻，不靠这个吃饭。别人为了表示感谢，送点猪油送点红糖，外公都不收。若是递上一根香烟，外公勉强接了点上，多一根也不要。

世上的事情，也没有万无一失的。

若是因为一些细节没有注意到，外公算错了，则很可能有人上门责骂。

不论怎样，都是得不偿失。

还别说，真的跟做下人一样。

可是来找外公的，大多是低头不见抬头见的熟人，即使外乡来的，不是沾了那家的亲，就是带了这家的故，算来算去多多少少有点亲戚故人的关系。何况来者都是客，想不接待都难。

我还在读大学的时候，记录了一些关于外公的故事。看了故事的人，也便像老家的亲戚故人一样来问我一些离奇古怪的事情。

绝大部分情况下，我都说："我只是在外公的耳濡目染下略懂皮毛，外公没教过我这些东西。"

后来大学毕业，参加了工作，依然有人找了过来，问我各种离奇古怪的事情。

我还是用那句话来搪塞。

有的人听我这么说，也就不问了。有的人仍然不依不饶。

吴东便是最锲而不舍的一个。

吴东是一个佛牌店的老板，最初找到我，是想讲一讲他的佛牌店发生的故事，希望我写出来。那时候我认为他是想宣传他的佛牌店，加之我对佛牌确实不太了解，所以甚至都没有答应听一听他讲佛牌店的故事。

后面几年里，他有事没事就给我留言："你要不要了解一下？"简直跟推销一样让人烦又让人莫名感动。

三年前，外公去世。我在朋友圈发了一条感慨：那个人走了，我所生活的那个光怪陆离的世界也被带走了。我甚至不再相信那些匪夷所思的事情曾经发生过，剩下的是一个无聊的没有任何奇迹的真实世界。

第二天，吴东发了一条微信给我。

"其实我也不相信那些匪夷所思的事情，很多来过我店里的顾客生活并没有因此发生任何变化，但是常有人来我店里表示感谢。所以你还是要相信，相信本身就有力量。"

那时候，我觉得他这段话是用来安慰我的，虽然隔靴搔痒一般没有什么作用，但心里还是感激他这一番话。

我从老家回北京后，他说他遇到了一件麻烦事，想约我见面聊聊。

他给我发了一个餐馆的定位，说要请我吃饭。

"吃饭就不用了，喝个咖啡吧。"我给他发了一个离我很近的咖啡馆的位置。

之所以不接受请吃饭，一个是我懒，不愿意见人，还有一个是我不觉得我能帮上什么忙，无功不受禄。

所谓麻烦事，他在微信里用好多长段的语音给我讲过。

他说，两年前有个女孩到了他的店里，问他有没有可以让她喜欢的人也喜欢她的佛牌。他给女孩推荐了一个蝴蝶牌。那个蝴蝶牌里有一只蝴蝶的形象，这个形象是由两只灵雀和一男一女两个法相组合而成的，里面由花粉和檀香木磨成粉混合在一起。

女孩拿起一个蝴蝶牌看了看，不太满意，又问他有没有效果更明显一点的。

他说："有一款加了人缘油的，价格要贵很多。"

女孩问："人缘油是什么？"

他说："用一百零八种情花和鬼木碾磨而成的油膏。为了增强效果，有的还会加入尸油、人的分泌物等。一般人不敢用。"

女孩说："要用就用最好的。我要了！"

他犹豫不决。

女孩问："你怕我付不起钱吗？"

他摇头道："不是，这种蝴蝶牌有一个禁忌，一旦让你喜欢的人喜欢上了你，你就要一直戴着它，不可以反悔。"

女孩问："不然呢？"

他缓缓说道："我不知道。"

女孩买走了加了人缘油的蝴蝶牌。

不到一个月，那个女孩就回到了店里，胳膊挽着一个高高瘦瘦的男人。

"我是来感谢你的。"女孩对他说。

他看到女孩脖子上戴着那个加了人缘油的蝴蝶牌。

"心诚则灵。"他客客气气道。

说这样的话，并不是客套。他更愿意相信是蝴蝶牌给了女孩信心，信心使得女孩获得了男人的青睐。

男人则小声嘀咕道:"你们女孩子就喜欢相信这些无聊的东西。"

"我就是从这里买了蝴蝶牌之后,你才喜欢我的。"女孩倒是一点儿也不避讳。

男人摸摸女孩的头,微笑道:"你真是笨得可爱!我喜欢你,并不是因为蝴蝶牌,是因为我们聊什么都聊得来。以前我看一个电影里说,喜欢一个人的感觉,就像是有千百只蝴蝶在心里起舞。那时候我觉得这种比喻莫名其妙。后来我见了你,真的感觉身体里都是蝴蝶,跟你说话的时候,好像蝴蝶要从我嘴巴里飞出来一样。那种奇妙的感觉是我以前从来没有过的。"

"那我没有蝴蝶牌之前,你怎么不跟我说话?"女孩撇嘴道。

男人无奈摇头道:"你怎么不信呢?要不你把蝴蝶牌取掉,看看我会不会不喜欢你?"

"就不!"女孩一手捂住蝴蝶牌,生怕被人扯了似的。

可是两年后,女孩又来到了他的店里。

这次女孩是一个人来的。

他在女孩的脖子上看了看,蝴蝶牌不见了,换了一条心形吊坠项链。

"我不想要了。"女孩朝着他伸开手掌。

那个蝴蝶牌在她的手里。

"这……"他以为女孩跟那个高高瘦瘦的男人分开了,她要以蝴蝶牌没有效果为由退货。

以前也不是没有这样的顾客。

"我不要你退钱,只请你收回这个东西。我太累了,我已经不喜欢他了,但是他像个狗皮膏药一样黏着我。"

他一愣,随即说道:"当初你要的时候我就说了,这个不可以反悔的。"

"我知道，就是从天猫买东西，过了七天就不包退换。我不是来退货的，但是要求售后服务总是可以的吧？"

"这……"他非常为难。

"你是专业做这个的，请你帮帮我。我实在是受不了他了。再这样下去，我会疯掉的！"女孩转而用起了苦肉计。

"这个……"他不知如何是好。

"当初我来你这里，是陷入了得不到他的巨大痛苦之中。现在我来你这里，是陷入了摆不脱他的巨大痛苦之中。那时候你可以救我，这时候怎么见死不救？"女孩说着说着哭了起来。

店里其他几个正在看佛牌的顾客朝这边看了过来。

"你别哭啊！你这一哭，别人还以为是我把你怎么了！"他着急道，"好吧好吧，我想想办法。佛牌你先拿回去，我去问问做佛牌的人，确定了收回的方法再联系你。"

"你不能现在就问吗？我是一天也忍受不了他了。"女孩不肯就这么走。

他猜想，女孩可能是真的忍受不了，也可能是怕他不肯收回，找借口推托。

"首先呢，佛牌一旦要了，是不能轻易反悔的。你就是收养了一只小猫小狗，也不能说丢就丢吧？非得反悔的话，只有制作它的那个人才知道怎么办。不过就算不死也得脱层皮。其次呢，佛牌不是我们本土的东西，当然现在很多店会自己做，鱼目混珠。可我都是从国外请来的。制作佛牌的人都在国外，有的做一两个就再也不做了，断了联系，不是说联系就立即能联系上的。"他耐心地解释道。

开了这个店之后，这样的话他说了不止一百遍。

每次说这样的话的时候，他就不由自主地想到不知道从哪个地方看到的一句话：人最大的痛苦是求而不得，比这个更痛苦的，是想要的都得到了。

"现在我比脱层皮还要痛苦。"女孩的态度异常坚决。

他好不容易劝走了女孩，抽了空赶紧联系国外给他提供佛牌的人，说明了这边的情况。

那个人却说，制作这个加了人缘油佛牌的人已经去世了。

那个人建议他问问国内的高人，或许能找到解决的方法。

于是，他想到了我。

可我哪里是什么高人？在此之前，我连蝴蝶牌是什么东西都不知道。

不过我倒是听外公说过一种类似的东西。

据说我们湖南的湘西有一种蛊，叫做情爱蛊。那边的姑娘若是看上了谁，就会在吃的饭菜或者喝的水里下蛊。谁不小心吃了或者喝了，就会爱上下蛊的姑娘。无论姑娘怎么对待他，他都会死心塌地。中了蛊的人无法发现自己被下了蛊，谁去劝也没有用。唯一的破解方法是姑娘自己承认是她下了蛊。姑娘一说破，中了蛊的人就如梦初醒一般，瞬间对下蛊的姑娘没了任何感情。

其实中了蛊的人有个非常明显的特征——第一，眼珠子上有一条扯断的细毛线一样的血丝横穿瞳孔；第二，目光时常有些呆滞。

可是只要下蛊的姑娘不说破，眼珠子上有血丝的人仍然如同猪油蒙了心一样执迷不悟。

吴东如约来到咖啡馆的时候，带了一个女孩来。我以为那个女孩是吴东的朋友或者店里的助理。

我们找了个相对安静的位置坐下。

吴东介绍道："这位美女就是我跟你说的那个女孩。"

我有点儿惊讶，聊这个事情非得把她也带来吗？

我心中迷惑，但立即致歉道："不好意思，我不是什么高人。吴东非得要跟我见见，我实在没办法了，才约到这里见一见的。我并没有什么办法可以帮到你。我小时候倒是听说湘西好像有一种蛊，跟蝴蝶牌有差不多的作用。"

女孩笑道："哪里哪里！我今天之所以跟着吴老板过来，是吴老板要我亲自跟你说，我不退蝴蝶牌了，免得你以为吴老板在逗你玩。"

我这才明白吴东的用意。

女孩说完，端坐在椅子上，仿佛出了神，目光有些呆滞。

"怎么突然改变主意了？"我问道。

女孩又笑了笑，说道："我突然之间发现我还是好喜欢好喜欢他。只要见到他，我就像是到了充满鲜花的世界里，身边有无数的蝴蝶飞舞。"

就在这时，一个高高瘦瘦的男人冒冒失失地冲进了咖啡馆，扫视一圈，目光落在了我们这桌。男人急匆匆地奔走过来。

"你到这里来做什么？我说过了，不要相信这些无聊的东西。"男人一边责备她，一边抓起了女孩的手，要拉她离开。

"我只是要告诉他们，我不退我的蝴蝶牌了。"女孩说完，充满歉意地看了我和吴东一眼。

我看到她的眼珠子上有一条明显的血丝，仿佛蛇芯子一样从黑色的瞳孔横穿而过。

虱子寿

只是感触各不相同，一个世界便成了万千世界。

对于大多数动物来说，尾巴是能表达喜怒哀乐的。尤其是狗，摇头摆尾的，喜怒哀乐都藏不住。有尾巴的动物从脸上看不出太多的表情。

据说人以前也是有尾巴的，可能是为了隐藏真实的情绪，尾巴藏了起来，渐渐退化掉了。没有尾巴的人情绪大多表达在脸上，这或许是区别于动物的一个特征。

可是人在脸上表达的情绪很多不是真实的，明明很喜欢却要表现出不在意的样子，很讨厌偏偏却要表现出恭迎奉承的样子，或者在想哭的时候笑了，在想笑的时候却哭了。

我有了尾巴后，常常在静坐的时候抚摸毛茸茸的它，想象着人和动物的种种区别。

我记得小时候大人不让我们触碰有尾巴的东西，比如猫，比如狗。

理由是猫狗身上有虱子，如果摸了碰了，虱子很可能跑到人的身上来，钻到头发里。虱子一旦有了一只，就会越来越多。

那时候人们取水没有那么方便，也没有现在这么多种类的沐浴露洗发水，洗澡洗得不是那么勤快，不是那么干净。虱子很难除净。

遇到阳光明媚的日子，大人便会搬椅子出来晒太阳，顺便把小孩子捉到怀里，在小孩子的头发里寻找虱子。虱子如头皮屑大小，捉到手里了，指甲用力一掐，发出轻微得几乎听不见的"啪"的一声，虱子如小气泡一样破裂，这才扔掉。

那时候还有一种类似梳子的东西，齿比梳子的密多了，比梳子的细多了，叫做篦子。

梳子是梳头发的，篦子主要就是为了清理虱子的。

篦子扎进头发里，会夹住头发，往下一梳理，虽然头皮会被拽得生疼，但虱子被密集的齿从头发上捋了下来。

在以前，有的姑娘会将篦子送给心爱的人作为信物。

小孩子头皮软，是用不得篦子的，所以大人趁着阳光用手去捉。

之所以要将虱子掐破，是怕虱子又爬到在地上打滚的猫狗身上去。

有这么一个说法，有的猫狗或者是山上下来的有尾巴的动物一旦将身上的虱子传给了人，人就会沾上动物的气息，这还不是紧要的。这种虱子一旦从人的身上掉落，若是恰巧闻到了当年那只动物的气息，就会循着气息爬到那只动物身上。那只动物身上便会沾上人的气息。

那只动物就能从人的身上借走寿命。它本来会遇到的劫难，很可能会让那个人挡掉。

我时常在阳光照到阳台的时候仔细查看我的尾巴，看看有没有生出虱子。

好在现在的洗漱用品清洁功能都很不错，尾巴非常干净，没有一只虱子，在阳光的照耀下如缎子一般发光。

吴东找了我一次之后，就时不时在微信里问我有没有空一起喝个咖啡。有时候是发文字问，有时候是发语音问。好像他的店里没有什么事情闲得发慌一样。

我不太喜欢跟人发语音。文字安静多了。

他发的语音里不仅有他的声音，还常常有其他的声音，绝大部分是郭老师讲相声的声音。

他应该经常在看郭老师的视频时给别人发语音。

有一天，他忽然发了一段语音过来："你听说过用虱子做蛊的吗？"

语音里同时有鼓掌的声音，应该是他看的视频里观众们正在为郭老师鼓掌，被他的手机一并录进来了。

自从上次跟他说过湘西的情爱蛊跟他店里的蝴蝶牌有差不多的作用后，他对蛊产生了极大的兴趣，经常在朋友圈里分享怎么养蛊、怎么下蛊的传说和相关却不靠谱的图片。

我猜他频繁地问我有没有空，是想问我关于蛊的事情。

我不想跟人聊天的时候聊这种话题。我宁愿安安静静地看些古代志异的书，或者听别人说说离奇古怪的事情。

我回复他："没听说过。你问这个做什么？"

他很快又发了语音过来："店里今天来了一个顾客，她说她肯定被人下了蛊，头发里经常有虱子飞出来。"

语音里同时发出一阵"吁——"的嘘声。郭老师的粉丝们经常这样起哄。在这里听起来，好像是嘘吴东一样。

我回复道："那肯定不是虱子。虱子不会飞。"

说到这里，我忽然想起外公曾经跟我说过蛊就是谷。古人说，谷之飞，亦为蛊。养蛊的人也叫谷人。

外公说，蛊是湿热生虫，有些蛊其实很常见，萤火虫就是蛊虫的一种。因为腐草生萤，放久了的草因为湿热而腐烂，生出萤火虫来。

那时候我非常惊讶，原来蛊离我这么近！

外公还说，谷壳生出的虫能飞，米糠生出的虫不能飞。你知道为什么吗？

我心想，糠不就是打碎的谷壳吗？怎么生出的虫子就一个能飞，一个不能飞呢？

我摇头说，不知道。

外公没有告诉我答案，只是轻轻敲了敲我的额头，说，再想想。

在很多问题上，外公不会给我答案。

以前偶尔跟着他学几句口诀，遇到"冬土如铁，春土如雪"这样的口诀，我问他这是什么意思。他却反问我："你们学校里的老师没有教过吗？你都读大学了，怎么这都不知道？我们那时候读古书，起椽差不多相当于大学，起椽的话至少是通了《易经》的。不说多懂，至少是通了。你没读过《易经》吗？"

那时候我何止没有读过《易经》，连他说的"起椽"都不知道是什么意思。

后来我读了《易经》，但至今还不知道起椽是什么意思。

这时候我的电话铃声响了。

显示是吴东打过来的。

我接了。

"如果不是虱子，那会是什么？要不你过来看看吧！或者我带她过去也行。"他在电话那头焦急地嚷嚷。

"我能看出什么名堂？"我是真的觉得帮不上什么忙。当然，更重要的是我真的不想见人。

我回头看了看身后的尾巴。

尾巴蜷缩了起来，也是一副慵懒不愿出门的样子。

"万一可以呢？这样吧，我先发一张照片给你，你看一看再决定。你别挂电话，现在打开微信看一看。"吴东说道。

我打开微信，看到了吴东发来的照片。

照片上是一个女孩，不看头的话，穿着打扮还挺时髦。可是那张脸枯黄，有明显的黑眼圈，眼睛空洞无神。尤其那头发，仿佛农村淘气的小女孩刚在稻草垛上打了滚一样，凌乱毛糙。头发里能看到一些如同细碎纸屑的白点，那应该是吴东说的会飞的虱子。

从照片上看，确实非常古怪。这个女孩的头和其他地方差别太大，不像是一个人，而像是由两个人组合起来的。

不过我还是不愿意见，于是回复说："可能是精神有什么问题。你最好建议她去正规的医院看看。"

吴东说："她前几天就来过，我给她推荐了我一个在精神科的医生朋友。你猜我那医生朋友怎么说？"

"他没办法吗？"我问道。

"他说，心药未必能治心病，有的精神问题关键在于打开心结。他说，既然这姑娘这么相信自己是中了蛊，最好是用她相信的办法让她觉得自己解了蛊。"

"医生这么说的？"

"是啊。他说他做医生这么多年，发现治疗有两种方法，一个是吃药，一个是相信。我跟她说，你肯定能帮她解蛊。行不行的，你先试试，说点好话劝解一下，说不定有效果。"吴东说道。

经不住吴东劝说，我答应在上回跟他见过面的咖啡馆再见一面。

吴东带着那个女孩坐在我对面的时候，我就暗暗一惊。这女孩身上带着一股老人身上才有的气息。

经吴东介绍，我得知这个女孩名叫郝妍。

郝妍一坐下来就说："听吴老板说你是湖南人，以前接触过蛊，那我就不瞒你了。我身上的蛊是我爸下的。我爸下蛊是从我奶奶那里学的。我奶奶是从湘西嫁到我老家山东的。"

吴东一脸惊讶："你怎么没有跟我说这些？"

郝妍说："因为你不相信这些东西，也没有接触过，说给你听，你只会觉得我精神不正常，又要我去找你的精神科医生朋友。"

我差点儿笑场。

"好吧。"吴东无奈耸耸肩。

其实有好多看过我故事的人会在我的公众号发私信，其中不少人说的第一句话是"我觉得你会相信，所以说给你听。我不敢说给身边人听，怕他们以为我是疯子"诸如此类的话。

其实即使他们说出来了，我也未必相信。我不是不相信他们说的事情，而是不相信事情就是他们看到或者感受到的那一面。

每个人看到的那一面，就是那个人所在的世界。

大千世界，其实在同一个世界。只是感触各不相同，一个世界便成了万千世界。

"你爸怎么会给你下蛊呢？是亲爸吧？"吴东问道。

这也是我想问的。

"是亲的。我奶奶去世之前，一直吊着一口气不断。家里其他的人都在身边，她要等她在上海的外孙赶回来见最后一面。可是她觉得自己等不到了，总是流泪。我爸就在奶奶的头上捉了一个虱子，偷偷放到了我的头发里。我爸趁我不在旁边的时候安慰奶奶说，我给您下了虱子蛊，借了三天寿命。虱子蛊您以前教过我的，您放心吧。

你外孙得到消息了，买了明天的票，从上海回到市里再转车回来，最多三天时间。"说到这里，郝妍眼眶湿润了，拿起纸巾擦眼角。

"原来是你奶奶……"吴东小声道。

郝妍打断了他："为了奶奶也就算了，可是奶奶心头挂念的不是我，而是我的表哥她的外孙。我爸怕我知道，一直没有告诉我。后来我的头发总是长虱子，不经意听到我妈和姑妈说起了这件事情，我才知道这是虱子蛊。我表哥确实优秀，中学的时候就获得了什么创意奖，去上海领奖的车费也是奶奶掏的。后来他被上海的大学破格录取，奶奶到处跟人炫耀。我就一直普普通通，又是女孩，奶奶重男轻女，好像没有我这个孙女一样。奶奶去世后，表哥离开上海来了北京，在西单那里开了一个新媒体公司。最近网上非常火的那个养宠物狗的红人，你们刷到过吧？那就是我表哥他们公司推出来的。而我天天朝九晚六，一成不变。要是奶奶还在世，肯定天天嘴边挂着的还是我表哥，天天逢人就说，我们家忆寒怎样怎样。"

"忆寒？"我吃了一惊。

她说到上海的创意奖，又说到从上海到北京的时候，我就想到了我以前上班的一个名叫忆寒的同事。他是山东人，中学时候就获过全国知名的大奖，在上海待了两年之后来了北京。不过他是在上了一年多的班之后再创业做的一个新媒体公司，确实做得不错，签了好几个比较有名气的网络红人。

郝妍应该不知道他来北京之后吃了一段时间的苦才开始创业的，以为她表哥一来北京就飞黄腾达了。

世界真是太小了！

更巧的是，我不但认识她的表哥，还听她的表哥讲过她奶奶去世的往事。

忆寒跟我说他外婆的事情，也是因为知道我写了一些我外公的故事，看了我写的故事之后，跟我聊起亲人之间会不会有感应。他说他以前不相信什么感应，是他外婆去世的时候经历了一些事情，就相信了。聊着聊着他就跟我分享了他的经历。

他的那段经历也挺离奇的。

他说他在上海上班的时候，有一天晚上突然梦见了住在老家的外婆。

外婆住的房子是老房子，老房子的大门前面是一个很深很深的窄巷道。巷道两边是村里的其他人家。

跟我小时候经常在外公家住一样，他说他小时候经常在外婆家住，外婆对他特别特别好，两个人之间的感情特别特别深。

他在上海的时候常常打电话给外婆，嘘寒问暖，聊些家常，但是几乎从来没有梦到过外婆。

在梦里，天空下着大雨，他看到外婆站在那个狭窄的长长的巷道里。外婆手里打着一把伞，眼睛朝他这边望着，很焦急的样子，好像是在等他回来。

奇怪的是那把伞很小，小得奇怪。因此即使打了伞，外婆的鞋子还是被打湿了。

梦醒之后，他心里不太舒服，想要打个电话问问外婆怎么样。

正要拨电话，电话就响了。是他爸爸打过来的。

爸爸告诉他说，外婆不行了，现在已经是吊着最后一口气，痛苦得很，非得要等你回来，见你最后一面。

他浑身一凉，赶紧买票，可是当天的票没有了。他只好买了第二天最早的票。即使第二天到了市里，再换大巴回去，也是第三天才能到家。

赶了将近两千多里的路，可惜就在最后不到半里的距离时，外婆咽了气。

他刚刚走到梦里那个又长又窄的巷道前，忽然听到前方外婆家里传来了亲人们撕心裂肺的哭声。

他的妈妈见他回来，哭得更加厉害。

他的妈妈抱着外婆痛哭："您都咬牙等了三天了，怎么就差了这么一会儿啊！"

他却想着，外婆的魂魄刚才没有在屋里，应该是站在巷道里等着他的。魂魄见他来了才走的。

所以在他心里，外婆是见着了最后一面的。

只是其他人不知道而已。

按照当地习俗，外婆生前的衣物都要烧掉，让外婆在那边也可以用上。

亲人们将外婆生前用过的帽子围巾衣服袜子鞋子都找了出来，堆在一起烧了。

等到丧礼办完了，他忽然发现有一双布鞋放在桌子上显眼的地方。

他一眼就认出来那是外婆生前穿过的鞋子。

或许是放得太显眼，又是在桌子上，不是在柜子里，帮忙办丧事的人以为那是别人特意放在这里的，就没有动它。

或许是亲人们一时大意，清理其他东西的时候偏偏忘了这双鞋子。

在他的梦里，外婆脚上穿的正是这双布鞋。

原本没有哭的他，见到这双被遗忘的鞋子，顿时心头一酸，哭得不能自己。

他哭着伸出手去拿那双鞋子，发现鞋子竟然是湿淋淋的，里面都是水！

"外婆在梦里等我，怎么会把鞋子打湿？难道梦里发生的是真的吗？"他问我。

我没能回答他。毕竟外公有时候都无法给我答案。

"你认识我表哥？"郝妍问道。

"不好意思，我去一下洗手间。"我站了起来，往洗手间走。

到了洗手间，我打了一个电话给忆寒。

"那个……你听说过虱子蛊吗？"我问忆寒。

忆寒迟疑了片刻："我外婆就会呀。你问这个做什么？"

"哦，没什么，我不是对这些奇奇怪怪的东西感兴趣嘛，刚听朋友提到了，想问问你。"

"这样啊。这事情我知道一点点。以前听家里人说，我表妹是早产儿，身体弱得很，生下来后头一年都住在医院里，随时要急救。我们那边有句话叫做七活八不活，就是七个月的早产儿容易活，八个月的反倒不容易。也不知道是不是真这样。我表妹就是八个月生下来的。所以那时候家里人都很担心。医生也说，这孩子挺得过一年，就会好起来，挺不过去，恐怕就难救回来了。我舅舅舅妈天天以泪洗面。没想到外婆说有解决的办法。听舅舅他们说，外婆用的是虱子蛊，可是小孩子哪有虱子？外婆想办法用潮湿的谷养出了一些会飞的虫子，然后将虫子放在表妹的头发里，养一阵子后，将虫子拿出来放到了她自己的头发里。据说这样可以让外婆借给表妹一年的寿命。不过这种蛊要借一换十。借了表妹一年，外婆要少十年寿命。

家里其他人不相信，但好歹表妹过了一年之后好起来了。舅舅相信外婆的虱子蛊起了作用，还学了怎么下蛊来着。不过这件事家里人都瞒着表妹，怕她多想。"

他稍稍停顿了一下，接着说："后来我外婆等我从上海回去见她最后一面，舅舅见她担心自己撑不住，就跟外婆说他用虱子蛊从表妹那里借三天时间。外婆死活不肯。舅舅说，十年你都肯给，三天都不肯要吗？外婆说，要我给她一条命都可以，要我取她一天我舍不得。舅舅说，我是已经下了蛊才跟你说的。肯不肯都已经借了。这件事情家里人也是瞒着表妹的，不让她知道。"

从洗手间回到座位上，我胸有成竹地喝了一口咖啡，然后说道："你这个虱子蛊我大概知道一些。不过你放心，它们不是来借你寿命的。"

"不是吗？"她不放心地问道。

"你回你住的地方看看哪里有谷子之类的东西，尤其是潮湿的地方。"我说道。

既然她的奶奶不可能用虱子蛊借她的寿命，那么这些飞虫的来源只有一个可能性了。

吴东狐疑道："现在城市里谁还把谷子放在房子里？"

我说："比如枕头里面，有的人喜欢用荞麦枕头，谷子枕头。或者你有没有养小宠物，专门吃谷子之类的东西？"

"我养了一只鹦鹉，房间里确实放了一些谷子，都是给它吃的，给它喂水的时候打湿过。"郝妍说道。

没想到还真被我猜中了。

"你换新的，放到干燥有阳光的地方。过两天，你头发里就没有这种虫子了。"我说道。

"你的意思是这不是蛊吗？是我弄错了吗？"她还是不太相信。

我说道："是蛊。谷之飞，亦为蛊。只是换新谷还不够，你有空了问问你爸爸，你刚出生的那一年里发生了什么。到那时候，你才真的解了蛊。"

吴东和郝妍走了之后，我又打了一个电话给忆寒。

我问他："你相信你外婆是谷人吗？我老家那边说，会下蛊的人也叫谷人。稻谷的谷。"

他沉默了一会儿，说道："我也不确定。刚才挂了电话才想起来，舅舅说他按照外婆的方法下了蛊之后，外婆却说，哪有什么蛊哦，当年孙女在医院，你们担心，我也提心吊胆啊。为了不让你们担心，我才用这个蛊来安慰你们的。舅舅问她，那你为什么不肯借孙女三天时间？外婆说，怕真的有作用啊！"

画
蛊

据说每个人都有一个种子识，种子识里全是上辈子的记忆。

"如果你喜欢他，就把他画下来，尽量画得像一点，画得不像也没有关系，你心里知道是他就行。不要写名字，也不要写他的生辰八字，尤其千万不要给别人看。你想他的时候，就用针在食指尖上取一滴血，左右手都可以，不要多了，就比芝麻还小的小小一滴，抹在画像的嘴上。一次就好了。你还需要一点儿耐心，等七七四十九天后，把这张画烧掉，将画的灰烬收集好，等他喝饮料或者咖啡的时候偷偷加进去。他喝了之后，就会喜欢上你的。"

"放屁嘞！我学的是油画，那么多颜料加进去，喝了万一中毒死了呢？"

我转头一看，是两个女孩在后面那桌聊天。

这个咖啡馆很大，但是疫情的原因，人很少，相对来说比较安静。她们两人说的话都被我听到了。

其中一个女孩身边放着一个画板，手上沾了没有洗干净的各种颜色的颜料，仿佛双手被彩虹染了色。她一副稚嫩学生的模样，一看就知道是刚才自称学油画的那位。

在她对面坐着另一个女孩，看起来年纪要比她大十几岁。

年纪稍大的女孩双手干干净净，手上戴了三四个不一样的戒指，眼睛里有狐狸一样狡黠的目光，好像饿极了的时候看到了猎物。

我不知道狐狸眼女孩为什么要教画画的女孩这些东西，但我知道狐狸眼女孩很有可能是不怀好意的。

我将椅子往后仰了一点儿，插话道："你知道画上为什么不能写名字吗？"

她们愣了一下，没想到我会加入她们的话题。

狐狸眼女孩摇了摇头。

"因为重名的人很多。写了名字，就可以代表别的叫这个名字的人。"

"哦，原来是这样！"狐狸眼女孩恍然大悟道。

"你知道为什么不能写生辰八字吗？"

"八字一样的人很多？"学油画的女孩问道。

我点点头："是的。那你知道为什么不要给别人看吗？"

她们摇摇头。

"不同的人看到同一幅画想到的事情不一样。别人看了以为是其他的人，就不灵了。"我说。

"哦……是这样啊……"狐狸眼女孩露出难以置信的表情，"你是怎么知道的？你是会画画的谷人吗？"

"谷人是什么意思？"学油画的女孩皱起眉头问道。

"会蛊术的人叫草鬼，也叫谷人，稻谷的谷。"狐狸眼女孩解释道。

我摆了摆手，说："我不是谷人。我也不会画画。我只是想告诉你们，如果不是那么了解谷人的话，最好不要去尝试谷人的方法。"

说完，我起身去前台付了钱，离开了咖啡馆。

其实我曾学过一段时间的绘画，甚至差点儿报个成人绘画班。

我不是想做什么画家，我是想把我的尾巴画下来。

不过很多事情我都是三分钟热度，想归想，真要去做的时候，又犯了懒。

我想过去全国各地走一圈，想到要坐高铁要订酒店，就放弃了。

我想过出国去看看，想到还要办护照，也放弃了。

以前我还想过要学一门乐器，吉他啊，笛子啊，口琴啊，随便哪一样都行。为此我还看过一些乐器入门的教学视频，甚至做梦的时候梦到自己谱曲填词，梦里自己唱了出来，竟然觉得非常好听，歌词甚至催我泪下。梦醒之后觉得可惜，幻想着要是有一个可以将梦里的声音录下来的东西就好了，接着填的词也忘得一干二净。

最后还是因为懒，学乐器的计划也搁了浅。

前单位做我助理的花生就不一样了。她听说我想学画画，她说她也想过，于是报了班学了起来，有模有样地画了好多画，还真是画得不错。

偶尔一次她听说我想考研，她说她也想过，于是报了辅导班，第二年顺利考上了本市师范大学的研究生。

花生的真名不叫花生，她非得要身边同事都叫她花生，说是谐音"好事发生"。最后她通过自己的努力，让该发生的好事都发生了。

有一次，我在朋友圈看到花生又发了一张她画的画。

我在下面评论说："我现在又想学画画了。"

她回复一个惊讶的表情，然后发了文字过来："你还没有学吗？我以为你上次说想学的时候就报了班。本来想问你报的班怎么收费，结果我有个朋友也在学画画，我就报了我朋友的班。我们从初级班都上到高级班了。"

我说："我要向你学习，我太懒了。"

她说："这样吧，刚好这个周末我们班的学员和老师一起在798艺术园区这边办画展，你有空的话过来看看，感兴趣的话，可以直接在这边报名，从初级班开始学。你报名的时候就说是我介绍的，这样我的学费可以减少五百块钱。哈哈哈哈，反正你不说是我介绍来的，学费也不会少。"

我知道我不会报名。平时连人都懒得见，怎么可能天天按时按点去培训班？

但我决定还是去看一看。

有意思的展我还是愿意去看看的，一个是那个艺术园区挺大的，据说五六十年代那里是一大片工厂，后来工厂停了，直接将厂房改造成了艺术区，里面经常有一些有意思的展，还有一个更重要的原因是那个园区离我住的地方不远，打车二十分钟左右就能到。

我让花生将画展的具体地址发给了我。

花生发了地址，然后千叮咛万嘱咐，要我一定要去画展，给她的画捧捧场，还要在她的画前面多站一会儿，最好拿出手机多拍几张照片，显得她的画有人欣赏。之后还要发朋友圈赞叹一番。

我跟她已经好久没有见过面了，没想到她还这么虚荣，还虚荣得这么坦诚。

没想到周末的时候下起了雨。

要是平时下雨，我就不出门了。可是我答应了要去画展拍照的，只好打车去了艺术园区。

我以为雨一会儿就会停，连伞都懒得带。

在园区门口下了车，我冒着雨找到了画展所在的位置，我急忙去找花生的画，想拍了照赶紧走。

展厅里有百来幅画，画的都是民国时期的人物肖像。画的右下角都有一个标签，标签上有作者的署名。

我想这应该是一次民国风的展览。花生考上本市的师范大学后跟我说过，这个学校的老师很有五四青年的遗风，指点江山，激扬文字，让她又敬又爱。难怪她要参加这次画展。

我进门之后便一张一张地找。

找了一圈，却没有看到"花生"二字，也没有看到她的真名。

我抬起手来，轻扫头发，想将头发上的水弄掉一些。

这时，我听到有人发出了"哎呀"一声惊叫。

我转头一看，一个女孩站在我旁边，她正惊恐地看着墙上的一幅画。她身上穿着民国时期的校服，上面是蓝色短袖衫，下面是黑色中长裙，像是从墙上的画里走出来的。

"怎么啦？"我担忧地问道。

女孩指着墙上的画，对我说道："你……你怎么把水弄到画上了！"

我朝墙上的画看去。果然，画上有几滴水。

画中有一个女孩，穿的衣服跟这个女孩差不太多。

"不好意思，不好意思！我刚才弄头发……不小心……"我愧疚万分，连连道歉。

"这画沾了水，颜料就会洇开，这画就毁了！"画外的女孩痛惜地责备道。

"实在不好意思，这画我买我赔都可以。"我知道有些画不是说赔就行的，可是一时之间不知道如何表达歉意。

我一边说着，一边看那幅画，越看越熟悉。

刚才看了一圈，忙着在标签上找花生的名字去了，没顾得上好好看画。

这一看，我发现画中的人越来越像花生。

我心想，难道这么巧，这幅画就是花生的自画像吗？

可能是花生的绘画水平还没有达到惟妙惟肖的程度，画中的花生看起来有点老。

最近抖音和快手之类的软件上有将自己的容颜从小到老演示一遍的功能，莫非花生是从这里面获得灵感，故意将自己画老的？

我看了看旁边的标签，落款居然是"佚名"。

"整个展厅里就这一张画是不对外出售的。"画外的女孩提醒我说。

"那怎么办……要不，麻烦你让我见见这幅画的作者？我跟她说说看。"我祈祷着这就是花生画的。

好巧不巧，一滴雨水落在了画中女孩的眼角，水珠缓缓滑落，好像是那画中女孩流下了泪水。还有一滴雨水落在了女孩的嘴角，水珠顿时变得通红，好像血一般。

画外的女孩生气地"哼"了一声，转身进了展厅右侧的一个房间里。那里应该是展会员工办公的地方。

不一会儿，那个女孩出来了，摆着一副臭脸跟我说道："我老师叫你过去。"

我心想，看来那幅画是绘画班的老师画的。

我走进那个房门，发现里面还挺大的，但是散发着一股微微发腐的气息。

这种气息我小时候走进老人的房间才会闻到。

据说每个人都有一个种子识，种子识里全是上辈子的记忆。这种记忆很难再次开启，除非看到上辈子看到过的人或者风景，或者闻到上辈子闻到过的独特气息。不过即使开启，这辈子也只是短暂地觉得似曾相识或者无比熟悉，过后也便不了了之。

外公说，这是对人自身的一种保护。记起上辈子的事情又能怎样呢？时过境迁，物是人非。就算你可以回到过去，其他人也回不去了。因此产生了另一种说法——人只有今生，没有来世。

且不说来世，人在长大的过程中，将小时候的许多事忘得差不多了。偶尔一天看到了什么似曾相识的东西，或者闻到了什么似曾相识的气味，忽然想起小时候那段几乎忘记的碎片一样的往事，恍如前世今生。

我记起上次闻到这种微微发腐的气息时，是在画眉村的一个老婆婆屋里。

那次是外婆带我过去的。

外婆之前借了那位老婆婆十升谷，自己家稻田收了之后便还回去。

去之前外婆就交代了，要是老婆婆留我们吃饭，那是万万不可答应的，要是给你吃的，你接着，不接的话她会生气，但是不要吃，出了门再扔到池塘里喂鱼。

我问外婆，为什么不能答应吃饭？

外婆说，她家里的谷都是陈年的，大多长了飞虫。要是吃了她家的饭，容易鬼迷心窍，说胡话。她家里的米糕也是用陈米做的，所以不要吃。你姥爹在世时，谢小米吃过一回，结果吃完走路东倒西歪，差点儿跌进池塘里。

那时候我还不知道姥爹的故事，以为外婆说的谢小米就是姥爹的续弦，我的曾外祖母。后来我才知道不是。

到了老婆婆的房间里之后，我闻到一股腐烂的气息。

我感觉到屋里的一切都在腐烂，不仅仅是外婆说的陈年谷子。凳子、椅子、床、桌子、衣柜以及放在角落里的衣槌，似乎都在腐烂。但凡跟潮湿地面接触了的地方，都长了非常浅的青苔，包括紧挨地面的青砖。

老婆婆的身上也散发着这种气息。好像她要跟屋里的一切一起腐烂，却没有人发觉。她自己也没有。

我看到半人高的台柜上面放着一个相框，相框里有一个穿着民国服装的女孩，女孩站在一棵桃树下，抬起一只手，捏着树枝上的一朵鲜红桃花。

我看得入了神。

老婆婆走了过来，悄悄跟我说："我告诉你一个用画做蛊的秘密，你长大后可能用得着。如果你喜欢一个人，就把那个人画下来。不要写名字和八字，然后在食指尖儿上取一滴血涂在上面。过不了七七四十九天，那个人就会喜欢上你。对了，还有一个要注意的，成功之前不要给别人看。"

接着，老婆婆还告诉我，为什么不能写名字和出生时辰，为什么不能给人看。

我忽然回过神来，刚才那幅展出的画落款是佚名，莫非就是因为不能写出名字？

就这一瞬间，我仿佛从老婆婆房间里的小娃娃突然变成了大人。我很想立即掏出手机来，给我妈拨一个电话，要她赶紧去画眉村看一看，说不定外婆还没来得及走，说不定老婆婆的老屋还没有倒塌。

正这么想着，一个戴着眼镜的面色苍白的男人打断了我。

"那个……请问……就是你弄了水在我的画上吗？"男人扶了扶鼻梁上的眼镜。说话的声音细得好像该道歉的人是他一样。他不该把那幅画挂在那里，挡住了我从头发上掸出去的水珠。

"实在是抱歉！我来找一个朋友的画，结果……"我不知道该如何说后面的话。

"那可是我喜欢的女孩。"男人说道。

我愣住了，心中更是愧疚万分。

"我只见过她一回，那次她来上我的课，她正在削笔的时候我从旁边经过，我弯下腰要看看她的画，她手里的削笔刀不小心划在了我的下巴上。"他仰起头，指了指下巴，那里果然有一条一寸来长的伤疤。

如果不是仰起头来还看不到。

"从那节课之后她再也没有出现过。我听说过一种用画做蛊的方法，把喜欢的人画下来，再涂抹一滴血色，就会让那个人来找我。刚才学生告诉我说有人弄了水在我的画上，我还以为是她来了。"说完，他叹了一口气。

"您是她的老师吗？"我惊讶地问道。

他思索片刻，回答道："说不上。她应该是跟着朋友来听了一节我的课。"

"您是师范大学的老师？"我又问道。

他点点头。

我差点儿说出花生的名字来，但是想了想，不对呀，这里不是花生的高级班办的画展吗？这位老师怎么说只见过花生一面呢？还把花生画得老了好几岁的样子？

我觉察到事情有点儿不对劲，打算待会儿先给花生打个电话问清楚再说。

"你认识画上的女孩吗？来的恰巧是你，说不定你跟她认识？"他又扶了一下眼镜。

"不不不……不太认识。"在没有获得别人的许可之前，我不能随便透露别人的信息。尤其是在这种奇怪的事情上。

反正等花生确定可以说了，我再过来找他也是一样的。

"哦。不好意思，唐突了。你走吧。"他竟然给我道歉。

"那个画……"

"没关系，你走吧。"他摆了摆手，接着嘀咕道，"看来这个方法不灵啊。"

我出了那个房间，走出展厅，回到了外面。

外面还在下雨。几乎没有什么行人。

工业气息的厂房在雨中静默，如六七十年前一样。更远处一座挺拔的玻璃大厦却散发着这个时代的繁荣气息。时间就在近处的厂房和远处的大厦之间撕裂。

或许正是这种时空错乱的感觉让艺术家们选择了这里。

我拿出手机，拨了花生的电话。

花生接了。

"你发错了位置吧？我没看到你的画呀！"我说道。

花生说："你等一等，我看看。"

静默了一会儿，她说："我看了，没发错啊。是不是你走错了？你按导航走。我就在画展上呢。"

我挂了电话，开了导航，发现花生的画展与刚才的位置就隔了一条街而已。我该往左走的，结果往右走了。

走过那条街的时候，我想起我和外婆从老婆婆那里回来后，我问外婆："老婆婆屋里那幅画是什么人画的啊？"

外婆说："是斗爹生前画的。"

"我还以为是她自己画的。"

"她也会画，她是专业画画的，年轻的时候到这里老河边上写生，恰好看到那时候也年轻的斗爹在老河对面画画。她觉得挺奇怪啊，农村里还有画画的？她就过了桥来看斗爹画什么。一看，原来斗爹画的是她。于是，她就留在了这里。"

"她刚才跟我说可以用画做蛊。"我说道。

这时外公听到了，走过来摸摸我的头，说道："她就是相信这回事，才中了斗爹的蛊。"

我听得云里雾里。相信就会中蛊，不相信就不会吗？

我正想着，花生的声音打断了我的思绪。

"这里！这里！你怎么走到对面去了？"花生站在展厅的门口大喊。

我看到她的身边站着一个陌生的男人。

"对面也有一个画展，我搞错了。"我说道。

"对面哪有画展？"花生朝对面看了看。

我回头一看，那是一个工艺品商店。刚才的画展不见了。

"跟你介绍一下，这是我男朋友，在派出所上班。"花生给我介绍身边的陌生人。

他点点头，伸出手来。

"你好你好！"我连忙伸手去握。

展厅门口有台阶。

他站在台阶上，我站在台阶下，从下往上看，他下巴上一条一寸来长的伤疤非常醒目。

我一惊。

他意识到我看到他的伤疤了，指着下巴解释道："办案的时候不小心被人划了一刀。"

花生在一旁笑着说："哈哈哈，你相信吗？我相亲了好多个，没有一个中意的。跟他相亲的时候，看到他这条疤，不知道为什么，心里就说，就是他了！"

人
蛊

人心陡峭，险如悬崖，一不小心就堕入万丈深渊。

农历二月，正是桃花盛开的时候，我应邀去了一趟北京郊区，给一位朋友即将建房子的地方看风水。

其实我不会看什么风水，但是朋友一而再，再而三地要我来，说什么不看也行，就当做郊区一日游，散散心。

我懒于走动，别说郊区了，就是隔壁小区都不愿意去。

可是周末那天，朋友的车开到了我的楼底下，说是专门从郊区开了两个多小时过来的。盛情难却，我只好答应随便看看，当不得真。

我在朋友的车上坐了两个多小时，一路上高楼和红绿灯越来越少，最后都没有了，树木越来越多，山也越来越高，最后终于来到了郊区农村的一个大院前。

我看到大院对面有一块空地，上面撒了横竖交叉的石灰，像是小孩子要玩什么游戏，可是小孩子都跑了。

空地中间有一棵盛开的桃树，朝阳的一面桃花已经盛开，背阴的一面仍是花骨朵。桃花红似旧时候农村写喜帖的纸。据我外公生前说，那种纸在更久以前被女人使用，折起来，放到嘴唇间含一下，便会将嘴唇染红。

"我就是想在那里建新房子。"还坐在车里的朋友一手扶着方向盘，一手指着桃树所在的地方说道。

我却后背一凉，只想赶紧回去。

果不其然，朋友补充道："当年我爷爷就是在那里上吊的。"

这句话证明了我的第六感是正确的。

但直觉告诉我，事情不止这么简单。

他要是早这么说，我就不来了。

大概是十天前，我正在阳台上晒太阳，顺便在尾巴的毛里面找虱子，这时一个陌生电话打了过来。

我以为是快递小哥的，便接了。

"你还记得我吗？"是一个男人的声音。

我想了想，想不起来。

"我是肖阳啊。上午在微信上问你那件事情，你没有回应，我就问了还记得你的朋友，要到了你的电话。嘿嘿嘿。"他不怀好意地笑了起来。

肖阳是我五年前的同事。那时候他在人力部。

在成为同事之前，他就在看我写的关于画眉村的故事。有一次我下班在地铁上碰到了他，他手里拿着厚厚一本稿子，低头看得认真。我惊讶不已，人力部现在工作这么辛苦吗？

我从人群里挤过去打招呼。

他听到有人叫他，吓得赶紧将稿子往公文包里塞。

抬头见是我，他又将稿子拿了出来。

"吓我一跳。我在看你写的那些故事。上班的时候看了一些，下班的时候把没看到的打印出来路上看。"他拍了拍稿子。

这厮竟然用公司的纸打印故事看！

不过他看的是我在网上发的那些故事，一时之间我竟然有了身为作案同伙的惭愧感。

难怪他听到有人叫他的时候会吓一跳，原来是怕被同事看到。

他应该是将我算作同伙了，才不在我面前掩饰。这让我感动又尴尬。

他将稿子翻了过来，指了指字体不一样的背面，有的地方还盖了红章。

"是用过的纸。保护环境，循环利用。"他说道。

从那之后，他时常在空闲的时候来到我办公的区域，找我聊些稀奇古怪的东西。日本的鬼怪，泰国的降头，欧美的幽灵，本土的风水等等。我问他这些都是从哪里听来的。他说，大部分是从他爷爷那里听到的。

有时候我觉得他说得不对，跟我知道的不太一样，可是我也是道听途说，看些杂书得来的，不好与他论对错。我也不想论什么对错。

我若是问他："你没事情要做吗？"

他就指一指会议室的方向，说："老板在开会，我现在没什么事情。"

说得好像这些时间也是公司不要了的，他才收为己用。跟那些盖过章的纸没什么区别。

后来我离开了那个公司，五年里，虽然有微信，但基本没有联系过。

时隔五年后他第一次给我发微信，是问我能不能去郊区一趟。

他说他要建新房子，要我去帮忙看看风水。

我再三申明我不会看风水。

他说："我认识的人里面就你接触过。我也不是什么大富大贵的人家，请不起风水大师。你别有什么心理负担，我去接你来郊区，你就当是周末郊区一日游,顺便帮我看一看。怎么样?"

我推托道:"这样吧,你拍几张周边的照片给我看看。"

关于风水,我小时候听外公说过一点,比不懂的人懂一点,比懂的人又不懂一点,仅此而已。何况现在不懂装懂的人很多,假大师遍地都是。自己不懂也就算了,还要说懂的人不懂,纷纷杂杂,黑白难分。

因此我遇到这种事情,总是推托。可是耐不住有些朋友亲戚一而再,再而三地劝说,偶尔也只能尽我所能应付一下。

可是他没有拍照片给我。

如果当时他拍了那棵桃树的照片发给我,哪怕他后来开车到了楼下,我也不会跟着他去那个地方。

他可能知道我看了照片之后绝不会去实地看看,直接在周末那天上午驾车两个多小时来接我,先斩后奏,让我不好意思推辞。

而到了他家院子门前后,我想走也不是那么容易了,他才说出请我来的真正原因。

"有人说,死了人的地方不能做房子,做了就是凶宅。可是我家现在的院子是留给我哥的,我要做新房子的话,只有这块地方可以用了。前不久我谈了一个女朋友,准备结婚,市里的房子买不起,只好在这里做。"他一边说着,一边朝我递了一根烟。

我摆摆手,他自己点上了。

我心想,这么说来不是没有选择了吗?还要我来看做什么?

外公以前说,风水什么的,都是人有选择了才考虑的。穷人没有风水。

外公还说,穷人不是没有钱的人,是没有路可走的人。穷途末路,是没有路了。穷寇莫追，是无路可逃的敌人不要追赶。后来人们只看重钱财，以为没了钱财就没了路，所以把没钱的人叫穷人了。

按照外公的说法，肖阳的情况正是这样，所以没必要讲风水。

"你没有其他选择，找我看了又有什么用？难道不行的话就不建房子了？"我没好气地问道。

他吸了一口烟，缓缓吐出，然后说："我跟你说啊，我爷爷死得很奇怪。在他上吊之前，有一个晚上，他骑着他的三轮摩托去镇上，大半夜的，也不知道他去那里做什么。出去了很久，我爸见他没回来，就打了一个电话过去。打一次没人接，又打，还是没人接。打了好几个电话之后他才接。我爸问他为什么不接电话。他说他出了车祸。我爸赶紧问他在哪里。他稀里糊涂的，说不知道这是什么地方。问他受了伤没有。他也说不知道。我爸急了，赶紧开车出去，顺着去镇上的路找。大概走了十多里，我爸在一个山坳找到了他。三轮摩托停在路边，他坐在地上，神志不清。我爸急忙送他到医院。医院检查之后竟然没有什么问题。问他撞他的车是什么车，他说没看清。牌照也没看到。我们一家人还在庆幸他没什么事。结果三天之后，他从医院回来，莫名其妙在这棵树上寻了短见。他老人家也真是老糊涂了，他明明知道这块地我以后要建房子，还在这里寻死，害得我左右为难！"

说到这里，他气愤地拍了一下方向盘，却拍在了按喇叭的地方。

汽车喇叭叫了一声。

"可能是老爷子出车祸后身上疼，受不了才这样的。"我猜测道。

"医院检查了，身上没有伤。"

"是不是跟人拌了嘴，心里有气呢？"我又问道。

"不可能。他脾气好得很。平时有点不愉快，喝点酒就都说出来了。那段时间他也没说跟谁有什么过节矛盾。"

"那是怎么回事呢？"我也没辙了。

"就是觉得蹊跷，总觉得这个地方有问题，所以请你来看看。"

我无奈地说："我也没有办法。早跟你说了，你不信。"

"嗐，没关系，吃完午饭，你随便看看。"他嘴上说着没关系，心里还期待我能看出什么问题来。

吃午饭之前，一个年纪在七八十岁的老人来到肖阳家里，对我上下打量，一副充满戒心的样子。

我被那位老人看得不自在，悄悄问肖阳这位老人是他什么亲戚。

肖阳说是他村里的人，他爷爷在世时最好的朋友，经常一起打牌下棋喝酒，去附近的公园里跟老太太跳舞。村里人都叫他闲爷。

我问肖阳，这闲爷怎么打量我像是打量刚过门的小媳妇一样？

肖阳说，自从院子前面画了房间格局的石灰线，闲爷就经常来他家里溜达。

我正跟肖阳说着悄悄话，闲爷笑呵呵地走了过来。

"你就是阳阳找来的风水大师？"闲爷问道。

我急忙摆手道："不不不。我以前跟肖阳是同事，这不周末嘛，他叫我来这里玩，看看风景。"

"小伙子别谦虚啦，我听阳阳的爸妈说了，这周末要请一个懂风水的来看看前面那块地。"闲爷指了一下外面那棵开满桃花的树。

院子里并没有桃树，但是落了一些桃花瓣，应该是风大的时候从那棵树上吹过来的。

肖阳笑道："不好意思，之前我跟爸妈说我让一个懂风水的朋友来看看。谁知道他们这么快就说出去了。"

接着他向闲爷解释:"闲爷,我就是带他来我们村里散散心。"

闲爷点点头,回到门口旁边,坐在那里的椅子上。

饭菜上了桌,闲爷还没走。

肖阳过去问闲爷:"您还没有吃饭吧?要不在我家一起吃?"

闲爷摆摆手:"不劳烦了,来之前就吃过了。"

肖阳说这个话,显然是婉转地告诉他,我们要吃饭了,您要么一起吃点儿,要么可以走了。

可是闲爷还是坐在那里。

肖阳的父亲又过去说了类似的话。

闲爷说:"你们吃吧。"

我们只好先上桌。

闲爷还是时不时瞥我一眼。

等午饭吃完,闲爷立即站起身来,走到我面前,小声道:"你吃完了吗?我带你到那边去看看吧。"

接着他说道:"就你和我。"

我看了肖阳一眼,希望他给我解围。

肖阳会意了,走过来说道:"闲爷,我这朋友……"

他的话还没说完,肖阳的妈妈大大咧咧道:"你朋友不是来玩的吗?闲爷年纪最大,对这里最熟悉了,很多你不知道的事情他都知道。不如让你朋友跟着他去走走看看,比你自己跟着去好多了。"

后来我细想肖阳妈妈的那些话,应该是她早已猜到闲爷会跟我说些什么。

闲爷叫我出门的时候,肖阳想跟上来。

肖阳的妈妈叫肖阳帮忙收拾碗筷，将他留下了。

我跟着闲爷走到那棵桃树下。

"当年阳阳他爷爷就在这里……"他指了指一根如同伸出的手臂的桃树枝。

我赶紧说："他跟我说过了。"

"嗯。"他点点头，"在这之前，他爷爷晚上出去了一趟，出了车祸。"

"我也知道。"我说道。

"也是。这件事村里所有人都知道。好事不出门，坏事传千里。这样怪异的事情，难免不很快传得尽人皆知。"闲爷说道。

我点点头，表示认同。

"你听到的时候，是不是也觉得很邪门？"闲爷眯起眼睛问我。

"是啊。"我说。

"但是很少人知道这棵树的来历。"闲爷扶着那棵桃树说。

"这树有什么来历？"我问道。

在闲爷说这句话的时候，我预感到，我来这一趟还是有点作用的。

闲爷说："其实在我和阳阳他爷爷都还是小孩子的时候，这里是一户人家。"

刚出大门的时候，我看到桃树旁边有个石头做的食槽，应该是以前喂猪用的，我就猜到这里曾有一户人家。

但是桃树也在这个位置，难免有些奇怪。

桃树不可能是种在房屋里面的。

"那户人家是搬走了，房子拆掉了吗？"我问道。

闲爷说："是绝户了。以前这里住着一个教私塾的先生。圣贤书读多了，迂腐得很，天天跟人说之乎者也。这先生有个女儿，长得非常好看。这女儿与先生的一个学生偷偷好上了。开始先生并不知道，后来他女儿肚子大了起来，他发现不对劲，终于问了出来。这迂腐的先生觉得蒙了羞，竟然将女儿活活打死。打死之后，先生怕官府捉了他去，于是在家里挖了一个坑，将女儿埋在了家里，就是现在这棵桃树所在的地方。村里人见他女儿好久没出门，就问呀。先生对外人说女儿出去走亲戚之后一直没有回来，怕是路上被什么坏人给拐走了。还说去找过，但是没找到。"

我心中一寒。不过在那个年代，这类事情并不少见。

在画眉村的夏夜里，我曾听说老河对面的小村庄里以前有个姑娘未嫁之前与画眉村这边一个男子在一起，家族人觉得蒙羞了，将姑娘带到祠堂，装进猪笼，沉入了池塘里。不久之后，据说有人半夜起来倒尿壶时听到池塘边有哭泣声，待人过去，水里便伸出一只苍白纤细的手来，拽住人的脚，将人往水里拖。又有人说，某人三更时分从那里经过，被水里伸出的手拽住了裤脚，那人情急之下喊出姑娘生前相好的男子的名字。那只手顿时惊慌撒开，放了那人。

画眉村这边的男子听说此事，于一个夜晚来到池塘边，投入水中。

几日之后，人们才在池塘里找到他，发现他在身上绑了一块石磨盘，所以没有浮起来。

原来他生前善水，怕自己沉不下去。

从那之后，池塘边再也没有了哭泣声。

不过对面小村庄家族里的人于心不安，找到画眉村来，问姥爹，是不是那水中鬼蛊惑了男子。

姥爹说："哪有什么水中鬼？是你们心中害怕，感官受到蛊惑，所以听到了哭声，如同中了蛊。实际上呢，那姑娘被你们许给了有权势的人家，你们怕人家责难，才将她沉了池塘。你们又觉得不甘心，非得让这男子遭罪，放出水边有鬼的吓人传言来。我们村的小伙子听到你们的传闻，以为那姑娘找他呢，受到蛊惑，所以投了水。"

别人又问："那为什么他投了水，哭声就没有了？"

姥爹说："他以自己为解蛊的药，治好了你们的蛊病。"

因为这件事，老河两边有三四十年没有来往。画眉村的姑娘绝对不嫁到对面去，也不许将对面的姑娘娶到这边来。

用画眉村的老人的话来说，老河对面的人心太陡。

我小时候听到这个"陡"字，还不太理解。长大后才觉得这个字在方言里确实用得好。人心陡峭，险如悬崖，一不小心就堕入万丈深渊。大概是这个意思吧。

说起来，这教私塾的先生心也陡得很。

可是房子下面埋着一个人，居住的人怎么可能过得好？

没多久，先生和他妻子相继病倒。

先生先去了。

他妻子临终前说出了女儿失踪的真相。

村里人从此不敢从这里经过。

再后来，没了人住的房子倒塌了。村里人还是害怕，于是请了高人来处理。

高人说："要从附近修了长城的山上找一棵桃树来，栽在当年埋着那位姑娘的地方。"

村里人说："桃树可以让人去找。可是谁知道当初先生将女儿埋在哪个地方？总不能每个房间都掘地三尺看看吧？"

高人说："先生读书多，反而害了女儿和他自己，但是也有一个好处，就是多多少少懂些风水。你们在当年窗户和大门的位置架起木框，在有太阳的时候观察一天，看看哪里一天都晒不到阳光，又容得下一个人，那就是他女儿所在的位置，是可以栽桃树的地方。"

村里人照做，果然有一块地方终日不见阳光。人们掀去只剩房梁的屋顶，推倒已经破败的墙，桃树就栽在了那里。

那棵桃树年年开得比村里和周边山上的桃树要灿烂得多。

许多年后，当年听说此事的小孩都变成了年迈老人。眼睛看不清了，耳朵也听不清了，许许多多的往事就烂在了肚子里。

闲爷说："本来我都记不得这件事了。前几年，阳阳他爸买了那块地，说要留给阳阳将来做房子，我才想起来还有这么一遭！"

在一次和肖阳的爷爷喝酒的时候，闲爷提起桃树底下当年发生的事情。

闲爷说："那块地做其他的用还好，做房子的话，不得拔了那棵树吗？树拔了，压制地下的东西就没有了。"

肖阳的爷爷并不担心。他抿了一口酒，说是已经找到了解决的办法。

闲爷说："我和肖阳他爷爷平时都喜欢研究命理风水之类的东西。他爷爷比我学得深。我就问他呀，到底是什么办法？"

肖阳的爷爷说："我能压得住。"

闲爷以为他的意思是，他住在那里的话，就能压制桃树底下的怨气。

后来得知他在桃树下寻了短见，闲爷才明白他的意思是献祭自己，代替桃树去守护家里的安宁。

我问闲爷："那肖阳的爷爷在那之前的一天晚上出了车祸，又是怎么回事？跟这件事没有联系吗？"

闲爷说："你不知道，他说的出车祸的地方，离他选好的坟地不远。现在想来，他是算好了时间，先去自己的墓地看了一看。看了之后，心里又害怕，谁不害怕死啊？他怕得腿脚发软，没办法骑三轮车，又怕家里人发现，所以说是出了车祸。"

"原来是这样！"我大为震惊。

"是啊。所以啊，你不要跟阳阳说这地方风水不行。不然他爷爷这些事情都白做了。"闲爷说道。

我这才明白闲爷找我的真正目的。

"可是……他爷爷的方法真的管用吗？"我问闲爷。

闲爷抬脚踩了踩地，说："这世上来来往往那么多人，哪个泥土下面没有埋过人？不知者不罪，无知者无畏。住着舒服就是了。"

闲爷的这番话让我想起外公曾经跟我讲风水和面相的道理。外公说："什么是好面相？看起来舒服就是好面相。什么是好风水？住起来舒服就是好风水。什么是好八字？过得舒服就是好八字。"

还有一次，家里人为了请客方便，将外公的八十大寿提前了几天举办。外公拿出老皇历看了看，说日子不是很好。我说："既然日子不好，怎么不改一天？"外公说："一年三百六十多天，哪天没有人出生？哪天没有人去世？哪天算好日子？哪天算不好的日子？"

外公一生跟这些东西打交道，却又不遵循它的规律。

外公常说的一句话是："阴阳本有，禁忌全无。"

我想这句话最能解释外公对于那些东西信而不迷的态度。

我不想答应肖阳来这里看什么风水，很大程度上也是觉得，他若是不信这些，房子做在哪里都没有关系；他若是心里硌硬，风水再好他也不会住得舒服。

但是我没有想到，他的爷爷为了让他以后过得好，竟然付出了生命。而爷爷的子孙却怪他老糊涂了。

我心里惋惜不已。

在我看来，这太不值了。

但我知道，在他爷爷的认知里，这都是值得的。

闲爷拍了拍我的肩膀，沉重地说道："拜托了！"

闲爷送我到肖阳家门口就走了。

我在门前的石头上坐了许久。心情一言难尽。

过了许久，肖阳从院子里出来了，惊讶道："你怎么坐在这里不进屋？"又问："闲爷呢？"

我说："他走了。"

肖阳问："他带你看了吗？"

"看了。"

"你觉得这块地有什么问题吗？"

我吁了一口气，说："没有问题。"

"我爷爷那件事……也没有关系吗？"肖阳问道。

"你要相信，他就算是成了鬼，也只会保佑你，不会害你的。"我回答说。

声
蛊

好的如五谷佳酿，坏的如馊饭毒药。

窗外传来鸟雀的叫声。

陈可道疲惫地醒来，看到窗外的玉兰花开得正盛，一树红花仿佛是点燃的烛台。

他一动，身边的小荸便也醒了过来。

他想不明白。自己不过是旁边梅花客栈一个烧水的火夫，相貌丑陋，这万花楼的头牌怎么会看上他？

小荸见他若有所思的样子，香臂环绕上来，亲昵地问道："你想什么呢？"

陈可道摇摇头："没想什么。"

这时，外面传来客栈老板娘的喊声。

"可道！可道！一大早死哪里去了！缸里没水啦！"

陈可道要起来，却被小荸拽着起不来。

小荸在他耳边小声说道："你那个老板娘平时声音里都是辣味，朝天椒似的，我隔了半里地都要打喷嚏。只有那个赶尸人来了，她的声音里才有甜味，好像化了蜂蜜一样。"

"照你说来，声音好像有味道一样。"陈可道说道。

这不是小荸第一次说这样的话了。上次她还说陈可道说的话里有股陈醋的酸味。

"说起来你可能不信，我确实可以尝到声音的味道。"小莘捏着陈可道的耳朵说道。

陈可道此时没了跟她逗趣的心情。

半年前，陈可道顶替了叔叔在厨房的职位，叔叔再三嘱咐他，一定要满足客栈的冷水和热水。冷水洗菜洗碗洗被子衣物，热水洗澡。

旺季的时候，客栈里的房客有二三十人，每天有好几大桶的衣服要洗，好几大锅的菜要洗，到了晚上，讲究的客人还有澡要洗。这都离不开水。

叔叔在梅花客栈做了三十多年，从来没让老板娘因为水的供应发过愁。叔叔叫陈可道不要丢了他的脸。

除了烧火和供水，陈可道还有一个任务——烧火的时候顺便把引火的稻草分类，将干净干燥且完整的稻草选出来。

当赶尸人来客栈下榻的时候，老板娘会将这些上好的稻草铺在客栈大门后面。按照本地的习惯，赶尸人的"货物"不能安排单独的客房，只能藏在门后。

"我真的要走了。"陈可道挣扎着要起来。

小莘不让。

"你再说点好听的话。"小莘娇嗔道。

"昨晚不是说了好多吗？"陈可道脸一热。

"那就再说一遍。"小莘不松手。

"你是我见过的最好看的人。"陈可道衷心地说道。

"还有呢？"

"好啦好啦。老板娘在给我喊魂呢。你听不到吗？"陈可道有点着急。

"好吧。"小莘松开了手。

陈可道起了床，穿好衣服，然后在衣兜里摸了摸，摸出半年来积攒的所有钱财，放到小莘枕边。

小莘一把抓起，塞回陈可道的衣兜里。

"别人来你这里，那都是要花大价钱的。上次我没带钱，这次来之前我把身上有的都拿来了，你别嫌少。"陈可道难堪地说道。

"你说了好听的话，就抵了昨晚的钱。"小莘说道。

"我一个烧火的，人微言轻，说的话哪值那些钱？"陈可道的话语里透着卑微。

小莘按住他的手，安抚道："你说话的声音里有我喜欢的味道。这是多少钱都买不到的。"

陈可道好奇地问："我的声音是什么味道？"

"是微微泛苦的味道。就像是清炒的苦瓜一样。刚放到嘴里的时候有点难以接受，但是过一会儿竟然苦尽甘来，让我尝到一丝丝甜味。"

陈可道挠挠脸，说道："是吗？我还是头一回听人说我的声音有味道。"

"我小的时候，我娘经常炒苦瓜给我吃。那时候我不理解她为什么要吃苦的东西。后来我长大了，她不在了，我才慢慢喜欢上了这种微微泛苦的东西。"

"别人的声音没有这种味道吗？"陈可道问道。

小莘侧了身子，一手撑着脸颊，拧起眉说道："没有。来我这里的人，跟我说话的时候，经常让我反胃。他们的声音怎么说呢……像是猪油拌饭的味道，猪油放了太多太多的那种。没有甜味，也没有苦味，都是油味。我听多了会吃不下饭。"

窗外老板娘的声音越来越大。

"可道！可道！你这兔崽子躲懒！看我不去找你叔叔告你的状！"

陈可道不再跟小荁争执，飞快地离开了小荁的房间，像兔子一样从楼梯上往下蹦。

大厅里的老鸨正在洗脸，见陈可道从楼上下来，鼻子里哼了一声，揶揄道："要钱没钱，要模样没模样，我们小荁姑娘怎么就迷上了这样一个货色？"

陈可道挑水的时候老鸨的话还在耳边萦绕。

是啊，人人想见而见不着的小荁姑娘，怎么就对我好像着了迷一样？

论身份，我比得上官家那些浪荡公子哥吗？比不上。

论钱财，我比得上县城那些租地贩盐的吗？比不得。

论相貌，我比得上戏院那些出将入相的吗？没得比。

别说是戏子了，就算是万花楼的端水小厮，梅花客栈的杀鱼师傅，哪怕是清风药馆那个切中药的王二麻子，都比他陈可道看起来要端庄得多。

之所以接了叔叔这个火夫的位置，是因为他连做门童的相貌都不够，做厨子又没有颠锅的臂力，胆子还小，赶尸人来了，他都不敢去门后面铺稻草，生怕那眼睛都不眨一下的木偶一般的东西突然咬他一口。

他叔叔跟他交接的那几天都看不下去。

"它就算要咬人，也不会咬你。你看看你自己，你哪里让它下得去嘴？"他的叔叔陈常道都嫌弃地说。

也是。王二麻子养的狗都不搭理他。别人"喔喔"两声,王二麻子的狗就立即跑过去讨吃的,摇头摆尾。他陈可道手里拿着肉骨头引诱,狗都宁可瘫在地上晒太阳,也不起身到他面前来讨好他。

烧水的时候,他还在想。结果锅里的水烧干了,他都没发觉。

老板娘撞见了,又把他臭骂了一顿。

老板娘一走,他急忙伸出舌头在老板娘站过的地方舔舐。

"声音真的有味道吗?我也没有尝到什么辣椒的味道啊。"陈可道喃喃自语。

"可能是飘散了。"陈可道围着火灶边走了一圈。

最后,他想到了一个办法。

他将双手捧在嘴巴前,像牛戴的嚼子一样。

"小荸姑娘你可真好看!"陈可道说完,像饿了的牛一样赶紧伸出舌头在手掌里舔舐。

并没有什么苦尽甘来的味道。

几天之后,小荸姑娘终于又抽出空来,叫小厮给陈可道带来口信,让他在打更人敲过三更之后到万花楼去找她。

"春宵一夜值千金。对我们小荸姑娘来说,这句话最合适不过了。老鸨好不容易发发善心,放着钱不赚,让她休息一个晚上,她却要你过去。"小厮说道。

陈可道低着头不敢说话。

小厮忽然凑到近前,小声道:"你告诉我,你到底是有什么能耐?"

陈可道摇头。

三更后,陈可道见到了小荸。

小荸懒洋洋地躺在红色的罗帐下，说道："可道，你说几句好听的话给我听听。"

"你是我见过的最好看的人。"陈可道说道。

小荸笑得花枝乱颤。

"你来来回回就这么一句吗？我都听腻了。"小荸说道。

陈可道搜肠刮肚地想了一会儿，说道："我想不出更好的话来形容你。"

小荸笑道："嗯。这句话的味道我最喜欢了。"

陈可道觉得意外，随便一句话，怎么就是她最喜欢的味道呢？这究竟是什么味道？

"声音真的会有味道吗？"陈可道问道。

小荸收住笑，沉默了。

陈可道有些后悔。

我不该质疑的。我怎么可以不信任小荸姑娘呢？小荸姑娘叫我来，难道是为了骗我让我相信声音有味道吗？不可能的。再说了，我有什么资格质疑小荸姑娘？能跟她说上话都是我的荣幸，是我做梦都不敢想的事情。

"我知道你可能不相信。不过我没有骗你。我真的可以尝到声音的味道。"小荸平静地说。

"我十岁那年，在母亲装嫁妆的箱子里找到了一本压箱底的书。书名是《品声记》。里面记录了种种声音的味道。里面说，人的所有感官其实是相通的，叫做通感。通感最厉害的人便可以从听觉里感受到味觉和嗅觉。我不知道我的母亲为什么会有这本书，也不敢问，常常趁着家里没人的时候偷偷地看。看完那本书之后，我从母亲的声音里听出了腐烂的气味。不多久，母亲被大夫诊断出病情，随后离世了。我姑父一家来悼念，我在姑父和表哥的声音里听到了臭味，果不其然，是他们在我不知情的情况下把我卖给了老鸨。然后我遇到了形形色色的人，听到了形形色色的声音。我越来越能从声音中品出不同的味道，就像是一个老厨师品菜，就像是一个嗜酒的人品酒。《品声记》里说过，要避开声音一直是甜味的人。常言道口蜜腹剑。总是奉承你，说不定秘藏杀机。来万花楼的人，几乎没有人对我说话的时候是不甜的。但我不会被这种甜味迷惑。里面还说，声音如果是酸味的，也要避开。这种人度量小。微辣或者微苦的，是可以结交的。这样的人大多真心，虽然未必完全正确。到后来，任何一个人只要发出声音，我就能从中品出味道，从而知道他的内心怎么想。"

"原来是这样！"陈可道惊讶不已。

小荦接着说道："半年前，我从这个窗口看到了正在挑水的你。你的声音吸引了我。或者说，是你的声音的味道吸引了我。是的，从身份地位相貌来看，你比不了别人。但是如果这个世界没有人，只有声音，你对我来说就是最独特最难得的那个声音。"

陈可道欣喜不已。

"我问你，你要真心回答。如果我离开万花楼，你愿意娶我吗？"小荦问道。

陈可道眼神闪烁。

"你为什么不回答？"小荦追问道。

"当然……当然愿意。"陈可道急忙回答。

小荦笑了，她欢喜地从红罗帐里跑了出来，抱住了陈可道。

一夜过后。

陈可道在老鸨的尖叫声中醒来。

他侧头一看，小荸嘴角流出了红得发黑的血。

伸手一摸，身子已凉。

老鸨的尖叫声吸引了万红楼的其他姑娘和小厮来看。

小厮们将陈可道捆了起来，要送到官府去。

老鸨驱散小厮们，说道："我可以担保，陈可道没有害小荸姑娘的心。"

随后，老鸨给陈可道解了绑，拉他到一僻静处。

老鸨问他："你昨晚跟小荸姑娘说了什么话导致她毒发身亡？"

陈可道既惊恐又茫然。

老鸨轻叹道："哎。我知道小荸姑娘看过《品声记》，学会了品声术，能尝到声音的味道。我年轻时，也看过那本书，也能品出声音的味道。半年前，小荸姑娘看上了你，我就为她担忧。《品声记》中说，能品出声音的味道并非好事，长久如此，便像用嘴吃饭一样，日夜不能停止，不仅能吃出味道，还能吃出好坏，好的如五谷佳酿，坏的如馊饭毒药。违心人说的话，即使有毒，不过恶心腹泻而已。怕的是真心人说的话，假如真心人说了违心话，毒性堪比砒霜，无可救药。我年轻时遭遇过一回，要了我半条命。从那之后，我转而做了老鸨，不再尝试从声音里听出味道。通感渐渐变弱，最后消失了。"

陈可道的脑子里嗡嗡作响。

"你告诉我，是哪句话让小荸姑娘中了毒？"老鸨又问道。

"我我我……我也不知道。"陈可道慌张地回答。

从那之后，梅花客栈的火夫变成了一个哑巴。

谁也不知道，他是害怕说话，还是害怕回答。

过去即
未来

人大了，就不相信那些虚幻的东西，却会相信看起来真
实但更加虚幻的东西。

陈玉仙从深圳赶回湖南老家，是因为他做了一个梦。

梦里有个姑娘流着泪跟他告别。

姑娘身后是一座山。山上燃起了熊熊大火。树木烧成的灰片或漫天飞舞，如翩翩蝴蝶；或缓缓降落，如灰色鹅毛大雪。

他很多年没有做过梦了。

小时候他几乎每个晚上都会做梦，梦到各种稀奇古怪的事情。

他将梦到的事情讲给外公听。外公听得津津有味，然后告诉他说："梦都是前世记忆的花瓶。花瓶碎了，你梦到的都是碎片。"

他有时候将梦到的事情说给妈妈听。妈妈往往不等他说完就恼火道："早上不说梦。说了的话，好的容易变坏，坏的容易成真。"吓得他将说到一半的梦咽回肚子里。

等到过了中午，他再找妈妈说梦的时候，却发现做的梦忘得差不多了，只好算了。

所以，陈玉仙有时候会想，或许不是我不做梦了，而是随着年纪增长，忘性大了。也许我晚上还是做梦的，但是醒来就忘记了，导致我以为自己这些年不做梦了。

但是前几天梦里的情形，他醒来之后还记得清清楚楚。

他梦到老家的一座山上发了大火。一个姑娘从火里跑了出来，抓住他的手，流着泪说："我们恐怕再也不能见面了。"

姑娘的脸上脏兮兮的，如同抹了一层锅灰。那是树木烧成的灰尘造成的。

泪水流过的地方，灰尘如墨汁一样浸染，将姑娘的脸变成了一幅胡乱涂划的粗糙山水画。

虽然很多年没有见过了，但是那个姑娘他认识。

她是他小时候做的许多梦里经常出现的姑娘。

陈玉仙离开家乡后，很少做梦了，也很少梦到这位姑娘了，就像小时候亲密无间、长大后渐行渐远的那些朋友那样。

他记得这个姑娘的名字——青葙子。

姑娘身后燃起大火的山，他也知道名字。老家人都叫那座山做"火烛山"。

小时候，陈玉仙常听老人们说，在没有月亮的晚上，那座山的顶上会发出淡淡的红光，像是着了火一样，整座山看起来像是点燃的蜡烛，所以人们把那座山叫做火烛山。

小时候的陈玉仙很想等到天黑之后去那座山上看一看。但是老人们还说，山里有吃人的狼和带毒的蛇，到了晚上就会出来。狼是一般人打不过的。蛇是不能打的。因为蛇的复仇心很重，那蛇只要没有被打死，它就会寻到山下来报仇。

狼他没有见过，蛇倒是亲自抓过一条土蛇。

那条蛇被隔壁嗜酒如命的伯伯讨了去泡了酒。

作为回馈，伯伯给了他一盒子橡皮擦头，是铅笔上头带着的那种。

伯伯的女儿在铅笔厂上班，厂里没有什么可拿的，就拿了许多笔头上的橡皮擦头回来。那年头在厂里工作的人都喜欢顺手拿些东西回来。

那些橡皮擦头够陈玉仙用一辈子了。后来剩下的橡皮擦头变软，用不得了，只好扔掉。

他没见过狼，但是遭遇过一次狼。

有一年秋收的时候，他在田间玩耍，忽然看见舅舅带着一群人大叫着朝他冲了过来。

他听到有人喊："狼！狼！"他赶紧转身寻找，但什么也没有看见，只见傍晚时分金色的阳光铺在那座并不怎么高的火焰山上。

舅舅跑到他面前，将他抱起，心有余悸地说道："刚才你身后有只狼。"

他却不信。

后来想想，或许狼在众人冲来的时候已经被吓跑了。

陈玉仙把这件事说给外公听。

外公说："可能是你梦里的朋友来看你，她没有办法在白天出现，所以化作了一头狼。"

外公知道他经常在梦里遇见那个名叫青箱子的姑娘。

他曾跟外公说，他在梦里交到了一个朋友。

外公不相信，说道："哪有在梦里能交到朋友的？梦里都是些虚幻的想象，今天是这样，明天是那样，没有长期存在的东西，也没有长期存在的人。"

换作是长大后的他，如果听到跟他当年一样小的男孩子说自己在梦里交到了一个朋友，他也会哑然失笑。

人大了，就不相信那些虚幻的东西，却会相信看起来真实但更加虚幻的东西。

当年他跟外公说："我经常在梦里跟她一起玩。有时候没有梦到她，我就在梦里喊她的名字，她就会出现。"

"你的朋友叫什么名字？"外公问道。

"她叫青葙子。她还告诉我说，她住在火烛山。"陈玉仙说。

"火烛山没有人住。以前那里是有狼的。"外公说。

"我知道啊。她是梦里住在那里。梦醒之后去山上找她，是找不到的。"陈玉仙说。

很多年后，陈玉仙遇到一个专门画插画的朋友，那个朋友说，她每隔两三年会梦到一次过世的母亲。在梦里，她母亲掰着手指跟她说这几年她自己去了哪里哪里，做了些什么事情。

提到的地方都是那个朋友听说过的实实在在存在的地方。

那个朋友梦醒之后就赶紧去梦里母亲提到的地方，希望能追寻到母亲来过的痕迹。可是每次都没有找到蛛丝马迹。

后来再梦到母亲的时候，那个朋友就责怪母亲说谎，她说她去过母亲提到的地方，没有找到母亲存在的痕迹。

母亲说，傻孩子，我们在世的缘分已尽了，你怎么可能遇到我？我生活的地方跟你生活的地方是一样的，但是没办法重逢。

梦里她知道母亲已经过世了，母亲也知道她尚在人间。

如此十多年后，终于有一次梦到母亲的时候，母亲对她说，我要去成都那边一个大户人家啦，恐怕以后再也不能来跟你见面了。

说完就哭。

她也抱着母亲哭。

从那之后，那个朋友再也没有梦到过母亲了。

对于在同样的地方不能相遇的事情，陈玉仙小时候就知道了。

画插画的朋友说到她去母亲提到的地方寻找时，陈玉仙就知道，她肯定找不到。不过他不忍心当着她的面这么说。

小时候，他将火烛山找了个遍，没有找到一户人家。别说人家了，连个人影子都没有。

梦里见到那个姑娘的地方长了许多花，花序为红白渐变，仿佛点燃的蜡烛。他摘了一朵回去，问老人这是什么花。

老人告诉他说："这叫青葙子。"

他嘟囔道："哦，难怪她说她住在火烛山上。"

老人看着那朵花，笑道："这花还能说话不成？"

他将自己的梦说给老人听。

老人认真地听完，思索了好一会儿，嘶嘶地吸了一口气，摸着后脑勺说道："好像以前是有一个叫青葙子的人，埋在那座山上。难道她变成了花不成？"

"你吓唬人！我们这里没有姓青的。"他不信。

老人说："《百家姓》里好像也没有姓青的。她不是我们这里的人。"

"不是我们这里的人，怎么会埋在这里？"他从老人的眼神里看不到一点儿逗他的意思。

老人说："听那时候的人说，是一个从湘西那边来的赶尸人把她赶到这里来的。"

"湘西来的赶尸人？"他不得不信了这位老人的话。根据他以往对这位老人的了解，老人不会为了吓唬他而编造一个神话一样的故事。

那天晚上，陈玉仙突然发起了高烧，说胡话。

陈玉仙的妈妈请了村里的神婆来看。

神婆说："孩子的魂儿丢了，得叫回来。孩子白天去过哪些地方，你就去哪里走一圈，一边走一边喊孩子的名字。"

陈玉仙的妈妈去火烛山一边走一边喊。

"陈玉仙——回来哟——"

"陈玉仙——回来哟——"

那时农村的夜晚非常安静。周围十几里的人都能听到山里的喊声。因为玩心重忘了回家的小孩子，无论藏在哪个角落玩耍，都能听到父母的呼喊声而想起时间已晚，赶紧回家。

陈玉仙的妈妈回来后，摸摸陈玉仙的额头，发现他烧退了，也不说胡话了。

陈玉仙听到妈妈跟神婆说话。

妈妈问神婆："孩子之所以吓到，是那个卖豆腐的六爷跟孩子说，以前有个赶尸的人在那个火烛山埋了一个外地人。那个外地人叫什么青葙子，我看那山上开了不少青葙子花。"

神婆也是上了年岁的人。

神婆说："六爷真是口无遮拦。不过呢，我小时候也听老人说过，火烛山是有过那么一件事。知道的人不多了。要不是听你这么提一下，我都不记得了。"

妈妈和神婆又聊起了其他的事情。

房里灯光昏暗，那时候的灯泡不如十多年后的亮。

房间中央有个炉子。炉子是从地下挖出来的。人们称之为"地炉子"。

地炉子上放了一个漆黑的水壶，水蒸气掀动壶盖，蒸腾而上，如同大雾弥漫。

妈妈和神婆坐在水蒸气中，身影模糊。声音也模糊。

一时之间，陈玉仙分不清自己是在梦里，还是醒着的。

或许妈妈还在外面喊我的名字，而我梦到妈妈已经回来了。陈玉仙不禁怀疑眼前看到的景象。

这时，神婆走到他的床边，手里端着一个茶盅。

神婆念念有词，另一只手里忽然出现了一张黄色的符纸。纸不点自燃，烧成了灰。灰落在茶盅里。

多年后，陈玉仙梦到青葙子身后燃起大火的山，以及有的像蝴蝶有的像雪片的灰尘时，想起了神婆点燃的符纸烧成灰的样子。

神婆将他扶起，将茶盅放到他的嘴边。

"喝吧。"神婆说道。

陈玉仙看了看茶盅，茶水里面漂着破碎的纸灰。

他喝了下去。

神婆满意地放下他，回到了蒸腾的水雾里。

喝了纸灰茶之后，陈玉仙感觉浑身舒畅，脑袋也没有那么昏沉了。

不一会儿，他就进入了梦乡。

那个姑娘又出现了。

"你不是说住在火烛山吗？我去火烛山找你，却只找到很多名叫青葙子的花。还是村里老人告诉我，那花叫青葙子的。"陈玉仙对她说道。

她捂嘴笑得弯了腰。

"你笑什么？你知道吗？就因为去了山上，我的魂儿差点儿丢了。"陈玉仙说道。

她只是笑个不停，不回他的话。

"你倒是说句话呀。"陈玉仙说道。

她终于止住了笑,一本正经地说道:"你忘记了吗?我们就是因为青葙子花认识的。在湘西的那座高楼里,我问你,画眉村的青葙子开了没有?"

陈玉仙没有一点儿印象。

"湘西是哪里?"那时候的陈玉仙连县城都没有去过。别说县城了,就是仅仅几村之隔的小集镇也没去过。他曾梦到那个小集镇有火车。后来他去了小集镇,小集镇根本没有火车。

但是小集镇上的老人说,以前这里确实有火车通过的,五十多年前,火车改了道,走县城了。

她摆摆手,摇头道:"算了算了。就知道你不会记得了。不过你总记得鸟窝里的鸟蛋吧?"她抬起手指着旁边一棵枝繁叶茂的苦楝树。

他抬起头来,看到苦楝树里有个如同翻过来的草帽一样的鸟窝。

这个鸟窝他记得。

在昨天的梦里,他和青葙子爬到了这棵苦楝树上,发现了这个鸟窝。鸟窝里有几个小鹅卵石一样的鸟蛋。

他在梦里就想着,等明天了,我还要到梦里来爬这棵苦楝树,看看那些鸟蛋是不是孵出了小鸟雀。

看鸟蛋其实没有那么重要,重要的是来见见青葙子。

"当然记得!"陈玉仙用力地点头。

"走!上去看看!"说完,青葙子灵巧地爬了上去。

陈玉仙紧跟其后。

在梦里,他和青葙子爬树,捉鸟,寻菌子,下水,摸鱼,捉螃蟹,逗猫狗,采果子,什么都干。他们也常常在梦里踏上去外公家的泥巴路。路边的小溪，稻田，高高矮矮的山跟他熟悉的没有什么区别。可是路上会遇到很多以前不认识的人。

梦里到了外公家，却往往找不到外公外婆的人。

外公家里空无一人。屋顶的瓦落在堂屋里，上面能直接看到天，地上是摔碎的瓦片。

他们并不在意，又沿路走回来。

等到次日清晨醒来，他两腿酸胀，仿佛走了许多路。

大概十多年后，外公跟着舅舅搬进了新建的楼房里居住。外公的老房子空在那里。

陈玉仙走进空房子里，看到失修的屋顶有破洞。地上有碎瓦片。

刹那间，他记起很久以前就来过这里。

他忽然想起一句话："过去即未来。"

那种感觉转瞬即逝。如同清晨醒来的梦。

就连梦里的那个姑娘，他也几乎快要忘记了。

可是时隔多年，他再次梦到跟他告别的青箱子，猛然记起了小时候的那些经历。

忘了也就忘了。可是梦里青箱子好像遇到了什么危险，他不能不闻不问。

回到老家后，他很快就明白了是怎么一回事。

他在回村的路上就看到那座火烛山被挖得到处是坑。新翻开的鲜红色泥土如同一个个伤口。触目惊心。

他问村里人，火烛山怎么成了那样。

村里人告诉他说，前阵子不知道是哪里来的勘探队，带了很多仪器来，在那座山上勘探来勘探去，据说发现了一种什么含有氟石的萤石矿。以前老人们说那座山晚上会发光，就是那些萤石矿发的光。

陈玉仙惊讶不已。原来传说是真的！

村里人说，现在那座山被一个老板买了下来，要开采这里的萤石矿。村里有人反对，说不能破坏这里的风水。但是更多人得了补偿款，不答应的话就要把钱退回去。

陈玉仙自知他再怎么努力，也没有办法阻止那些人开采萤石矿了。

他还是做了一些尝试，自然以失败告终。

故乡失去了传说，已无可恋。他买好了回深圳的票。

去高铁站的路上，他接到了那个画插画的朋友打来的电话。

那个朋友告诉他一件奇事。

那个朋友因为梦里母亲说去了成都，她几年前离开了深圳，和对象去成都定居了下来。她依然不甘心，想着可能碰到母亲，哪怕是擦肩而过。后来她有了一个闺女。闺女学说话慢，今年才勉强会说几句简单的话。

朋友说，就在今天，她背着女儿去成都附近的乡下赶集。之所以去赶集，是因为小时候母亲经常背着她去赶集。她想让闺女体会她小时候和妈妈一起赶集的感受。就在她在来来往往的嘈杂人群里行走的时候，背后双手搂住她脖子的闺女忽然说了一句话。

闺女说："妈妈，以前我也是这么背着你的。"

缘分

人们大多只看到了生离死别，没看到缘生缘灭。

刘员外看好了皇历，选了腊月十五那天见赶尸的陈玉仙。

那天阴雨绵绵，镇上的泥巴路坑坑洼洼。泥巴被无数人的脚踩过，熟得如石臼里戳了百十来下的糯米糍粑。陈玉仙一脚踏上去，泥巴就裹了厚厚一层，要用碎瓦片才能刮下来。

这可苦了陈玉仙身后那些客死他乡的肉身。

它们蹦蹦跳跳的，一路从遥远的广州过来，遇山翻山，遇水渡水，虽然有过粗心大意的时候，差点儿落下山崖或者掉入水中，但好歹关关难过关关过，终于来到了北靠洞庭湖的刘家镇。

到了刘家镇，陈玉仙就等着刘员外空出时间来见他。这一等，就等了六七天。

前面六七天白天晴空万里，晚上月明星稀。

偏偏腊月十四那天傍晚开始下雨，不大不小，却绵绵不断，好似深山老林里树与树之间的蜘蛛网，不过去不知道，走过去撞一脸。摸又摸不到，甩又甩不掉。

刘家镇的路上平日里不少人流和车马，地面被踩踏碾压，干裂的土地表面被碾出一层泥巴粉末，如同撒了陈年的面粉。哪怕是一只鸡从这里咕咕走过，身后都会带起一阵灰尘。

这雨水一下来，好了，面粉一样的泥尘变成了面团，变成了糍粑，变成了热锅里熬化的糖浆。

那些肉身僵硬，不能像陈玉仙那样弯下腰来刮鞋底的泥，于是越蹦越慢，仿佛脚底被拽住了。一不小心还会摔个猪啃泥。

它们一旦倒了，不能自己起来。陈玉仙只好去扶。

等走到刘员外家门口的时候，那些肉身已经浑身脏兮兮的，脸上都如泥塑菩萨一般狰狞。

守门人是个瘦骨嶙峋眼冒精光的老头。

见了陈玉仙和他身后三个尚未完工的泥菩萨一样的肉身，老头犹豫了一下，说道："你等一下。"

老头是早就交代过的。他知道陈玉仙会在腊月十五凌晨天还没亮的时候来。

老头返身回了院子里，陈玉仙等了一会儿，老头抱出一捆稻草，撒在了门前门后。

"好了。进来吧。员外说，它们可以放在大门后面。"老头指了指大门，又小心翼翼地问，"你们的规矩是这样吧？"

陈玉仙知道，老头在地上撒稻草，是怕他和肉身脚上的泥弄脏了地面。

他想起每次从湘西路过时，那个梅花客栈的老板娘在门后铺好稻草的情形。

老板娘是怕这些肉身受潮。

而这个老头是怕地上弄脏。

同样的事情，却有截然不同的感受。

这三个肉身里，有一个是刘员外出了十倍的价钱请他陈玉仙带到这里来的。

刘员外还千万交代，路上不可让那个肉身有毫分损伤。

"不瞒你说，我曾跟她有很深的情分。我想在离世之前再见一见她。"刘员外说的话令陈玉仙非常意外。

可是陈玉仙见刘员外表情僵硬，冷漠得近乎无情。

陈玉仙见刘员外之前，以为刘员外有了一定的年纪。见面之后，他才发现刘员外居然是个年轻人。不仅年轻，还长得十分俊秀，有点儿书生气。但外面传言他是开当铺生意的，危险狡诈，黑白通吃，是个既肥且矮、唯利是图、年近花甲的人。

"我可以出十倍的价钱。"刘员外说完，端起茶杯，揭开茶杯盖，缓缓喝了一口。

在陈玉仙看来，刘员外完全没必要开这么高的价格。是多少，就该多少。他陈玉仙又不是特意为了这一单生意而做赶尸人的，也不是做了这一单就不做了。

陈玉仙注意到，刘员外手中的茶杯有青花金边，价值不菲，不过杯中的茶叶已经泛黄，茶水浑浊，显然是隔夜茶。

茶杯这么讲究，茶水怎么如此将就呢？何况隔夜茶喝了对身体不好，他不知道吗？陈玉仙心里嘀咕道。

刘员外喝了一口后，盖上茶杯盖。

陈玉仙看到他的嘴唇上留有一片茶叶，而他似乎毫无知觉。

"来的路上，请走快些，不要停留。"刘员外补充道。

陈玉仙缓缓道："员外，做我们这个行当的，白天不能走路，只能晚上赶路，日程要比正常的慢很多很多。"

刘员外点头道："我晓得。我听人说，赶尸人常来常往的路上有许多客栈，客栈里有许多诱惑。我的意思是，你在路上不要耽搁就好。"

可是等陈玉仙到了刘家镇，刘员外却让他在客栈里等了好几天。

在客栈里等待的时候，陈玉仙打听过刘员外的近况。他猜测刘员外要不是忙于处理当铺事务，就是身体抱恙，暂时见不得客。

一打听，他才知道，刘员外从去年立秋开始突然信起了老皇历，无论做什么事情，都要先翻开老皇历查一查，看看是哪个星宿值日，是黄道吉日还是凶日；看看今日喜神在哪个方位，出门是朝南走还是朝北走；哪怕是洗个澡呢，还要看看所宜所忌里面有没有"沐浴"二字。

陈玉仙记得，他正是去年立秋的时候从这里去广州的。

陈玉仙心想，莫非刘员外看了老皇历，觉得这几天不适合见我带来的肉身？

为了保护好刘员外嘱咐的肉身，陈玉仙让那个肉身站在中间，前后两个肉身是要送到别处去的。

有时候想一想，陈玉仙也觉得悲哀。哪怕是成了任人摆弄的肉身，没了呼吸，它们仍然有高低贵贱之分。价格高的放在中间，价格贱的放在前后。即使价格一样，师父也交代过，要看看肉身是不是白净，是不是细嫩。白净细嫩的，生前都是享受惯了的人物，山上的树刺划不得，路上的石头踢不得，天上的月光晒不得。

而那些皮糙肉厚的肉身，生前必定是苦命的人。正因为皮糙肉厚，便可以在前头开头，在后头垫尾。

陈玉仙到广州后没两天，就找到了刘员外想要的肉身。

让他意外的是，那个肉身居然是活的！

刘员外说，肉身所在的地方应该是个当铺。肉身平时在当铺里坐着，只等人来当东西。

可是陈玉仙找到的肉身开着一个满街人都知道的豆腐铺。

刘员外怕他弄错，还给了他一幅肉身的画像。

在喊出肉身的名字之前，陈玉仙对照着画像看了一遍又一遍，确定正在豆腐铺卖豆腐的女人就是他要带到刘家镇去的肉身。

更让他意外的是，豆腐铺里还有一个打豆腐的男人。

"岚岚！"陈玉仙试着喊了一声。声音不大不小。

她若是叫这个名字，听到了自然会有反应。她若是不叫这个名字，也就会置若罔闻。

然而，卖豆腐的女人惊了一下，眼神惶恐地朝他看了过来，接着脸色变得比豆腐还白，好像看到了前来夺命的牛头马面。

男人见女人踉跄不能自支，急忙过来扶住她。

女人有气无力地对男人说道："我怕是时日无多了。你不要伤心，我们的缘分有限，能走到今天，已经知足。"

男人说道："你是这几日太劳累，虚脱了。哪能到你说的那个地步！"

说完，男人搀扶着女人到后面的里屋去。

打起里屋的帘子，即将走进里屋时，那男人忽然回头看了陈玉仙一眼。

那眼神里满是凛冽的寒意。

陈玉仙不禁打了一个寒颤。

第二天，陈玉仙听到街上人说豆腐铺的女主人去世了。

陈玉仙赶到豆腐铺的时候，豆腐铺已经挂起了许多白布条。

打豆腐的男人见他来了，将他拉到里屋，说道："岚岚临终前跟我说，她听到你喊她的小名时，就知道是怎么一回事了。她这个小名，只有我和另外一个人知道。她说她还有一份尘缘未了，你是来带她去了结那段尘缘的。"

说这些话时，男人的眼神柔和了许多。

陈玉仙引领着岚岚往刘家镇赶路的时候，无数次想过那个男人的眼神。

是什么让那个男人的眼神凛冽，又是什么让那个男人的眼神柔和？陈玉仙想不明白。

而他陈玉仙，一会儿感觉自己是个无情的索命鬼，一会儿感觉自己是个慈悲的救赎者。

他想不明白自己到底是好人还是坏人。

一路上，陈玉仙感觉这个肉身跟往常的肉身不一样。虽然她已经失去了呼吸，但是眼珠子偶尔会动一下，或者不经意打个喷嚏，总感觉她随时要活过来。

开弓没有回头箭。他总不能把岚岚送回豆腐铺去。何况他这一趟还有另外两个肉身。

师父在世的时候曾说，师父以前遇到过死刑犯假装僵尸，躲在肉身之中。死刑犯不敢光天化日之下逃跑，所以借赶尸掩人耳目。

陈玉仙问师父，遇到这种情况该怎么办？

师父说，总不能把死刑犯送回去吧。他有通天的本事从监狱里打通关系出来，送回去也没有用。只好睁一只眼闭一只眼，把他当做僵尸送到目的地去。

师父还曾说，也有背负巨债的人假死，然后让人托付他送走。他不知情，便赶着上路了。后来发现异常，也只好不管是好人还是坏人，好事还是坏事都要做到底，送佛送到西。

陈玉仙是第一回碰到这种事情，好在师父传授过经验，他决定跟师父一样，硬着头皮把岚岚送到刘家镇去。

到刘家镇之前，陈玉仙特意多照顾岚岚一些，下雨的时候撑伞，不让雨水落在她身上。过荆棘密布的山林时，给她裹一层棉麻布，不让刺尖划破她的衣裳。

路过梅花客栈，在客栈歇息的时候，客栈的老板娘见陈玉仙对岚岚的照顾无微不至，打趣道："这可是位贵宾呀！"

陈玉仙将前因后果说给老板娘听了，感慨道："你说是贵宾，这一路走来，我倒觉得她是位大小姐，我是她的仆人。"

老板娘道："你还别说，说不定上辈子你就是她的仆人。因了这个缘分，你才这么一路伺候着她。"

"照你这么说，那些肉身都曾是我的主人？"陈玉仙不以为然。

老板娘道："当然不是。那些肉身啊，以前可能给过你恩惠，曾经给过你一碗水啊，或者一碗饭，或者在你流落街头的时候，打赏过你一枚铜钱。"

陈玉仙撇嘴道："我以前可怜到了这个程度吗？"

老板娘笑了笑，说道："也未必是这样。可能你以前是个大户人家的少爷，脾气暴躁，他们曾是你的仆人，被你打过板子，抽过鞭子。"

陈玉仙挠头道："同样的事情，怎么差别这么大？一会儿是流落街头，一会儿是纨绔子弟。"

老板娘道："这你就不懂了吧？此生相见的人，要么是还债来了，要么是讨债来了。还债来了，便对你好。讨债来了，便对你不好。

也许以前他们对你好过，你现在帮他们回到故乡。也许以前你对他们有欠，他们现在找你伺候。"

陈玉仙想了想，又问道："那你我之间以前是什么样的缘分？"

老板娘脸色一红，反身走了。

师父在世的时候，也曾跟陈玉仙说过类似的话。

师父说，人与人之间，都要莫大的缘分才能相见相识。有的缘分让人成为亲人，有的缘分让人成为情人。缘分不够的，骨肉分离，变却故人心。缘分足够的，和睦可亲，此生共白头。缘汇则生，缘离则灭。人们大多只看到了生离死别，没看到缘生缘灭。

陈玉仙觉得，梅花客栈的老板娘是能看到缘生缘灭的人。

第二次见到刘员外的时候，陈玉仙才知道，刘员外才是真正看到了缘生缘灭的人。

陈玉仙将三具肉身赶到大门后面，跟着守门的老头见到了会客厅里的刘员外。

可是刘员外一直背对着他，面朝照壁。

照壁上有一幅字画，上面写的是一首古诗。

"知君仙骨无寒暑，千载相逢犹旦暮。故将别语恼佳人，要看梨花枝上雨。落花已逐回风去，花本无心莺自诉。明朝归路下塘西，不见莺啼花落处。"

老头悄声道："今日喜神在北方，所以员外对着照壁不转过来。没有故意怠慢你的意思。"

陈玉仙点头。他并不在意这些。

老头说完，悄悄退下。

待老头脚步声已远，刘员外问道："这字画上的诗，你认得吗？"

陈玉仙还是读过一些诗书的，知道那是古人苏东坡写的诗。

"这不是东坡先生的诗吗？"陈玉仙答道。

刘员外微微惊讶道："原来你认得！你知道这首诗的意思吗？"

陈玉仙道："好像是东坡先生与朋友告别时写的，应该是告别的意思吧？"

他不明白刘员外不提大门后面的肉身，却跟他大谈诗词做什么。

刘员外干笑两声，说道："世人都认为这是一首临别赠诗。但我认为，这写的不是告别，而是一首仙诗。"

"仙诗？"陈玉仙又朝那幅字画看去。

刘员外道："东坡先生也有苏仙、坡仙的别称。你知道为什么吗？"

不等陈玉仙回答，刘员外接着说道："因为很多诗里，透露了他是仙人。比如这一首《玉楼春》。知君仙骨无寒暑，说的是，知道你是一身仙骨，对你来说没有一年四季寒暑之分。千载相逢犹旦暮，说的是，人间过了一千年再相逢，对于仙人来说如同早上离别，晚上归来。神仙寿命长，一千年可不就像一天吗？故将别语恼佳人，说的是，归来的人可不是仙人啊，归来人经历了生生世世，早已忘记了千年前的事情。所以要故意用话让美人恼怒。为什么要让美人恼怒呢？接下来东坡先生说了，欲看梨花枝上雨。这句的意思是，这样或许可以唤醒美人的记忆，让美人梨花带雨一样哭起来。若是哭起来了，便是想起来了。落花已逐回风去，说的是，落花已经随着风去了。深层的含义是，人生茫茫，世人都像落花一样随波逐流。花本无心莺自诉，说的是，落花本是无心的，只是黄莺鸟自己在诉说心事。东坡先生要说的含义是，世人和美人不知道此前的缘分，只有他自己在诉说感叹。明朝归路下塘西，明天我还要往塘西去呀。不见莺啼花落处，落花也有自己的归处，他有他的归处，哪怕知道往日的缘分，也只能就此别离。意思是，我即使看到了你，知道我们此前多么亲密，可是今生不同往岁，我们各有归途。"

听刘员外这么一说，陈玉仙也顿时觉得这首诗仙气飘飘，又隐含无奈的悲伤。

接着，刘员外说道："我知道你到广州之后，必定有许多疑问。不瞒你说，我年轻时曾在广州寻活路，好不容易在一个当铺里做了一个跑腿的伙计。有一次，岚岚来当铺当手镯，我看见她的第一眼，就想起了很久很久以前见过她。不但见过，还有很深的缘分。她虽然没有认出我，但也一见如故。可是我们见得晚了。她的父母已经将她许给了那条街上开豆腐铺的老板。而我当时一无所有。我们偷偷相好。我跟她说了我们前世的缘分。她说，我们缘分不浅，可是今生父母之缘也无法避免。何况家人因病而陷入困境，典卖了许多东西，是豆腐铺老板帮他们渡过了难关。她无法置父母与恩人不顾。我自知无望，便说，我怕下辈子忘记你的样子，希望以后临死之前能见你一面，下辈子再找你时容易分辨。她说，你尽讲胡话！却也答应下来。后来我回到刘家镇，做起了自己的当铺生意，越做越大。可是商场如战场。我被人下了毒，抛在人迹罕至的山崖下。弥留之际，一位赶尸人来到我身边，问我有什么遗愿。我说想见她一面。赶尸人将我变成半死僵尸，并告诉我，为了不泄露天机，事事要看老皇历，不能犯半点忌讳。哪怕是请你帮我去找岚岚，只好说她坐在当铺里，不能道以实情。你到了刘家镇，我不能见你，也是为了等一个与黄道吉日相对的黑道凶日。我是已死之人，不能用黄道吉日。"

陈玉仙恍然大悟，又问道："可是，你又如何算到她会在我赶到广州的第二天离世？"

刘员外道："你立秋之时离开这里，我便让赶尸人跟着去了广州。岚岚听到你唤她小名，便知是我时日不多了。她悲伤，便说明心里有我。赶尸人当夜便会给她假死之药。她若不悲伤，便说明已经遗忘。赶尸人便会速速回来。"

"她是假死？"陈玉仙问道。

刘员外答非所问道："故将别语恼佳人，要看梨花枝上雨。我又怎么忍心看梨花带雨？落花已逐回风去，花本无心莺自诉。落花有心无心，还要看它自己。"

陈玉仙明白了，刘员外并不确定岚岚会答应。来与不来，全凭心意。

"原来是这样！"陈玉仙感叹道。

刘员外道："今天是我最后一天，全告诉你也无妨了。现在麻烦你再帮我一件事情。"

"请说。"陈玉仙道。

"她是在大门后面吧？"刘员外问道。

"是。"

"吉时已到，你出门的时候，帮我请她进来吧。"刘员外颤声道。

陈玉仙出门的时候，对大门后面的肉身说道："他在里面等着你。快进去吧。"

岚岚从大门后走了出来，朝着会客厅急奔而去。

陈玉仙带走了另外两个肉身，跨过门槛时，顺手关上了门。

第二天，陈玉仙果然听人说刘员外昨晚驾鹤西去了。一个陌生女人接了刘员外的所有当铺。

　　二十年后，立春那天，陈玉仙再次路过刘家镇，在一个酒馆小坐的时候，听隔壁桌有人说霸占刘员外家财的女人年近花甲，如今却豢养了一个爱读诗的年轻小白脸。尤其爱读东坡先生的诗。

　　一个书生模样的酒客听了，愤愤然道："苏仙的诗那是仙人下凡写的诗，是这种俗气的人能读的吗？呸！"

　　陈玉仙舒心一笑，推开酒杯，提起酒壶，就着壶嘴畅饮起来。

兰因 早悟

我们现在遇到的每一个人，其实以前都遇到过。

如如一走进这个客栈，就发现这个客栈不正常。

跨过门槛的时候，她瞥见店门后面有一双脚，像是一个热衷于藏猫猫游戏的小孩躲在后面，一声不吭，生怕被人发现，但是顾头不顾尾。

可是那双脚显然不是小孩子的脚。

那是一双成年人的脚。脚上的鞋边磨破了，好像走了不少的路；鞋面落了一层灰，又好像在门后站了好几个月。

门是完全敞开的，与墙壁之间的距离非常短。就算是像她这样一个偏瘦的女孩子站在那里，也必定觉得逼仄不堪，难以忍受。

她有些害怕。

怕那双脚突然走出来，又怕那双脚一直不出来。

就在这时，一个身姿窈窕脸色煞白的女人从后面的房间里走了出来。

那个女人热情地跟她打招呼道："怎么这么晚才来？我以为你白天就会到的。"

女人穿着一身绣了许多梅花的旗袍。梅花的枝条上还走了一层细细的白线，造成一种刚刚下了一场小雪的感觉。

但如如并不认识她。

"请问你是……"如如小心翼翼地问道。

凑近了一看,如如发现女人的脸上抹了一层面粉一样的东西,好像电视剧里的日本艺伎。

"哦,我是这个客栈的老板。里面有位贵客跟我交代,今天你会过来。我在这里等候多时了。"女人见如如瞪着眼睛朝她脸上看,明白她在看什么,又解释道,"哦,我的脸看起来很奇怪,是吧?最近疫情不是很严重嘛,没什么生意,我就拍点剧情小视频发网上,看看能不能吸引一点流量,给客栈做做宣传。"

"这样啊……"如如点点头,还是不明白为什么拍剧情小视频要在脸上涂这种白色的东西。

如如来这里,确实是跟一位朋友约好了的。她心想,女人口中的"贵客"应该就是那位朋友。

如如回头看了看门后那双脚,抑制不住好奇心地问道:"那是藏着一个人,还是人偶摆件?"

"都不是。那是一具僵尸。"女人干脆利落地回答道。

如如后背一阵凉意,但并不怎么害怕。

应该是跟我开玩笑的吧?如如心想。

女人做了一个"请"的手势,然后说道:"贵客在里面已经等你一天了。"

"等了我一天了?"如如忽然愧疚起来。

不过她不是故意这么晚才来的。

那个朋友跟她说的是:"今天你得空的时候来就行。"然后发了一个定位给她。

她看到定位上写的是"梅花客栈"四个字。

于是，她先去面试了，面试完又吃了晚饭才往这边走。她是按着导航走都会走错的路痴。所以这一走，又走了将近两个小时，快十点了才找到这里。

她来深圳已经一个多月了，面试了十多回，目前没有一个满意的。

可能是疫情的影响，也可能是快到年底了，诚心招聘的公司似乎不多。给她发出面试邀请的公司，要不是做贷款的，就是做销售的，都是流失率极高，又不能积累经验的工作。

她不免有些焦虑。

一次在面试回来的路上，她拍了一张街道上的金黄落叶，发了一个朋友圈，配了一句话："一叶落知天下秋"。

很快，朋友圈下面有了一个留言。

"你来深圳了？"

如如看到微信头像就知道他。

他们虽然以前没有见过，但是在微信上经常聊天，也算是非常熟的朋友了。

有一次，如如玩剧本杀的时候，穿了一身女扮男装的古装，将头发绾成一个古风的髻，顺便拍了一张照片发在朋友圈。

他在下面回复道："原来是你！"一副好像刚刚认出她的样子。

她觉得莫名其妙。不是我还能是谁？

接着他的微信发过来了。

"你还记得吗？我们以前在一个赶尸人住的客栈里见过。"

她盯着手机屏幕上的这串字看了好半天，不知道该如何理解。

确定不是发错人了吗？她心想。赶尸人住的客栈？新的剧本杀？

接着，他又发了信息过来："哦，你可能早已忘记了。"

她也没太在意，往后的日子里仍然是有一搭没一搭地聊聊天。

来深圳的一个月前，如如在原来的公司提出辞职之后，去了一趟灵隐寺。她在杭州待了两年多，还没有去过灵隐寺。

她拍了几张灵隐寺的照片发朋友圈。

那个朋友又在下面留言："其实我一直想去灵隐寺。"

"想来就来啊。我带你逛一逛。"如如回复道。

"机缘不到。"他回复道。

或许就是因为这句玄乎其玄的话，如如感觉这个没有见过面的朋友应该是一位上了年纪的人。

年轻的人一般不会这么说话。

可是见面的时候，她发现这个朋友的年纪并不大。

她以为讲"机缘"的人应该喝茶才是。可是这个朋友面前摆着两杯咖啡。

等她坐下后，他将其中一杯推到她面前。

那天的气温有点低，她感觉手有点冷，于是将咖啡杯捂住取暖。

朋友笑了笑，看了看把她带进来的脸上擦了厚厚白粉的老板。

老板撇嘴道："还是老样子。拿起热的东西就捂在手里。"

她心想，老样子？难道老板以前就认识我？

可是老板的脸被厚厚的粉遮住，她难以辨认老板的真正面目。

朋友问老板："你这里有炭火手炉吗？"

老板摇头："现在谁还用炭火做手炉？都是用电的了。"

朋友问："拿个用电的来也行。"

老板摇头："用电的也没有。这里不像南方，冬天有暖气，用不着那东西。"

如如越听越迷糊。从他们的对话里，她听出他们对她似乎非常熟悉，仿佛很久以前，在人们还用炭火手炉的时候，他们在寒冷的南方见过。

不过，她确实喜欢把温暖的东西捂在手里，无论是热茶，是热咖啡，还是热的白开水。温暖的东西总是给她安全感。

"你们以前……就认识我吗？"她本不想说，但还是忍不住问道。

老板看了看那个朋友，那个朋友也看了看老板。

"我就说她忘记了，你还怕她认出我，非得让我在脸上涂这些东西。"老板对那个朋友抱怨道。

那个朋友笑道："我这不是以防万一嘛。再说了，她见过的人里面，就数你的样子几乎没有任何变化。万一她一看到你，就想起以前的事情了，那会吓到的。"

如如听得云里雾里。

那个朋友见她迷惑，转而问她："你知道为什么人最多活一百岁的样子吗？"

如如一愣。这是什么问题？何况这是第一回见面，不先寒暄一下，做一下自我介绍吗？

虽然有些突兀，但如如同时有种一见如故的感觉。好像久违的好友见面，寒暄那一套完全可以省略。

"为什么？"如如端起咖啡，喝了一小口。

那个朋友说道："因为再活久一些，就会发现以前离开的朋友又回来了。"

"哈？"如如更加听不明白了。

朋友说道："我们现在遇到的每一个人，其实以前都遇到过。不过由于时间太久了，大多数人都忘记了。也有偶尔想起的时候，比如去一个陌生的地方，或者见到一个陌生的人，竟然有种似曾相识的感觉。那是因为他以前去过那个地方，或者见过那个人。"

"这种似曾相识的感觉，我以前有过。你的意思是，那是前世去过的地方见过的人吗？"如如说道。

朋友点了点头。

"哦。"如如对这个话题并不太感兴趣。

"你相信吗？我们很久以前就认识。所以今天约你见一见。"朋友说道。

如如看了看朋友，确实有种莫名的亲近感。

"你的意思是，我们前世见过？"如如问道。

"或者是更远的时候。"朋友回答道。

"前世的前世吗？有这么深远的缘分吗？"如如忍不住笑了起来。她觉得朋友在逗她。

朋友却一本正经地说道："俗话说，若无相欠，怎会相见？正因为上辈子见过，认识过，有过交情，今生又会遇见啊。再想一想，为什么上辈子会遇见，相识，有交情呢？同样的道理，是因为上上辈子见过，认识过，有过交情。"

"正因如此，才说我们现在遇到的每一个人以前都遇到过。像摆了一个圈的多米诺骨牌一样，推倒一个，便会全部倒下，最后压到第一个多米诺骨牌。什么是轮回？这就叫轮回。"一旁的老板补充道。

朋友拿起手边的一根搅拌棒，在咖啡里搅动。咖啡形成了一个不断旋转的漩涡。

朋友放下搅拌棒，说道："第一次看到你玩剧本杀的照片时，我认出了你。那时候我想去灵隐寺，顺便在杭州见一见你。但是我不能去。"

"为什么？"如如问道。

"机缘未到。"他的回答跟上回一样。

"你想去就去啊。我要去一个地方的话，说走就走了。"如如不以为然道。

一旁的老板皱起眉头，轻叹一声，说道："因为你不记得，所以想去哪里都是自然而然的事情。他都记得，但是天机不可泄露，所以不能随心所欲，只能等待机缘巧合。就像是一个不会算命的人，无论怎么做，都是命运如此。如果是一个会算命的人，他就要考虑眼下这样做会不会改变本来的命运。一旦改变了，他会受到反噬。"

"那你说说，我以前是个什么样的人？"如如忽然好奇起来。

"这可说来话长了。"朋友喝了一口咖啡。

"说来听听。"如如端坐，摆出一副洗耳恭听的样子。

"我第一次遇见你的时候，你是个非常自卑的人。"朋友说道。

"自卑？"她心里颤了一下。现在她仍然觉得自己是个自卑的人。在很多事情上，她还是没有足够的自信。她觉得自己的单眼皮不好看，一直想去割双眼皮。她觉得自己的身材不够好，羡慕那些身材好的女人。想到这里，她忍不住瞥了一眼旁边的老板。

要是我有她那样的身材就好了。如如心想。

"其实你的出身不错，是一户殷实人家的姑娘。十四岁那年，你被父母许给了当地一个大户人家，只等十六岁那年春天的红轿子来到你家门前，将你抬过去。偏偏这期间，我从你们那里经过。因为不知道你们那里客栈有的是给常人住的，有的是给赶尸人住的，我不小心住进了赶尸人住的客栈，看到了赶尸的场景，吓得生了一场病，在当地滞留了一年多。你我因此相识，一见如故。那时候的你，对人生和命理着迷。而我恰好在此之前跟一位深谙《易经》的师父学习了数年。我自己还处在一知半解之中，耐不住你再三询问，只好一边给你讲解测算，一边刻苦钻研，比师父教我的时候学得还要认真。我其实对《易经》不太感兴趣，师父教了数年，觉得我既不勤奋，也没天分，放弃了。为了跟你多说话，我重新拿起《易经》，将书翻烂了。"说到这里，朋友摇头微笑。

如如心想，这倒有点儿像我。不过我现在感兴趣的是星座。也曾想过学学《易经》，可是那些文字太艰涩难懂。

"有时候，你听得入迷，困意上来了还不愿意走，就在我这里留宿。我就点起灯，在你旁边看一整夜的《易经》。你上面有两个姐姐，都已嫁人。父亲经常在外面做手艺活，母亲跟着父亲，所以你没有回去也没有人知道。有时候我开玩笑说，要不等我养好了病，带你走算了。你紧张地说，不行。我问，你不愿意吗？你说，我是愿意的，但是父母之命媒妁之言，我要是跑了，别人怎么看我父母？怎么看我？"

如如觉得这个性格也确实像她。从小到大，她都是一个内向的人，总是压抑自己的想法，在意别人怎么评价自己。

"你还说，你本来是喜欢写字的，因为那户人家喜欢无才便是德的女子，你放弃了学写字；你本来是喜欢养花的，因为那户人家世代做印染工艺，你转而碾花取色，染在布上；你本来是喜欢吃腊肉的，因为那户人家只吃新鲜食材，你吃饭的时候不再夹一筷子腊肉。你本来无拘无束，想笑时大笑，想跑时疯跑，那户人家叫你笑不露齿，赠了你双环玉佩，要你系在腰间，一跑就玉佩相撞，叮当作响。你怕双环玉佩撞出缺口，从此走路时小步往前，十分得体。你说你为此付出了许多，赢得了双方父母的称赞。你若是跑了，以前那些循规蹈矩便都化为乌有。

"你说你放弃了那么多自己的喜好，就是为了赢得身边人认为好的生活。你说待红轿子来的那天起，我们便不再相见。但是我会把你藏在心底。

"后来你坐着红轿子离开了家。而我也离开了那里。

"我以为我们再也不会见面了。可是不到一年时间，你居然找到了我。我离开的时候，并没有留下任何线索。我不知道你是怎么找到我的。我问你，你说，世上无难事只怕有心人。我听过很多人说过世上无难事，只怕有心人这句话，只有听你说的这一次深切地感动。

"我问你，你不是说不再相见吗？

"你哭着跟我说，坐上红轿子之前，你向往早已安排好的生活。进了那户人家的大门之后，你才发现，事情根本不是你想象的那样。那个人深深地伤害了你。你发现你已经不是你，你如同深夜行走的僵尸，而身边人是赶尸人。你甚至不如那些僵尸。那些僵尸是往着自己的家乡去的。而你不知道何去何从。生活就如一个深不见底的洞，你一直在洞里往下坠落。"

如如打断他问道："他是怎么伤害我的？"

朋友摇摇头，说道："你没有说。我不忍心细问。"

"你在我这里留了下来，我们像夫妻一样生活。可是不久之后，你的父母找到了这里，苦苦哀求你回去。你的父母说，他们家要你，只是为了继承香火。你没有办法，只好跟着父母回去了。

"没两个月，你又偷偷跑来找我。这次你学聪明了，每次来都是穿着男人的衣服，女扮男装掩人耳目。过了几天，你不等父母找来，又悄悄回去。

"我问你，你不担心别人怎么看你父母，怎么看你吗？

"你说，人活一辈子，短短数十年。此前悠悠数千年里没有我，此后漫漫数万年里不会再有我。我不管别人怎么看，我要自己喜欢。

"你跟着我写字，学着养花，餐餐离不开腊肉，笑的时候花枝乱颤，跑的时候如兔子一般。

"偶尔你也有不开心的时候。我翻开《易经》跟你说，这其实是一本教你如何生活的书，教你在什么样的情况下怎么应对。这世间这么多人，每个相识的人都有不同的缘分。有的缘分深，就成了亲人朋友，有的缘分浅，就成了擦肩而过的路人。但是缘分深未必是好事，让你悲痛的人往往都是缘分深的人，不管是离别还是伤害。缘分浅未必是不好的，避免了离别或者伤害。从《易经》的卦象来看，我们的缘分刚好在未济卦上。'《未济》终焉心缥缈，百事翻从缺陷好。吟到夕阳山外山，古今谁免余情绕。'而你正处在卦中六爻的初六，柔弱无力，如过河的小狐狸，打湿了尾巴。好在你已经过了河。

"你问我，我是一只小狐狸？过了河的小狐狸吗？

"我说，这都是隐喻。小狐狸隐喻你，河隐喻世俗的规则。你从世俗的规则里挣脱了出来，开始遵从自己的内心。

"从那之后，你的悟性越来越好。我们一起度过了许多美好时光。可是美好时光终究有个限度。临终前，你拿出一个细细的金手镯，放在我的手里。你说，这么些年来，我终于明白了一个道理，那就是，这个世界上确实有能够超越时光的东西。我以为你在说胡话。你说，能够超越时光的东西只有两个，一个是情感，一个是黄金。千年以前的诗歌与故事，里面最朴素的悲欢离合依然能触动当今的人，让当今的人感同身受。石会烂海会枯，天会老地会荒，而黄金从来不会改变。

"后来，我将金手镯埋在了我们初次相遇的客栈里。

"大概是一年前，缘分让你我再次相识。那时候我不确定你就是她，直到你发了一张身穿古代男装的照片。"

如如这才恍然大悟道："原来是这样！"

这时，那个朋友拿出一个细细的金手镯出来，问道："你还记得它吗？"

如如茫然摇头。

"你戴上试试，或许就记得了。"那个朋友说道。

如如将它戴在了手腕上。

一旁的老板充满期待地看着如如，问道："想起什么了吗？"

如如摇摇头。她没有想起任何以前不记得的事情。

老板满脸失望。

如如将金手镯脱了下来，要还给那个朋友。

那个朋友摆摆手，说道："不急。等你想起来了再给我。"

"如果我想不起来呢？"如如说道。

他说道："那你就留着。"

如如迟疑不定。她也想记起他说的那些事情，他说的那个人确实简直是另一个自己。

"可是……我还是不太相信你说的话。你说……要怎么确定你说的这些前世今生是真有还是假的呢？"如如问道。

那个朋友抬起手指敲了敲桌面，微笑道："信之则有，不信全无。"

老板在旁长长地叹了口气。

"这样吧，要是一个月之后我还没有想起来，我再来这里还给你。"如如说道。

那个朋友点了点头。

第二天，如如急匆匆地来到昨晚来过的地方。

"我想起来了！我想起来了！"如如哭喊着推门而入。

门后一个人被门压住了脚，发出"哎哟"的叫唤声。

眼前的一幕让她诧异。昨晚的一切都不见了。

在她面前有十来张桌子，桌子旁坐着零零散散的客人。

客人们同样诧异地看着冒冒失失哭哭啼啼闯入的她。空气中弥漫着咖啡的香味。

这里显然是个咖啡小屋，不是客栈。

"你们老板呢？"如如喊道。

一个扎着马尾辫留着胡须的潮男走了过来。

"我就是。请问有什么需要吗？"那个潮男彬彬有礼，礼貌得让她感到生分。

"昨晚最后一个留在这里的客人，你认识吗？"如如问道。

"请问是昨晚几点？"老板问道。

"十点左右。"

"啊。我们九点半就打烊。"

"九点半就打烊了？"如如不信。

"我是北方人，习惯了九点半打烊。南方人开的店关门才比较晚。"老板说道。

她从店里走了出来。阳光下，手腕上的镯子晃眼，而内心的疼痛感如此真实。

香油
尼姑

是身如焰，从渴爱生。

那是一个阳光刺眼的中午，知了在窗外的槐树上叫个不停。

那时候我才六七岁。一个人在堂屋里玩石头。

外公家里的稻田多，有几十亩，可是正式的劳力少，所以要抢时间。刚吃完午饭，外公外婆就像赶鸭子一样赶着舅舅和妈妈他们去了稻田里。

那时候舅舅才十八九岁。他刚好比我大十二岁，也是属牛的。

外公说，属牛的舅舅是辛苦八字，属牛的我是享福八字。

两个人都属牛，八字却天差地别。外公说这是月份造成的。

舅舅是上半年三月底出生的，外公说，那正是春耕的时候，牛刚出栏，是一年中最辛苦的时候。所以舅舅八字辛苦。

我是下半年十月份出生的，外公说，那时候田里地里该忙的已经忙完了，牛到了回栏吃草享受的时候。所以我的八字好。

家里人都出去忙农活了，留了我守家。

姥爹在世的时候，往往留我和姥爹守家。姥爹会用一根绳子系着我的腰，然后将绳子拽在手里，免得我跑远。

姥爹去世两年后，我已经可以自己守家，不需要大人看护了。

我一个人坐在堂屋里，看阳光从瓦缝里像雨一样落下来，看肥胖的土蜂钻进泥砖墙的小洞里。偶尔有五彩斑斓的鸡从大门处进来，穿堂而过；偶尔有老鼠在头顶的房梁上窸窸窣窣地爬，眼睛放光；偶尔有一群蚂蚁抬起晶莹剔透的大米往墙角里去，浩浩荡荡；偶尔有一两只燕子飞了进来给燕子窝里的小崽喂食，来去匆匆。

那时候的房子，不只是人的房子，还是许许多多其他生灵共同生存的地方。

实在无聊了，我就玩石头。

外公家大门外的屋檐下有一条石头垒砌的排水沟。石头大小不一，形状各异，但是彼此交错融合地排列在一起，好像它们天生就是一起的，后来因为什么原因裂开了，散落各处，恰好被外公捡了来，又聚在了一起。

小时候我听外公说，以前天漏了，女娲娘娘用了三万多块石头补天。

我想，女娲娘娘用石头补天，大概就是像外公这样补的吧？不过是一个补在了天上，一个补在了地上。一个是从天上泄下雨水，一个是在地面接住雨水。

那条排水沟里还有许多小石头和碎瓦片，都是雨水冲进来的。

我捡一些回堂屋里，把它们想象成军队。

堂屋里的地面不平整，那时候都是泥地，没有水泥，没有地砖。外面下大雨的时候，小雨就从瓦缝里落进来，在高低不平的泥地上肆流成河，低洼处便如海一般。这堂屋里便成为了另一片天地，屋顶是天，泥地是山川河流。如果雨一直下个不停，外公就如神一般出现，手里拿着一个瓢，将低洼处的水舀起来，倒入外面的排水沟。

等天放晴，外公又攀着木梯爬上屋顶去"补天"了。

我把石头排列在高低不平的地面，想象它们在高山或者峡谷时狭路相逢，然后混战在一起。

我一个人在堂屋里守家的时候，大多是这样打发时光的。

每次我妈从稻田回来，见堂屋里许多石头，就责怪我把堂屋里弄脏了。

外公见了，则一脸皱纹堆起来地笑，说道："家门外的石头够外外捡吗？"

我小的时候，外公对人称我做"外外"。外孙的外。

因为外公的袒护，我根本不惧我妈。至少在外公家是这样。

我玩了一会儿石头，觉得石头有点少，想在外面再捡一些来。

我跨过高高的门槛，扶着门口有精美雕纹的石墩，走到排水管前。

阳光照得我无法抬起头来，知了的叫声像浪潮一样起起伏伏，将画眉村淹没，让人有种窒息感。

就在这时，一个尼姑慌慌张张地从前面的巷道里跑了出来，直奔外公家的大门而来。

尼姑一身土黄僧袍，僧袍上有不少补丁，补丁虽然也是黄色的，可是有的黄得深，有的黄得浅，造成一种脏兮兮的感觉。

尼姑那张脸却是白白净净的美人脸，颧骨略高，让她那张脸少了几分妩媚，多了一分仙气。

她一头乌黑的长发盘了起来，插了一根长长的如筷子一样的木簪。

阳光下，她的身影在脚下缩成一团，跟着她慌张的脚步伸伸缩缩，仿佛一条刚刚学会奔跑的小奶狗。

不知道为什么，我看到她的时候，心里有些害怕。

她来到我面前，一股寒冷的风扑面而来。

"你嗲嗲在吗？"她居高临下地问我。

在这个地方，幼年的孩子在还分不清爷爷奶奶外公外婆的区别时，统统叫做"嗲嗲"。

我摇了摇头。

"哦。要是你嗲嗲回来了，叫他去一趟尼姑庵，送一小壶香油给我。"尼姑一面说着，一面从宽长的袖口里掏出一个常人拳头大小的细口陶壶，放在了门槛旁边的石墩上。

那个陶壶上了半身的釉，还有一半露出陶器原本的面目。

我默默记下，点了点头。

尼姑临走前，摸了摸我的头，我感觉到她的手指冰凉。

"你别忘了啊！我晚上要点灯用。不然我要摸瞎了。"她摸着我的头嘱咐道。

我心里犯疑。凭什么要我嗲嗲给你送香油？

那时候我还没有走遍画眉村的每一个角落，不知道画眉村这里根本没有什么尼姑庵。

那时候我也还没有认全画眉村的每一个人，不知道画眉村这里根本没有什么尼姑。

要是我再大两岁，就会问这个陌生的尼姑："你是哪里人？你说的尼姑庵在哪里？"

但那时候的我没有问。我的注意力被那个半身釉的陶壶吸引。我恍惚看到外面的釉是一件美丽的衣裳，里面的陶壶是一个面朝里背朝外、正在宽衣解带的人。那个人若是扭过头来，想必有一张令人惊艳的脸。

那时的我能在许多不相关的物件里看到人的形状。

发愣时盯着土墙，能在斑驳处看出一个站立的人或者奔跑的人的形状。睡觉前盯着楼板看，能在复杂的木纹中看出人的笑脸或者愁容。看到一个被踩出的泥坑，仿佛看到一张裂口大笑的脸。看到一块草间的石头，仿佛看到一只蜷缩起来睡觉的鹿。

那时候的我认为一切物体都有灵性，都有灵魂依附在上面。

长大后我的感觉越来越钝，渐渐看不到以前看到的景象。

我知道，它们的灵性都还在的，只是我感觉不到了。我变成了现实世界里的清醒者，灵性世界里的盲人。

太阳落山的时候，外公他们带着一身的泥土发酵的气息回来了。

泥土确实可以发酵的，尤其是在收稻子的季节。稻田的泥土即使裂开如龟背，也是软的，仿佛蒸熟的馒头。那个季节的泥土散发出一种特有的醇香。

这种醇香与人们的汗味混在一起，就变成了艰辛的气味。

外公从稻田里给我带来了一只蝗虫，蝗虫的脚上系了一根缝纫线。

以往我看到蝗虫会很高兴。可是这次我心里念着一件事，生怕玩一会儿就忘了。

我拉住外公磨破了的袖子，说道："有个尼姑跟我说，要你送一壶香油到尼姑庵去。不然等天黑，她就要摸瞎了。"

不等外公说什么，舅舅先做出了反应。

"尼姑？最近的尼姑庵在香严山，走过去都要半天不止，天黑之前怎么送得到嘛？"舅舅一脸惊讶地看着我。

"是白姑娘吗？"外婆听到了，问我道。

白姑娘我是知道的。她是香严山的尼姑。出家前，她是与画眉村隔了一座山的小村庄里的姑娘。

白姑娘生来白头发白眉毛，肤色白里泛红，眼睛怕光。她很小就学会了唱《送亡人》。方圆几十里只要有人过世了，她便会出现在灵堂上，一边敲着一面小鼓，一边吟唱："一殿堂前山一座，金童玉女引亡魂。此山挡路终须过，明镜山来是它名。阳间路上日月照，阴司路上不分明……"

亡者生前的朋友来悼念，名为"看老"，大有看着熟悉的人老去的意思。

那些看老的人或听得入迷，眼眶湿润，或年岁已大，迷迷瞪瞪。

老人们说，按照白姑娘的资历和唱功，别说方圆几十里，就是方圆百里之内，她都是唱得最好的。可是这里的人都看情面，白姑娘是这里的人，这一块地方的人便请她不请别人。别的做道场道士即使水平不如她，但是别的地方的人也要请他们自己那边的道士。

但是这个方圆几十里之内，有一个住在半山腰只有十几户人家的地方不请白姑娘。请了白姑娘，白姑娘也不去。

白姑娘曾和那里一个小伙子开亲，后来那边人说白姑娘相貌异于常人，又常在葬礼上吟唱，怕对家族不吉利，将彩礼又要了回去。

白姑娘随后在香严山出了家，做了真正的出家人。

但她逢年过节还是回来走一走，看看父母亲人。

她在香严山和家之间来回的途中，若是看到了小孩子捉泥鳅捉鱼捉螃蟹捉鸟，就会拿出钱来给小孩子买零食，只要小孩子同意放了捉住的生灵。

有的小孩子便生出鬼主意，早早捉了活物养着，听说白姑娘要回来了，赶紧着活物去路上等着白姑娘给钱。

外婆听我说有尼姑来了，自然想到了白姑娘。

"白姑娘怎么知道我家有香油？"外婆又喃喃自语道，"好巧不巧，前两天姨娘送了两斤香油来，说欠的钱还不了，拿香油抵了。我想着自己家用不完，便宜作价卖了一些给张娭毑。"

张娭毑是住在洗衣池塘边上的寡妇。

张娭毑年轻时有几分姿色，是画眉村以及周边一带唯一一个抽烟的女人。据说她以前是在上海那边唱戏的，算是个小有名气的角儿，后来上海沦陷，她沦落为风尘女子。她丈夫生前路过上海，不知怎么的，她就看上了这个憨厚又长得不怎样的男人，带着所有积蓄跟着这个男人来到了这里，过着几乎与世隔绝的生活。可惜的是，她看上的这个男人没多久就病故了，一个人冷冷清清地过了几十年。

"张娭毑住的地方，原来是个尼姑庵。不过那是一百多年前的事情了。"外公说道，眉头一皱。

"我来画眉村这么多年都不知道呢。"外婆说道。

外公蹲下来，问我："你看到的尼姑，头发和眉毛都是白的吗？"

我摇头。

"难道是……"外公将后面的话咽了回去。

外婆早已明白外公在想什么，急忙道："怎么可能？"

外公道："小孩子的眼睛干净，说不定看到了我们看不到的东西。"

舅舅有点不耐烦了，说道："你没骗我们吧？"

我走到门槛边，指着石墩上的陶壶，说道："那个尼姑留了这个壶在这里。"

舅舅差点儿跳起来，大喊道："什么尼姑留在这里的？这是我昨天划澡的时候在洗衣池塘下面摸起来的。"

划澡在这里的方言里是游泳的意思。

外公拿起那个陶壶看了看，说道："确实是以前添香油的东西。"

"不会是以前那个尼姑庵里的用物吧？"外婆说完瞥了我一眼，眼神里满是担忧。

外公将我抱了起来颠了几下，笑眯眯道："不用我家外外操心，香油可以给别人，就是不能给她。"

"那她摸黑怎么办？"我问道。

"摸黑就摸黑嘛。她的眼睛跟老鼠眼睛一样，晚上看得比白天还清呢！"外公说道。

二十多年后，外公去世。

道士举着招魂幡领着我们重走一遍外公常走的路。

从洗衣池塘边上过的时候，道士跟我说："你知道吗？挨着水塘的房子那里，原来有个尼姑庵。尼姑庵里住着一个尼姑。尼姑是在家里要她出嫁的时候出家的。她家里人舍不得，又执拗不过，就在这水塘旁边建了尼姑庵，取了个名字叫水月庵，让她挨着家里人。后来有个要饭的路过这里，没地方睡觉，就睡在水月庵的台阶上。尼姑见他可怜，让他进庵里洗了一个澡，住了一晚。结果第二天，这个尼姑要还俗，要跟着要饭的走。她说，她本是一壶香油，流浪汉是一根灯草。香油没有灯草无法燃烧，灯草没有香油无法长明。她家里人哪里肯？叫了人来将要饭的打走了。这个尼姑借口说庵里香油不够了，家家户户去讨香油，要了许多香油。当天晚上，尼姑庵着了火。尼姑将自己浑身淋上香油，冲进了火里。她提前留了一个纸条给家里人。纸条上只有八个字。你猜她写了什么？"

"写了什么？"

"是身如焰，从渴爱生。"

猫道长

　　我师父说，这世上藏着一个甜味的妖怪，若是他能吃到，便能羽化登仙。

巴陵县城的南边有一座没有名字的山，山上有一条溪水如蛇一般盘桓而下。水质清澈，水声潺潺。路过的人若是口渴了，掬一捧水，不管是小嘬一口或是贪婪牛饮，顿时两腋生风，飘飘欲仙。

因了这好山好水，半山腰不知何时多了一个水磨坊。只要溪水不断，这水磨坊的石磨便日夜旋转，不知疲倦。

山下的人们挑了大米、豆子、红薯等作物上来，都磨成了粉，做成各式各样的零食点心，满足精细的食欲。

水磨坊的门口贴着一副对联，写的是"但取心中正，无愁眼下迟"。字体飘逸，如被风轻轻吹动，细看时又一动不动。颇为奇怪。却无人知道这对联是何人所书。

屋里墙壁上还有几行字，写的是"石头层层不见山，路程短短走不完，雷声隆隆不下雨，大雪纷纷不觉寒"。字体娟秀，如一朵朵路边小菊花。不过也没有落款，不知道是谁写的。

山下的人多是务农之人，勉强认得墙上的字就算难得了，哪里知道其中意思。

倒是有个道长来这里捉鬼的时候跟人说："你看，这石磨不是一层一层的吗？但是看不见山。石磨旁边的路是一圈一圈的，看起来短，却总走不完。水轮被溪水冲动，轰隆隆地转，像雷声一样，却不下雨。这大米豆子被磨成粉落下来，像大雪纷纷，却不觉得寒冷。这一言一语，说的都是水磨坊。"

水磨坊本来是没有主人的，山下的人谁想用便用，不过要留下一碗大米或者豆子或者几个红薯。

山下的木匠和石匠有空了，便会上山来取。这不是白取的，水磨坊的木头坏了，木匠便要修。水磨坊的石磨钝了，石匠便要凿。

水磨坊其他的问题都好办，唯独闹鬼是山下的木匠和石匠没有办法解决的。

闹鬼的地方不在水磨坊里面。

水磨坊旁边有一口池塘，是溪水经年累月冲出来的。

有了池塘，就自然而然有了鱼。

有了鱼，就自然而然有了荷花。

有了鱼和荷花，莫名其妙就有了庄严感。

于是有人掏出铜钱来，许了一个愿望，然后扔进池塘里，打了荷叶，惊了鱼。

捉鬼的道士后来说，铜钱经过千万人的手触摸，沾染了许许多多的人气，也沾染了许许多多的私欲。铜钱一掉进池塘里，便将这里纯净的天然的环境破坏，难免要生出一些奇奇怪怪的事情来。

最早遭遇怪事的人是上山来取报酬的木匠。

那段时间里，木匠正在给刘员外打一套檀木家具，伙食是包了的。木匠只有吃了晚饭之后才有时间上山来取人家留下的大米、豆子或者红薯。

木匠上山的时候，天已经黑了，月亮倒映在水磨坊边上的池塘里。若是有鱼游过，月亮就碎了。

就在这时，木匠听到水磨坊里隐隐传来了女人的哭声。

木匠心中生疑，这么晚了，谁还会到山上来？莫非是在家里受了气，没有地方去，跑到这里哭来了？莫不是来寻短见吧？

这么一想，木匠心里急了，顾不得脚下，奔跑起来。

才跑几步，脚下水边忽然哗哗地一阵水响。接着他感觉到脚踝被水草一样的东西缠住了。他的身体一晃，摔倒在水边。

他往脚底看去，绊倒他的不是水草，竟然是一只从水里伸出来的手！

那只手显然是女人的手。手指修长苍白。手腕处戴着一个玉手镯。

可是手的力气大得很，又不像是女人的力气。任他怎么踢踏，那只手就像是长在了他身上一样挣不脱。

顺着那只手看去，水下是散开的长发，完全看不清长发下面是什么。

"水鬼！"木匠大惊失色。

他想起来，大概半个月前，有个女人来这里磨豆子的时候失足掉进了池塘里。

他继而想起了"鬼怕恶人"那句话，于是将平日里听到的最难听的话一股脑儿地从肚子里倒了出来。往日里这个木匠其实是个比较内向的人，哪怕是被雇主克扣了工钱，也不敢当面说一声，却在床脚或者木柜的底板上刻两只乌龟。

难听的话骂了十多句，那只水里伸出来的手还是抓得死死的。

木匠却莫名其妙地感觉到从未有过的畅快淋漓。这么多年憋在心里的话如闷在泥土下的种子，今夜忽然都开了花。

就在他松懈的刹那间，那只手忽然更用力地拉拽他的脚。他被拖得更靠近水边，脚底已经踩到水面了。

这时，他想起兜里还有一个墨斗。

那个墨斗是他在木头上画线用的工具。刚好今天墨斗里没有墨了，他来山上之前找给人写对联的先生要了些墨水，小心翼翼地加进了墨斗里。

想到这里，他赶紧拿出墨斗，抽出墨线，缠在了那只手上，然后用力地拽。

若是常人的手腕被墨线缠住拽住，也会疼得哇哇叫。

那只手果然松开了。他急忙逃脱。

待稳住心神，他再朝水中看去。那只手已经不见了，墨斗还留在水边，墨线已经断了。

他不敢伸手去捡墨斗，害怕那只手突然从水里出来，抓住他的手。

而在此时，水磨坊里的哭声也消失了。

他明白了，水磨坊里的哭声是吸引他的注意力的，水里的手趁他分神的时候好抓住他的脚。

真够聪明的！他不禁在心里感叹。

他蹲下来，朝水底看，看到许多铜钱落在池底，密如鱼鳞，仿佛这山里睡着一条巨大的鱼。

虽然心有余悸，但想起水磨坊里还有他要拿的东西，他又站了起来，往水磨坊去了。

刚打开水磨坊的门，一位姑娘就侧身出来了。姑娘脸颊上还有泪痕，手里提着一个布袋子。布袋子上仿佛落了一层雪。

木匠心想，那层雪一样的东西应该是大米磨成的粉。

"原来是你在这里哭？我还以为是水鬼迷惑我。"木匠说道。

姑娘抬起手来抹了一下脸上的泪痕，却把一层雪抹在了脸上，看起来像是唱双簧的小丑，倒也增添了几分可爱。

木匠笑了笑，让出一条道来。

姑娘赶紧溜走了。

木匠想了想，觉得不对劲。

刚才姑娘抹脸的时候，手腕处似乎有几条墨线！

木匠转过身来，姑娘已经不见了。

木匠顿时出了一身的冷汗！

后来木匠问前来捉鬼的道士："她吓我一次也就够了，为什么还要从水磨坊里出来，再吓我一回？"

道士看了看池塘，又看了看水磨坊，回答道："她是想让我知道她的厉害。"

"让你知道她的厉害？"木匠不明白。

道士说："是啊。一般的水鬼，在水里力大如牛，在岸上则没有一点儿力气，顶多在水里拖人，哪敢上岸？你们请了好几个道士，没一个愿意来，就是都知道她的厉害了，不敢来。所以你们要请我来。"

木匠连连点头，说道："是的是的。代代相传的说法里，水鬼只有在水里力大无穷，上了岸就瘫软不能行走。这个水鬼真是怪了，竟然能到水磨坊里面来磨米，还能提一袋米粉！还怪好看！"

"有多好看？"道士问道。

木匠回想了片刻，说道："要说多好看，我还说不上来。这么说吧，是我看到过的容貌里面最好看的。"

道士撇嘴道："都是幻象。"

木匠道："那就是最好看的幻象。"

道士摇摇头，说道："就是幻象迷了你，你没注意她手腕上的墨线，才让她跑了。"

"换了是你，你也会晃一晃神。"木匠不服气道。

道士不屑道："这红尘幻象我早已看破。她迷得了别人，迷不了我。"

这时，一只黑色的猫从水磨坊里走了出来，"喵呜"了一声。

道士急忙小碎步跑了过去，蹲在黑猫身边，搓了搓手，小心翼翼地将手放在黑猫的脑袋上。

黑猫眯上了眼睛，一副非常享受的样子。

道士惊喜不已，抬起头来对木匠说道："你看你看，它喜欢被我摸头。"

接着，道士撸起猫来。

"这世上啊，除了猫，还真没什么迷得了我。"道士干脆将猫抱起来，放在膝上，手做梳状，给黑猫一遍一遍地顺毛。

话音刚落，黑猫发出"噗嗤"一声，如同谁捂嘴发笑，又如放了一个屁。黑猫忽然越来越小，毛色由黑变黄，最后变成了一只干干瘦瘦的黄鼠狼。黄鼠狼迅速从道士的膝上蹿了出去，逃之夭夭。

"原来是只黄鼠狼！"木匠惊讶道。

道士也是一脸惊讶，他拍了拍道袍，干咳了一声，哈哈一笑，说道："这山上的精怪还不少啊！果真是灵气钟秀的地方！"

"道长，您刚才不还说……没有什么能迷得了您吗？"木匠尴尬道。

道士搓搓手，笑道："不论是什么精怪，但凡变成猫的样子，都是可爱的。猫咪能有什么坏心眼？"

木匠见道士没有一点儿尴尬的样子，心想，这道长脸皮可真厚。

木匠心里虽然这么想，但嘴上还是附和道："以前听人说您有猫道长的尊号，嗜猫如命，今日一见，名不虚传啊！"

道士笑道："我师父曾给我推演过命理，说我前世应该是只猫。"

木匠道："原来是这样！那道长看看我前世是什么？"

道士看都不看他，就回道："你呀，上辈子肯定是只老鼠，天天啃别人家柜子的那种。"

木匠恍然大悟道："难怪我天天给人家做家具！原来是上辈子欠的！"

道士一本正经地摆手道："玩笑而已，莫要当真。"

"话说回来，道长准备如何收伏这个水鬼？"木匠问道。

道士说："当然是用师父教我的捉鬼术！"

木匠终于表现出钦佩的谦卑来，弯腰拱手道："那就有劳道长了！"

道士说："等天黑后，还有劳你在山下守住上山的路，不要让任何人上山，干扰我施法。"

"一定一定！绝对不让任何人干扰道长施法！"木匠连连点头。

天黑之后，道士独自一人来到水磨坊旁的池塘边，点了三根香插在木匠遇到水鬼的地方，对着水里撒了些生米，然后拿出一张朱砂画的黄纸符，放在水边。

接着，道士跪了下来，对着插香的方向磕了三个响头，嘴里念念有词："姑娘，大姐，姑奶奶！贫道学艺十多年，天天除了吃饭就是睡觉，除了睡觉就是晒太阳，再不然就是抱着饭碗在太阳底下睡觉。屁都没学。今天被山下的人请来捉你，我是十万个不情愿啊。

可师门名声在外，不来不行。麻烦您老大人有大量，可怜可怜我，不要在这里吓唬人了。您若是听我的，我回道观了，给您立个牌位，天天给您烧香，给您磕头，给您供红烧肉苞谷酒叫花鸡，把您当神灵供养，让您香火旺盛，衣食无忧。"

"切！"一个声音从道士身后响起。

道士吓得跳了起来。

"说了不要让任何人干扰我施法的呢？这个木匠果然靠不住！丢死人了！"道士抬起长袖遮住脸嚷嚷道。

"道长不要怕。我不是人。"那个声音又响起。

道士放下长袖，看到一位姑娘站在水边。姑娘的手腕上有几道墨线。

"要知道你不学无术，我就直接去你修行的道观里找你了，何苦吓那木匠一遭，引你到这里来！"姑娘一边说一边笑得花枝乱颤。

道士哆哆嗦嗦道："姑娘就是……就是那个……那个水鬼？"

姑娘瞥了他一眼，问道："你真的给我立牌位，给我烧香，给我磕头，给我吃给我喝？"

道士以手指天立誓："绝不食言！"

"那你还画了朱砂符来捉我？"姑娘指着水边草丛上的黄纸符说道。

道士连忙说道："天地良心！那是心想事成符！我怕姑娘不答应，从师父那里偷来给自己加持。"

姑娘捂嘴笑道："道士做到这个份儿上，也是难为你了！听说你以前捉了不少其他道士不敢捉的鬼怪，莫不是都用这种方法捉的？"

道士哈腰道："不敢当，正是贫道。"

"还不敢当？你不害臊吗？"姑娘绕着道士走了一圈。

"兵法上说，不战而屈人之兵，善之善者也。百战百胜，非善之善也。我这就叫不战而屈人之兵。是上上策。"

"如此羞耻的做法，竟然被你说得冠冕堂皇！不过这也比你师父好多了。你师父道行高深，手法毒辣，斩尽杀绝。被你师父捉去的鬼怪精灵，都被你师父放到锅里烹杀了。你倒一点儿也不像他。"

道士挠了挠下巴，说道："那是我师父的炼丹之法。我其他师伯师叔都是用金石灵药炼丹，想借灵丹妙药成仙，唯独我师父用妖怪炼丹。我师父说，这世上藏着一个甜味的妖怪，若是他能吃到，便能羽化登仙。"

"你知道为什么你师父吃到一个甜味的妖怪就能羽化登仙吗？"

"为什么？我也觉得奇怪，难道甜味的妖怪食之就能成仙？都怪我平时偷懒，修仙的法门我是半分都没有学到。"道士说道。

"因为你师父前世是仙人，还有不少徒弟。只因他说了句世人皆苦，却被你反驳说世上有甜人，引起了他的执念，于是三番五次到人间来寻找甜味的人，吃了许多人也没吃到甜味的，他便将范围扩大到一切有人形的生灵上，可终究竹篮打水一场空。后来他想起你说的那句话是世人皆苦，唯你是甜。他就让你做了他的徒弟，却不教你任何道术，只是想将你所说的那个甜味的人引到身边来。"

道士皱起眉头，问道："那么……那个甜味的人会来吗？"

姑娘面露讶色，无奈摇头，说道："看来不是师父不教你，是你真的不灵光啊！"

道士摆手道："非也，非也。是我懒。"

姑娘耸耸肩，说道："亏得懒，不然你的同门师兄弟们都知道你不灵光了。"

"别逗我了！你快快告诉我，那个甜味的人在哪里？"道士问道。

姑娘莞尔一笑，将一个手指伸到他嘴边，轻声细语道："你尝一尝，不就知道了？"

道士咬了一口，浑身一颤。

姑娘一惊，问道："不是甜的吗？"

"甜！甜到心里去了！"

姑娘低头，羞涩道："骗人！我是黄精变的，应该是苦味的。"

"别人吃可能是苦的，我吃却是甜的。"

"你想起来了吗？你以前是猫，但其实是一只瓦罐猫。我是山上的一棵偷偷修炼的黄精。后来你也变成了一个道士，给了我一个护身符。再后来，你说世人都是苦的，唯有我是甜的。你记起来了吗？"姑娘兴奋得手舞足蹈。

道士摇摇头。

姑娘收起笑容，迷惑道："那你说……为什么别人吃是苦的，你吃却是甜的？"

道士想了想，说道："可能是我的嘴甜吧。"

姑娘顿时蔫了下来："看样子你是记不起来了。"

道士在怀里掏出一个东西来，放到姑娘手里。

"呶，这是我画的护身符。你随身带着，可以保你平安。以后就算遇到其他道士，你也不用害怕。"道士说道。

姑娘看了看护身符，问道："你不是说，你什么都没有学到吗？"

道士说道："这可不是跟师父学的，我很久很久以前就会画护身符。"

"那你怎么不记得我？"

道士靠近姑娘耳边，小声道："我记得你的话，师父就会把你捉去炼丹。"

后来，道士在水磨坊住了下来，一个人住在半山腰，陪伴他的只有一只猫。

山下的人传言，水磨坊旁边池塘里的水鬼太厉害，道士只好天天镇守在那里。

来水磨坊的人看到那只猫的脖子上挂着一个护身符，笑问那个道士："道长，猫还需要护身符吗？"

道士说："当然需要！万一掉水里了呢？"

这里的人见他如此爱猫，渐渐都改口叫他做猫道长了。

人蛇恋

夜空的月亮似乎变得更加亮了，雪一般的月光从窗沿上滑落，
一不小心跌落在两个的身体上。

1

我和爷爷刚刚翻过后山，我就看见奶奶远远地站在家门口朝这边眺望。我忙举起手朝奶奶挥动。

这时，一个娘娘腔的声音在我身后响起："你们俩就是马师傅和他的外孙？"

我转过身，看见一个面容俊秀得像女人的男人，他的手指纤细，如同习惯了拿针捏线，拇指和食指捏在一起，小指微微翘起。

之所以能看出他是男人，是因为他的上唇上面冒出了须须几根胡子茬，像秋后收割过的稻秆。他的喉结也比一般人要明显很多，让人多余地担心喉结会捅破皮肤露出来。

"你是……"爷爷看了那人半天，想不起他的名字。

那个娘娘腔男人以为爷爷最后会说出他的名字来，可是爷爷晃了晃手道："我好像不认识你啊？"

那人并不在意，热情地自我介绍道："我是养蛇人的儿子啊。您不认识我，但是您一定认识我父亲吧！"

爷爷哈哈一笑，伸出手来要跟那人握，"原来你是张蛇人的儿子呀！你父亲我认识，方圆百里最有名的养蛇人嘛！我还看过你父亲吹口哨逗蛇玩呢！哎呀，你家不是离这里很远吗？怎么一大早就跑到这里来了？走亲戚，还是办事啊？"

那人诚惶诚恐地伸出手跟爷爷握住，很不自然地弯了弯腰，恭敬得有些夸张。他笑得比较尴尬，用另一只手摸了摸鼻子道："是啊，我父亲原来喜欢耍蛇，还出去卖过蛇艺。很多人都认识他。"

爷爷握他的手停住了，问道："原来？你父亲现在不养蛇了吗？那真是可惜！以前谁家的人被蛇咬了，只要找你父亲就没事了。多厉害的毒蛇都不怕。我还以为他会把手艺传给你呢。"末了，爷爷喃喃自语道："他怎么就不养蛇了呢？"

那人脸上的笑更加僵硬了，他抿了抿嘴，说道："马师傅，我父亲现在贩蛇，所以不养了。他说养了的卖出去心疼，还不如去捉了蛇再卖。这样一来，成本也低，野蛇的卖价也要高很多。"

爷爷的嘴角抽搐了一下，松开手来摸了摸下巴，侧头问我："我还有烟吗？"

我皱眉道："你一大早就出来了，我哪里知道你还有没有烟？"

那人慌忙在自己裤兜里摸索了半天，终于掏出一根相思鸟的香烟出来，又从另一个衣兜里掏出打火机，然后将烟递给爷爷，顺手将打火机打燃。动作连贯，但是不够熟练。那人笑道："我自己是不抽烟的，但是身上总带几根散烟。遇了熟人总要敬烟嘛。"

爷爷将烟头放在打火机的火苗上，深深地吸了一口，然后道："谢谢。"

那人显得手足无措。他嘴巴张开了好几次又闭上，最后终于说出话来："不用谢。其实，我不是去走亲戚，也不是去办事，而是来找您的。"

"找我？"爷爷眯了眼问道。

那人认真地点了点头。

"找我有什么事？"爷爷问道。

我见奶奶还站在门口朝我们这边望，便劝爷爷道："到屋里了再说吧。奶奶站在门口等了好久了。"

那人怕得罪我似的，连忙接口道："是啊是啊，我们到屋里了再说吧。"

于是，我们三人一起踏着被夜露打湿的小道向前走。

爷爷弹了弹烟灰，忍不住问道："是不是你父亲出了什么事？是他叫你来找我的吗？"

那人摇头道："不是的。是我自己要来的。我听父亲讲过很多关于您的事情，所以来找您帮忙。"

爷爷问道："那么，我又能帮你什么忙呢？该不会是蛇的事情吧？如果是这方面的事情，还不如求你父亲帮忙。"

那人说道："对，就是蛇的问题。"

爷爷手里的过滤嘴刚要塞到嘴里，却又停住了。"那你来找我就找错啦！你放着那么精通蛇艺的父亲不找，怎么偏偏来找我呢？"

这时，我们已经走到了爷爷家前的地坪里，奶奶迎着我们走了过来。那人连忙向奶奶打招呼："您老人家身体可健旺？"

奶奶愣了一下，但是立即认出他来："健旺得很呢！你可是张蛇人的儿子张九？"

那人笑起来，声音如黄鹂一般悦耳。声音虽然好听，但是眼看着是一个男人发出的，未免让人浑身不舒服。他朝奶奶点头，为这个老人家还记得他感到高兴。

奶奶惊讶道："哎哟，你都这么大个人啦！你父亲来这里玩蛇的时候，你还没有我家的饭桌高呢！拈菜都要站在椅子上！现在比我都高啦！"奶奶认人的眼光精准，谁家的小孩只要让她细细看过，许多年后再突然出现在她面前，她总能辨认出谁是谁家的孩子。但是，奶奶似乎从来意识不到孩子会随着时光的流逝而长大，乍一见面免不了要大呼小叫说孩子长高了长壮了。

"真是稀客呀！快进来坐！"奶奶连忙上前拉住他往屋里拖，好像生怕他不进来。

在他进门的时候，我听见一阵悉悉索索的声音，仿佛一条蜿蜒的蛇爬进了门。

2

奶奶道："你还没有吃早饭吧？刚好我们准备吃饭，一起吧。"

张九客客气气道："我来之前已经吃过了。你们吃吧，吃完了我再跟马师傅说说话。"

爷爷拉住他，将他拖到桌前，笑道："你就别客气了，你从家走到这里少说也要两个钟头，哪里会那么早就吃饭呢？你父亲跟我关系很好，你是知道的。别推三阻四了。"

张九挣扎着从桌边走开，在靠墙的一个椅子上坐下，拱着手求饶似的说："我真的吃过了。"

奶奶无可奈何："你也太客气了。那我们吃吧。"

张九听奶奶这么一说，居然羞红了脸。他像个没出过闺房门的大小姐一样，两只手揉捏着衣服的一角，嗫嚅道："我真的吃过饭啦。我一直起得很早，因为收集的露水不能让太阳晒到。我一般是吃了早饭收了露水，然后回来睡觉的。"

奶奶一边给我盛饭一边问道："收集露水干什么呀？你不是学道士炼丹吧？以前我只听说帝王人家使唤丫头收集露水来泡茶喝的。你喝茶也这么讲究？"

张九摇头道："我……我不是用它来喝茶的。"

"那干什么？"奶奶完全没有注意到张九的表情，不知道他努力掩饰着什么。

幸亏爷爷发觉了张九的不自在，连忙截住奶奶的话道："人家这么做肯定是有用的嘛，说不定跟养蛇有关，你又不懂，刨根问底干什么？"

奶奶这才发现张九的窘态，哈哈一笑，不追问了。

我们吃完饭。奶奶泡上四杯茶，一人递上一杯，又将桌上的碗筷收拾干净。我们几个围着桌子喝起茶来。

茶水喝了一半，张九仍旧不发问，两只眼睛有些失神地看着手中的茶杯。

爷爷烟瘾犯了，掏出一根香烟夹在鼻子上嗅。我代爷爷问道："在路上的时候你不是说找我爷爷有事吗？"

他像个小学生似的用目光询问爷爷。爷爷点点头，又扶了扶鼻子上的香烟。我实在是觉得这个男人没有一点阳刚之气，相貌长得这么俊秀也就罢了，说话娘娘腔也算了，但是一举一动都扭扭捏捏让人难受。如果他是一个女性，那么一切刚刚好。造物主好像故意跟他开了个玩笑，刚好把这个人的性别给弄反了。

到了这个时候，他还多余地问了一句："那么……那么我就开始说啰？"

爷爷将香烟放在桌子上，点头道："你说。"

张九用巴掌抹了抹嘴角，好像那里有一颗剩饭似的，然后道："我想请您去帮忙说说我父亲，叫他不要把前两天捉到的一条青蛇卖了。"

爷爷皱了一下眉头，问道："你父亲贩蛇是什么时候的事情了？最近才开始吗？"

张九道："已经三四年啦。贩卖的蛇少说也有五六百条了吧。前两天他在家门口捉了一条青色的蛇，后天收蛇的贩子就会到我家来。那个贩子定期到我家来收蛇。"他一边说一边捏着纤细娇嫩的手指。

爷爷道："你要我在贩子来之前给你父亲说一说，叫他不要卖了那条青蛇。是不是这个意思？"

张九抿嘴点点头。

爷爷看了桌上的香烟一会儿，问道："你父亲贩卖了那么多的蛇，你都没有管。为什么偏偏不要你父亲卖了在门口捉到的青蛇呢？"

张九低头捏手指不说话。我见他从大拇指捏到小指，然后换手又从大拇指捏到小指，如此循环往复。

"你不说出一个理由的话，我也不好劝你父亲啊！"爷爷也盯住他的手指。

张九手指的动作突然停住了。

"您不肯帮忙？"捏手指的动作是停止了，但是手指忽然微微地颤了起来，仿佛看见了什么恐怖的事情。

我也在心里纳闷：他的养蛇人父亲捉了那么多蛇，他一条也不救，为什么偏偏要救前天捉到的青蛇呢？难道那条青蛇有什么特别？或者，他预感到他父亲如果得罪了那条青蛇会遭到报应？

爷爷拿起烟在桌上轻轻地磕了两下，将纸卷里的烟叶磕得更加紧实。

张九忽然冲到爷爷面前，抓住爷爷握烟的手，紧张万分道："马师傅，您一定要帮我啊！无论如何，您一定要帮我劝劝父亲，叫他别卖了那条蛇！那个蛇贩子会把蛇剥开来，把蛇肉卖给餐馆，把蛇胆拿去入药，把蛇皮装到二胡上！"

我和爷爷被他弄得面面相觑。

每条被贩卖的蛇都不外乎蛇肉送到食客的碗里，蛇胆送到病人的药里，蛇皮装在艺人的二胡上。他的父亲既然是养过蛇又贩过蛇的人，他也应该早就知道蛇的用处了，为什么还这么紧张呢？

张九抓住爷爷的手拼命摇。爷爷手里的香烟被捏得粉碎，细碎枯黄的烟叶在桌上撒开，如秋后的落叶。

爷爷道："我不是不肯帮忙，但是你总得说说原因吧？就算我现在答应你，但是没有理由说服你父亲的话，我答应了也是白答应啊！张九，你别着急，你好好说这是为什么。为什么你非得救下这条蛇。你说清楚了，我才好劝服你父亲。"

张九猛的缩回了手，神经兮兮地自言自语道："不，不，不，如果我说清楚了，我父亲更加不会答应……"

3

"你父亲不是不讲道理的人，他会答应的。"爷爷劝道。

他抬起头来看看我，又看看爷爷，眼睛有些潮红，"不！如果我父亲知道了我为什么要救那条蛇，他会毫不犹豫地杀死它的！"

爷爷一愣，问道："到底是怎么回事？"

张九犹豫了半天，终于吞吞吐吐说出一句话来："因为……因为我爱上了那条竹叶青蛇。它那天傍晚在门口被我父亲抓住，是因为我们约好了那时候见面的。"

"你，你喜欢上了一条竹叶青蛇？"我在旁忍不住插嘴道，"你……怎么不喜欢上一个姑娘，偏偏喜欢上了蛇呢？"

"这就说来话长了。"张九又开始捏手指了。

在四年前，张九不是这样娘娘腔，也不是这样皮肤娇嫩。他跟着父亲学养蛇。一次不小心，技术不太熟练的张九被一条家蛇咬到。当时张九口吐黑血，两眼翻白。恰好他的父亲出去了，他的母亲又不懂医治蛇毒，胡乱抓了一把蛇药给张九吃下。

不知是因为那蛇的毒性不够大，还是蛇药碰巧起了点作用，张九居然留下了一条命。

待他的父亲回来，看了看他的舌苔，翻了翻他的眼皮，没有发现什么异常，以为事情就这样过去了。

可是过了几天，张九感觉浑身痒得难受。他拼命地挠，可是越挠越痒，直到将皮肤挠出了血，痒还是没有止住。嗓子也开始有些嘶哑，像感冒了似的。

张九的父亲在澡盆里加了许多草药，要他天天洗一遍。痒是消了一些，但还是不能完全消失。说话的声音渐渐发生改变，开始是像被人捏住了脖子，声调很高。后来，声音变得又尖又细，他的母亲听到他说话总要咬牙呲牙，双手拼命地护住耳朵。最后就变成了现在的娘娘腔。

他的父亲毫无办法。他的母亲到处求医，但是没有一个医生能治好他的痒和声音。

在吃大把大把的中药、打一针一针的西药的过程中，张九的皮肤发生了变化，角质增加了许多，白白的一层铺在身上如冬天在雪地里打了个滚。

到了蛇换皮的季节，他居然也像蛇一样蜕下一层皮来。张九说，蛇的眼部的菱膜染上乳白色，眼睛变白或变蓝，尾部皮肤的颜色也随之变浅，就表示蛇即将要蜕皮。而他蜕皮的时候感到眼睛胀痛，对着镜子一照，他的瞳孔居然也透出浅浅的蓝光。

蛇蜕皮期间喜欢喝水。而他蜕皮的期间也一大碗接一大碗地喝水。一大缸水他几天就喝完了。

虽然身上有厚厚的一层角质，但是手和脚，还有脸上脖子上的皮肤比以前要细嫩白皙得多。他细心的母亲还发现他的脸在变化，变得比以前要尖，比以前要窄。

他不知道自己患上了什么怪病，但是从种种现象来看，他的病和蛇有着最直接的关系。

他的父亲把所有的怨气都发泄在蛇的身上，一怒之下，决定从此不再养蛇。他将悉心养过的蛇都卖给了来村里收蛇的贩子，让贩子将蛇送到餐馆，送到中药铺，送到二胡店。他的父亲以前不吸烟也不喝酒。但是从那之后，他的父亲开始沉闷地抽烟，开始毫无节制地酗酒。

在一次痒得非常厉害，挠得浑身是血的时候，张九抢过了父亲手中的酒，一饮而尽。

张九跟他父亲一样，不好烟不好酒。忽然一杯喝尽，顿时脚步踉跄，昏昏糊糊。因为麻痹了神经，之前的痒的感觉终于完全消失了。

于是，张九也开始酗酒了。并且一喝就醉得东倒西歪。

又一次到了蛇蜕皮的时候，张九痒不能耐，将家里的酒喝了个精光，然后像稀泥一样瘫倒在床。他不知睡了多久，忽然感觉身上有些凉。下意识里，他拉了拉身边的被子。

可是凉意没有减少一点。当时他迷迷糊糊，似乎听到蛇吐芯子的咻咻声，他以为是幻听，没有在意。

第二天起床，张九看见父亲站在他的床前，双眉紧蹙。他以为父亲要责怪他喝完了家里的酒，没想到他的父亲蹲下身来，用手指触了触地面上的一道湿痕，说道："昨晚有蛇进了我们的家，到了你的床边。照留下的痕迹来看，那条蛇应该是有毒的竹叶青蛇。"

张九挠了挠后背，痒的感觉没有往常那么剧烈。

"蛇？"他眯着有些肿胀的眼皮问道。

父亲点头道："是的。我养蛇的时候除了有大黄蛇爬到房顶上吃老鼠，还没有见过其他蛇主动爬到我家里来的，居然还是条有毒的竹叶青！"

"竹叶青？"张九还有些恍惚。但是他熟知竹叶青蛇。

竹叶青蛇又名青竹蛇、焦尾巴。通身绿色，腹面稍浅或呈草黄色。多于阴雨天活动，在傍晚和夜间最为活跃。竹叶青的毒性不小也不大，一般来说不会致命，但是处理不当的话也说不定能夺人性命。竹叶青与一般蛇还有一个不同的地方，一般的蛇是生下蛇蛋，然后小蛇从蛇蛋中破壳而出。但是竹叶青属营卵胎生蛇类，会从泄殖孔生出小蛇来。

父亲咬牙道："看来蛇还是有灵性的。以前养它们的时候不知道报恩，反而咬坏我的儿子。现在我卖蛇了，它们倒要到我这里报仇来了！"

"报仇？"张九忽然想起了昨晚的蛇芯子的咻咻声。他忙低下头来检查身上，看是不是哪处留下了咬痕。如果被竹叶青咬到，伤口局部会剧烈灼痛，肿胀发展迅速，其典型特征为较多见的血性水泡，并且出现较早。

可是张九既没有找到咬痕，也没有感觉到灼痛。

4

张九的父亲瞟了他一眼，道："不用找伤口了。如果被竹叶青咬到而现在才发现的话，你早就没有命了。"

张九纳闷了，如果不是来报仇咬他的，那么竹叶青来到这里干什么？

第二天晚上，他多了一个心眼。他按正常的睡觉时间睡下，眼睛也闭着，可是耳朵窃窃地听着外面的声响。他想，如果那条竹叶青再来这里，他会毫不犹豫地捉住它。虽然那条蛇不曾咬到他，但是睡觉的时候总有一条蛇在耳边吐芯子，终归不是一件让人舒服的事情。

可是过了不多久，身上痒痒的感觉慢慢上来了。张九根本就装不出睡觉的样子来。他左边挠挠右边挠挠，越挠越痒，越痒越挠，苦不堪言。

他想，这个计划是进行不下去了，竹叶青肯定不会来了。而父亲的酒被他头一天晚上喝尽了，今天还没有去打酒，所以麻痹神经的酒也没得喝。张九烦躁不安地浑身挠痒。不过，他能够感觉到，痒的感觉似乎没有上次发作时那么剧烈了。他不知道身上的病毒是在减轻，还是别的原因促使痒的感觉减弱了。

正在他一边遐想一边挠痒的时候，外面响起了轻轻的敲门声。那敲门声很轻微，似乎还怕屋里的人听见，可是又想让屋里的某个人听见，恰似深夜约好了的陷入爱河的青年男女怯怯地敲对方的门。

张九愣了一下。这么晚了，谁有事来找他或者找父亲？他侧耳倾听父亲房里的声音，没有任何声响，只有轻微的鼾声。显然父亲母亲没有听到敲门声。

于是，他忍住痒，下床趿上拖鞋，吧嗒吧嗒地走到大门后，将门闩轻轻拉开。

"谁呀？"张九一边挠着脖子上的痒处一边问道。门外没有任何人。

他将头探出来，左顾右盼。

左边的角落里走出一个人来，怯怯道："是我。"那声音柔和得如一团棉花，钻进张九的耳朵里，无比舒服。

那个晚上的月光不甚明了，并且那人是背对月光，张九看不太清楚那人的模样，只见影子消瘦，是一个女人的模样。那晚还有轻微的凉风，偶尔掠过张九的脸庞，让他感到一丝一丝来自山林深处的凉意。

张九眯起眼睛看了看，问道："你是谁呀？我好像不认识你。"

女人道："你不认识我，可是你父亲认识我呢。"

张九点头，问道："那么，你是来找我父亲有什么事吧？我这就去叫我父亲。"

女人一听他要叫他父亲，急忙制止道："不要不要！"

张九回过头来，迷惑道："既然你认识我父亲，可又不是来找我父亲的，那么你来干什么的呢？还是敲错了门？"

女人将头探进屋里，瞟了一眼张九的父亲的房间。显然她知道张九家里的格局。女人在探进头的时候，脸凑近了张九。张九这才看清了她的面容和衣着。

女人的脸尖细如瓜子，皮肤白皙，杏眼柳眉，是一张绝美的脸。

她穿着一身绿色连衣裙，奇怪的是腰部勒着的腰带是草黄色，裙边上是不怎么搭配的焦红色，仿佛这件连衣裙放在火边烘烤的时候火苗燎着了裙边。但是连衣裙下面的身体玲珑诱人，凹凸有致。张九咽下一口口水。

"你父亲睡着了吧？"女人小声问道，尤其提到"父亲"两字，更是小心翼翼，声音微颤。

张九顺着女人手指的方向，看了看父亲的房间，仿佛女人才是这里的主人，而张九要依靠她的指点才清楚房间格局一般。张九挠了挠后背，道："是的。他已经睡着了。"

女人道："那我们就不要打扰他的睡眠了。我要找的是你，不是你父亲。"说完，女人提脚要跨进门来。张九看见了女人的鞋子，那是一双红色的绣花鞋，现在很少有人亲手做绣花鞋穿了。

张九连忙挡在门口，拧起眉毛道："我还没答应让你进来呢。你说你是来找我的，可是我怎么不记得在哪里见过你呢？"

女人在门口犹豫了半天，一副想说又说不出口的模样。

张九解释道："我可不能随便让陌生人进来。你至少说清楚你找我有什么事，如果我觉得可以才能让你进来。"张九两手左右各抓住一扇门，人挡在门中间。

女人抖了抖肩膀，做出一副怕冷的样子。"你可以让我先进去再说话吗？外面阴冷阴冷的。行不行？"女人双手搂住肩膀，跺了跺脚。她跺脚的动作很轻，张九知道她怕惊动了屋里睡觉的人。

张九见她这样央求，不好意思再拒绝。他松开了手，道："进来吧。有什么事情快快说。现在时候不早了，说完早些回去。"

女人见他终于答应让她进去，欢喜雀跃地钻进屋里，直奔张九的房间。张九返身关上大门，跟着女人走进自己的睡房。

待张九走进房间，女人已经在床边坐下，两只欣喜的眼睛盯着张九直看。

张九问道："你怎么知道我的房间在这边？"

女人笑道："我……来过这里呀。"

"你来过这里？我怎么不知道？也没有听父亲提起过。"张九问道。

女人眼珠滴溜溜转了一圈，答道："也许是我来了你没有看到我，也许是你父亲提到过但是你没有在意。"

张九"哦"了一声，问道："那么，你这么晚来找我有什么事呢？有什么我可以帮到你的吗？"他见女人坐在床边，自己不好意思再靠过去，便选了个正对女人的椅子坐下。

女人露出一个俏皮的表情，道："我来不是找你帮忙，而是来帮你的。"

5

"你是来帮我的？"张九瞪大了眼睛。他原以为这个女人深夜来访是要找他父亲或者他来帮什么忙，没想到女人开口就说是来帮他的，并且是在这么深的夜晚来帮他。那么，这个连名字都还不知道的女人要帮他什么，要怎么帮他呢？张九实在想不明白。

女人此时却认真地说："是的。我是来帮你的。但是我有一个要求——不要让你父亲知道。可以吗？"

张九不以为然道："你这个人怎么这么怪呢？我都还不知道你是来帮我什么忙的，你却首先提出不要让我父亲知道的奇怪条件。

既然你想帮我，呃，虽然我还不知道我有什么需要你帮忙的，姑且就认为你能帮我什么吧，那么为什么要瞒着我父亲？"他一边说一边不忘挠痒。他身上已经有好几处被坚硬的指甲抓得通红了。

"你的意思是，不需要我帮忙吗？"女人挪动了一下身子，说道，"你身上痒得难受吧？我看你一边说话一边挠痒，这滋味很不好受吧？"

张九尴尬地笑了笑，道："别说你这么晚到这里来就是为了给我挠痒吧？"他只不过是开个玩笑罢了。

可是女人却很认真地点了点头，两只眼睛毫不闪避地看着他。

张九一惊，对望着女人。女人又一次点了点头。

"你，你……"张九的喉结上下滚动，"你不要跟我开玩笑。这个玩笑不好笑。"

女人盯着他，静静地听他说完话，然后说道："我知道你的身上有一种奇痒的感觉，并且问过医吃过药，没有起到一点效果。还有，我知道你的痒是因为曾经被蛇咬到。你的父亲就是因为这件事情才不再养蛇，转而卖蛇，是不是？"

张九的嘴巴张成了金鱼吐泡泡的形状，"你是怎么知道的？"

"我不是跟你说过吗？我跟你父亲很熟，他的事情我知道很多，所以我也顺带知道了一些关于你的事情。"女人顿了顿，又说，"我相信那条咬你的蛇不是故意的，它一定是误解了你的意思才咬了你的。如果它知道它的蛇毒会给你造成这么大的痛苦，它一定非常后悔。"女人说话的语气非常诚恳，仿佛她要代替那条蛇给张九道歉。

张九嘴角拉出一个笑，"你又不是那条蛇，你怎么这么清楚那蛇的想法呢？不过我知道，蛇一般是不主动攻击人的。一定是我的动作不够熟练，让父亲养的蛇误以为我要伤害它，它才咬了我一口。"

女人高兴地说："你能这么想是最好的。"

张九摊开双手道："事情已经是这样了，我还能怎么想呢？"

"那么，你就没有想过完全治好这种痒病吗？"女人问道。

张九哼了一声，道："连专门养蛇的父亲都治不了我的痒，其他人我就更加指望不上了。"

女人突然问道："我记得你以前是不碰一滴酒的，现在却经常喝得烂醉，是不是也是因为痒得没办法了？"

张九狐疑地看了看面前的妖媚女人，"你怎么知道这么多？"

女人抬起娇嫩的手在鼻子前扬了扬，道："我能闻到酒味啊。所以……所以我就这么猜啰。我……哪里会这么熟悉你的习性？"

张九道："我今天没有喝酒。你从哪里闻到的酒味？"

女人慌忙道："我是昨天闻到的……"

"昨天？"张九按了按太阳穴，"你昨天也来了我家吗？我怎么没有看见你？"

女人脸上掠过一丝慌张。

张九喃喃自语道："难道我喝得那么醉，谁来过我家都不记得了？"

女人连忙挥挥手道："对呀。我来的时候你已经烂醉如泥了。你当时肯定不知道我来了。"说完，她轻轻吁了一口气，脸上恢复了平静。

"哦。"张九沉吟道，然后他抬起头看了看窗外的夜色。影影绰绰的槐树如鬼影一般印在窗上。

女人也看了看窗外，然后站起身来，走到张九面前，将那张玫瑰瓣儿一样红而饱满的嘴凑到他的耳边，轻轻地、缓缓地说道："张九，天色很晚了。我们开始吧……"

张九感觉到耳边掠过一阵带着温度的风，惬意无比。而那棉花一般的声音直往耳朵最深处钻，令他的心也变得痒痒的，不挠一挠就会难受。

"你……你要干什么？"张九畏畏缩缩地向后挪动身子。其实他的挪动是徒劳无功的，因为他的椅子已经靠在墙壁上了。他不是一个冷血的汉子，但是在这样寂静的夜晚，他生怕吵醒了隔壁的父母亲。

"我给你止痒啊。"女人一边说一边给他解上衣的纽扣。

张九的两只手紧紧抓住的不是胸前的衣襟，而是椅子的靠背。他发现自己的身体有些僵硬，一块块的肌肉此时变成了不可伸缩的石头。

最上面的一颗纽扣被女人解开了，露出的皮肤上有着一层雪一样的角质。张九为自己丑陋的一面暴露在女人面前而羞愧难当。他尴尬地笑了笑，连笑声也是那么僵硬。之前他的闪避，也是因为怕女人看到他的皮肤。如果是在被蛇咬之前，他浑身的血液肯定早就像烧开的水一样沸腾起来了。

女人用手抚摸张九胸前的角质，动作轻柔而带着点点怜惜。当女人的指头触到张九的时候，张九打了个冷战。

因为，女人的手实在是凉！

6

女人俯下头来，长长的秀发扫过张九的脸，清香而有些发痒。不过那种痒不是他中了蛇毒之后的痒，而是一种怯怯的带着些许害怕的痒。女人的头放在他的胸前，他低头看了看女人的秀发，不知道她要干什么。他想问一句，但是嗓子里涩涩的，发不出声音。

　　忽然，他感觉到胸口的某一处触到了软绵绵的湿漉漉的东西，那东西如小虫一般蠕动。他的神经绷得更加紧了，他感觉身上的肌肉已经达到了紧张的极限，下一刻就会像超过拉伸极限的橡皮筋一样断裂。

　　"你……你……"张九咕噜一声吞下一口唾沫，终于憋出两个字来。

　　"干什么？"女人从他胸前抬起头来，舌头舔了舔嘴角，像是刚刚用过餐一般。同时，张九胸口的感觉消失了，只有阵阵清凉透心，如擦了一层清凉油。

　　张九心里惊呼道，她，她，她……她竟然用舌头舔我的胸口！

　　张九的心跳骤增，慌忙再往后一缩，身子已经紧紧贴住墙壁。椅子被他的身体推倒，靠背撞在了墙上，一块早已松缓的石灰从墙上剥落，落在地上裂成块和粉。

　　椅子的撞击惊醒了隔壁的父亲。

　　"怎么啦？"那个苍劲有力而带些睡意的声音从隔壁响起。随即是习习的掀被子声和哒哒的脚步声。

　　"快！我父亲马上过来了！"张九急忙伸出双手往前一推，未料推力落空，自己一个趔趄。咦？面前的女人早已不见了。扫视一周，房子里也没有看到女人的影子。他来不及多想，立即将椅子扶起来，慌乱地回到床上躺下，迅速拉上被子盖住胸口。胸口凉意还在。

　　父亲的脚步声在门口停住，敲了敲门，问道："张九，你在干什么呢？这么晚了还不睡觉？"父亲的话语里带着几分怀疑。

　　张九翻了个身，故意懒洋洋答道："我已经睡了，只是痒得难受，我挠了好一阵。"说完，他伸手在胸口挠了挠，角质发出吱吱的摩擦声。这种声音在白天听不到，但是在寂静的晚上听得尤为清晰。

他的父亲没有推开门，站在门前叹息了一阵，劝道："张九啊，做父亲的对不住你，没看好自己养的蛇，让你受苦啦！"

张九听了有些心酸，身上的痒又四处冒起，他禁不住吸了一下鼻子，道："父亲，是我学艺不精。要怪都怪我平时不认真，不怪您嘞。"

父亲那边半晌没有说话，张九趴在床上听了好久，竟然忘记了要去挠痒。他们父子俩就这样隔着一扇门一站一卧。

末了，还是张九打破了沉默。

"我没事。您回屋里去睡觉吧！明天还有事要做呢。"他将胳膊放在床沿上来回磨蹭，像水牛一样挠痒。床沿上留了一圈白色皮屑，倒仿佛是将床沿给磨坏了。

他的父亲道："要是你实在痒得难受，你就叫出来，不要憋着怕吵醒了我们。憋在心里会憋坏人的，知道吗？"张九不知道父亲什么时候变得这般婆婆妈妈了。他向来不是个多话的人。

张九回道："我知道。您睡觉吧。"

他的父亲在门口犹豫了一阵子，这才哒哒地回到隔壁的睡房里，接着就听到父亲唉声叹气。张九忍住身上的痒，窃窃地听见隔壁房间的声音渐渐没有了，才揭开被子站在屋中央，向各个角落里"扫瞄"。他的心里隐隐有着期待，期待着那张俊俏的脸重新出现在他的面前。

他一动不动地在房中央站了十来分钟，可是那个女人没有如他所想的那样从某个角落里走出来。只有一只土蝈蝈刚刚睡醒似的鸣叫起来……

张九失望地回到床边坐下，望望窗外，月残如钩。他一时天真烂漫地想，老一辈人说月亮里面有个吴刚在砍桂树，桂树被砍开了又愈合，愈合了又被砍开，不知道吴刚有没有闲心回头看看这边，有没有看见一个绝美的女人曾伏在他的胸口。

由于头天晚上耽搁了睡眠，张九第二天接近中午才醒过来。当睁开眼睛准备起床的时候，他再一次看见父亲站在床前。他的父亲像是一直站在床前等他醒过来，一双眼睛狐疑地上下打量张九，好像今天的张九跟昨天有所不同，需要他细细打量一番才能确定床上躺着的是不是张九。

张九坐了起来，懒懒地问道："父亲，您这是怎么了？"

父亲冷冷问道："你昨晚有没有看见一条蛇来过屋里？你睡得那么晚，应该能看到的。"

张九皱了皱眉，回答道："没有。有也不知道，我睡得晚，睡得比较死。"

父亲依旧冷冷问道："张九，你是不是偷偷养着蛇？你是不是藏着喜欢的蛇不让我知道？"

张九不耐烦道："你不是专门养蛇的人么？我有没有藏着蛇你还不清楚？要不是我技术差劲，我能被蛇咬着么？我这样的技术能瞒过您那双眼睛？"

"没有最好！"他的父亲的语气立即软了下来。

张九对父亲的唠叨很不满，故意垮下一张脸。但是他的心里很是紧张，昨晚虽然没有见到蛇，但是有一个女人来过房间里，并且用舌头舔过他的胸口！

他的父亲退到门口，在拉上门之前，有意无意沉吟道："昨晚肯定有蛇进了屋！"

张九表面波澜不惊，但是心里一颤。莫非那个女人就是蛇变的？

她的手指，她的舌头都是冰凉冰凉的，正常人应该有着三十多度的体温。可是，如果她是蛇，那么她为什么要帮自己？难道她就是咬伤自己的那条毒蛇？

7

但是不可能的。咬伤他的蛇早被父亲交给蛇贩子了。那条蛇不是早已成为食客的一碗鲜汤，就是成了二胡上面的蒙皮。

张九暗想，既然那蛇连续两夜来了，那么今天晚上还会来。

于是，第三个夜晚，他守株待兔。

月上树梢，月中淡淡的影子隐约可见，像一棵茂盛如伞的大树，也许那就是吴刚砍桂树的传说的来源。风是比昨日要大得多，大树小草随着风势起伏不停，不远处的山就像汹涌的波涛一样。偶尔听得一两声瓦片摔碎的声音，不知是谁家的屋顶许久没有拾掇，鱼鳞一般的瓦早已松动，此刻被风吹落。

屋里倒是要安静得多，关上窗，闭上门，任是再大的风也无可奈何。张九仰躺在床，两只眼睛发愣一般对着房顶，看着挂满灰尘与蛛丝的房梁。他表面宁静无比，但他内心却狂躁难抑。外面的大风倒是没能刮下他家的瓦片，也没能刮破他家的窗纸，但是掩盖了从门前经过的行人脚步声。这是他内心不能平静的原因。

她会来吗？今晚这么大的风，也许她不会来了吧？不对不对，她应该还会来的，前天和昨天都来了，今天一样会来的。可是，可是她没有说今晚一定会来呀？不过她也没有说今晚不来呀？

无数的疑问在张九的脑袋里转来转去，转得他有些头晕。张九坐起来，不一会儿又躺下，躺了不几分钟，又坐起来。

这样大的风也没有什么不好，至少隔壁的父亲听不到他房间里的动静了。张九这样安慰自己。这样一想，他的心里不禁升起了一丝邪念。我这边房里的一切声响父亲都是听不见的吧？

可是立刻张九骂了自己一句，千想万想不该想那龌龊的事！身上的痒处有如雨后春笋，渐渐出现。张九左挠右挠，加上等得焦急，简直如同炼狱一般。这次的痒与以往又有不同，痒中似乎带着一丝燥热，手挠处虽然解了痒，但是制止不了那股燥热劲儿。

张九耐不住这样的怪痒，将背顶在墙壁上，上上下下蹭动。这样挠痒的范围是增大了许多，可也是杯水车薪。幸亏外面的风大，任他怎样蹭墙也不会引起隔壁父母亲的注意了。正当他在墙上蹭得不亦乐乎的时候，大门处隐约响起了敲门声。

张九立即弹跳开来，急忙打开睡房的门直冲向堂屋，快速拉开门闩打开大门来。

门外空无一物，只有地上的树影如魔鬼一般舞蹈。月亮如天幕的一个漏洞。张九探出头来左看右看，连只晚上出来偷食的老鼠都没有看到。也是，这样的夜晚，老鼠都不敢出来，蛇哪里会出来呢？

张九失望地关上门，返身回到自己的房间，呆坐了好一会儿。

困意渐渐袭上眼皮，沉沉地往下压。虽然痒还如跳跃的沙粒一般打着各处皮肤，但是瞌睡虫也开始侵蚀他的精神了。他忍不住打了一个长长的呵欠，打得眼睛都湿润了。

他一边挠痒一边强撑着眼皮，可是渐渐睡意占了上风。他依靠在折叠成四方块的被子上打起了盹。

不知过了多久，在半醒半寐之间，他忽然感觉到一个软绵绵的湿漉漉的东西在身上爬动。他哼了一声，那种感觉立即消失了。

过了一会儿，那种感觉重新出现。

张九微微睁开眼，看到了那张绝美的脸。"你……来……了？"他迷迷糊糊问道。

她点点头，露出一个温馨的笑容。

在她没有来之前，他急不可耐；此刻看到了她的脸，他反而懒洋洋地不愿直起身来，仿佛自己的一举手一挪身都会驱散那种软绵绵的湿漉漉的感觉，会让眼前的女人如梦一样消失。"昨晚你怎么不跟我说一声就走了呢？"他连问话的声音都是懒洋洋的，虽然问起，并没有责怪的意思，甚至女人回答不回答他都无所谓。是的，他无所谓了，即使此刻父亲的警告充斥在耳畔他都无所谓了。

"你父亲来得太突然，我来不及跟你打招呼。"女人充满歉意地说道。

张九点点头，问："我父亲说这两夜有竹叶青蛇来过，他说的是不是就是你？"在等待她到来的时候，他还在想要怎么向女人询问，太直接的问法会不会不太合适，到了此时，前面所有的顾忌都不复存在了。

女人也毫不避讳，笑着点点头。她的爽快倒是张九没有料到的。

"难怪……"张九看了女人一眼。他此时总算明白了为什么女人穿着通身绿色，裙边却有火燎到了一般的焦红色，拦腰勒着一根红腰带了。竹叶青蛇就是这样，通身绿色如珠子一般，身侧有一条红线，而尾巴焦红。所以竹叶青也叫焦尾巴。

"那条咬过我的蛇跟你是什么关系？你是心甘情愿给我治病，还是为了帮你朋友？"问这话的时候，张九闭上了眼睛。

张九没有得到女人的回答，却听见女人咯咯的笑声。她笑得花枝乱颤、梨花带雨。

"你笑什么？"张九睁开眼来，颇不满意地看了一眼扑在怀里的女人。有了昨晚的遭遇，他不再紧张到那种程度，却多了几分欢喜，多了几分依恋。自从被毒蛇咬了之后，他总是将衣领和袖口拢得紧紧的，生怕别人窥见了他变异的皮肤。而这个绝美的女人不但不鄙夷，却用最亲密的方式给他治疗。

"你是不是喜欢上我了？"女人如不懂人间情爱的总角少女一般，说话毫无忌讳、直来直去，然后淡然一笑，道："可是你知道的，我是蛇……"

8

张九以为外面的大风可以使隔壁的父亲听不到他的房间里的声响。其实不然，张九的父亲养蛇多年，比张九要精明得多。他早早地准备好了对付偷偷潜入房间的蛇的方法。

张九的父亲弄了些湿柴堆在火灶里，等着蛇一进门便将湿柴点燃。其实在竹叶青进门之前，张九的父亲已经将竹编的笼子放置在门口了。女人进门的时候没有看见，一脚将那竹编之物踩扁了。

在张九急不可耐地等待女人的时候，张九的父亲正在隔壁侧耳倾听。也许是风大的影响，他不曾听得不同寻常的声音。守了许久，他也经不住瞌睡的诱惑，眼皮沉沉。张九的母亲之前就反对他父亲养蛇，可是后来见怎么劝都没有效，倒不在意了。当听闻丈夫说连续几夜有蛇偷偷潜入房间的时候，她不以为然："养蛇卖蛇都不怕，一条蛇爬进屋里就担心成这样啦？"

所以在张九的父亲将耳朵贴在墙上倾听的时候，她则劝起了丈夫，叫他不要耽搁瞌睡了。蛇该干吗就干吗，任它自由来了自由去。

不做亏心事，不怕鬼敲门。可是张九的父亲自从贩卖蛇以来就没有一天不担心蛇会报复。他早就料到有一天避免不了跟蛇斗智斗勇。养蛇的他深知蛇的灵性丝毫不逊色于狡猾的狐狸。如果是毒蛇的话，那危险程度比狐狸还甚。

从这两次蛇留下的痕迹来看，显然蛇是冲着他的儿子来的。而他的儿子本来耍蛇的技术就比自己差了一大截，所以由不得他不担心。

他听着外面呜呜的风声，打了两个盹，忽然闻到一丝若有若无的气味。如果是别人，纵使鼻子再灵敏也不会对这种气味有任何的警觉。可是对于养了多年蛇的他来说，这种气味足够让他如针刺了一般浑身一紧。

屋里虽然没有呼啸的风，但是窗纸和门的密封性再好，也会受到风的影响。屋里空气对流的情况比没有风的时候强多了。纵使有什么浓烈的气味也会被驱散淡去。那丝丝缕缕的气味似乎也充满了活力，想努力摆脱这个养蛇人的鼻息。

蛇来了。

他告诉自己道。他悄悄起身，来到了堂屋里。他的脚步轻轻，如做贼一般。他的妻子气息淡定，根本不知道屋里的变化。

他借着微光摸索着走到大门口，将鼻子凑近门槛嗅了嗅，然后捡起那个被踩扁了的竹编笼子。

难道是张九半夜起来出过门？当时他绝不会想到是那个蛇幻化成的女人留下的印迹。但是门槛上留下的气息告诉他，蛇已经越过这个竹编笼子进了屋。他不作声张，悄悄溜进厨房，将竹编笼子挂在吊钩上，然后引燃一把干燥的稻草，塞进火灶中，随后将火灶里的湿柴翻动，将湿润的柴木压在燃着的稻草上。立刻，浓浓滚滚的烟从火灶口冒了出来。

养蛇人早将烟囱和窗口堵死，将厨房的门敞开，手拿一把蒲扇将浓烟往堂屋里赶。

当走到堂屋里，自己的眼睛也被烟熏得泪水盈眶时，他忽然想起了一件重要的事情——这个时节刚好是蛇的发情期。这个时节也是蛇最具攻击性的时期。他刚才闻到的气味正是母蛇在发情期释放的，周围三十公里的公蛇都能闻到。而此时，这种气味正从儿子的房间里散发出来。

9

张九的父亲忙得不可开交的时候，张九自己却对面前的绝美女人没有任何敌意，反而产生了几分好感。女人的舌头所到之处，张九的痒偃旗息鼓。凉丝丝的感觉在全身蔓延开来，让张九如堕水里。

张九终于忍不住一阵破体而出的冲动，翻过身来将女人压住，两手粗暴地撕扯女人的衣服。

女人被张九突然的动作吓了一跳，当张九的手撕扯她的衣服时，她忍不住撕心裂肺地叫了起来。"住手！我疼！"女人的表情扭曲了，钻心裂肺的疼痛促使她不得不停下了舌头的动作，两弯柳眉拧在了一起。

张九呆了一下。

女人埋怨道："这是我的皮，你这样生硬拉扯，会弄疼我的。"女人一面说一面低头自己轻轻解下绿裳。动作是那样的轻柔，却又是那样的惊心动魄。女人的白皙肌肤暴露在张九的眼前，像剥开了的荔枝一般，令张九口舌生津。

女人将她的绿衣服小心翼翼地放在旁边，羞答答地抬起睫毛，怯怯地看了他一眼，像是害怕，又像是鼓励。刹那间，张九仿佛看到女人的眼眸是小石头扔在平静水面激起的涟漪，荡漾开去。而他自己则是这水面的一个失足掉下的昆虫，不会游泳的他被这一波接一波的涟漪扑得几乎窒息。

一阵窒息之后，是不可抑制的冲动。张九不顾一切朝女人扑去……

外面的风似乎变得更大了，呼呼的似乎要扫清地面；夜空的月亮似乎变得更加亮了，雪一般的月光从窗沿上滑落，一不小心跌落在两个的身体上。

仿佛过了一个世纪，又仿佛只过了一瞬间，风终于静了，月亮终于淡了。张九疲软地从女人身上滑下来，长长地吁了一口气。此时，浑身痒的感觉消失殆尽，他从来没有感觉到过这般舒适。他抬起手摸了摸自己的胸口，那些往日像磨砂一般的角质，此刻变得又软又脆。他侧头看了看枕边的女人，她正怔怔地盯着自己，两只眼睛比当空的月亮还要清亮透彻，容不下这尘世间的一颗小小灰尘。

她莞尔一笑，他会心地笑了。

门外的养蛇人正将耳朵贴在儿子的房门上。他原以为会听到蛇芯子咻咻的声音，未料等来的却是儿子的笑声。

养蛇人觉得有些异常，他的儿子浑身痒得难受，自从被蛇咬了之后，从没有听见他笑过。如果半夜醒来，他时常听到儿子在隔壁辗转反侧，要么是叹息，要么是沉默。

养蛇人迅速推开房门，从门外一跃而入。

他没有看见蜿蜒的蛇，更没有看见猩红的蛇芯子。对面是他的儿子，两只清澈的眼睛盯着站在房中央的他。他狐疑地查看了一周，问道："你没有听见蛇的声音吗？刚才我闻到它发情时释放的气味了。"

他的儿子听他说到那两个字，脸上一红，问道："父亲，你说什么呢？"他的眼神怯怯的，如一只偷油的老鼠被逮住。

养蛇人见儿子的被子枕头凌乱，便走近来，伸手在被子上按了一按，又用鼻子吸了吸空气。他的儿子盯着他，似乎等待他先说些什么出来。可是他能看出来，儿子已经做好了反驳一切的准备。

"是不是……是不是身上又痒了？"养蛇人的嘴唇嚅了许久，终于违心地憋出一句话来。说完，他伸出手摸了摸儿子的肩膀，他看见儿子的肩头有一个浅浅的红印，不过那不是蛇牙留下的印，而像是人的牙齿留下的。他不确定那就是人的牙印，据他所知，他的儿子还没有谈对象。也是，这一身角质的皮肤，让他的儿子早失去了青春的自信，一天到晚都是蔫耷耷的。

他的儿子低头看了看弄成一团的被子，默认似的点了点头。然后，他的儿子问道："你怎么还没有睡呢？你养了这么多年的蛇，也开始贩卖蛇了，差不多跟蛇打了一辈子的交道了，难道你还怕蛇进来？"

养蛇人尴尬地笑了笑，语重心长道："我不是怕它，我担心它们会来对付你。"他一面说，一面又将屋里的一物一什看了一遍。他那双眼睛像鸡毛掸子一般，任何一个小角落都没有放过。屋里没有任何异样。他在外面闻到的气味此刻渐渐散了。

交配过后的母蛇便不再释放那种气味。他稍稍放下心来，可是同时心里又打了一个疙瘩：难道还有另外的一条公蛇在这周围？

张九极不自在地挪了挪身子，说道："父亲，天晚了，你还是安心睡觉吧。你看，我这不是好好的吗？"忽然，张九闻到一阵呛鼻的气味，皱起眉头问道："这是什么气味？是不是谁家着火了？"

养蛇人经儿子提醒，脸色顿时变了，"啊？糟糕！不是厨房里燃着了吧？"他急忙返身赶去厨房。

火灶里的火苗果然蹿了出来，像蛇芯子一样舔着火灶外面堆放的稻草。养蛇人慌忙提起角落里的潲水桶，将半桶潲水泼在了稻草上。

火熄灭了，烟更浓了。

张九坐在自己房里听到厨房里传来剧烈的咳嗽声。他的母亲在睡梦中被烟熏雾撩的气味惊醒，大声骂道："叫你好好睡觉偏不听。你要把我们的房子烧了才放心吧？"

张九抬头看了看头顶的房梁，一条绿色的蛇盘旋在横梁上，它回头看了看张九，然后顺着横梁缓缓地爬了出去……

10

张九讲到这里的时候，情不自禁地抬头看了看头顶。由于爷爷家的厨房和堂屋挨得近，堂屋里的房梁上满是黑色的灰尘。如果打扫的时间间隔长一些，就会看到原本细如毛发的蛛丝变成粗粗一根，沉甸甸地驼成一个半圆。也许，此刻张九把那盘旋在房梁上的蛛丝想象成了那夜爬走的蛇？

阵阵清风从门口吹进堂屋，吹凉了我们手中的茶。奶奶在旁收走茶杯，换上热茶。

张九细声细气道了声谢谢。

爷爷握住茶杯，问道："张九，你还记得四年前你跟那条蛇第一次……的日子吗？"爷爷已经料到了什么，但是他需要更具体的东西来确定一下。

张九脸上微微一红，说出了那天的日期。

爷爷将在茶杯上焐热的手指伸展开来，大拇指在其他四个手指的指节上点动。爷爷沉吟了一会儿，问道："大概几点，你还记得吗？"

张九脸上更红了："我的床头放着一个闹钟的，所以我知道时间。"他羞涩得像一个青涩少男当着别人的面说出第一次约会的日期一样，好像记得这么具体是一件很令人尴尬的事情。不过，他的担心是多余的。爷爷正专心掐算着手指，而我专心等待爷爷算出的结果。

爷爷停了一下，皱了皱眉头，重新算了一遍。

张九早就等不急了，伸长了脖子看了看爷爷的手掌，又看了看爷爷的嘴唇，仿佛这样就可以看出爷爷手里算着什么东西，嘴里念着什么东西。"马师傅，您对古代数术很在行吧？"他突然开口问道。

爷爷一惊，注意力从手指上转移到张九身上，讶问道："你知道古代数术？"

我也是一愣。俗话说隔行如隔山。原以为他只是门外汉一样好奇爷爷的动作，没想到他还能问出所以然来。

张九捧起茶笑道："我了解一点点。跟我父亲养蛇的时候，很关注日子的变化对蛇的性情的影响，所以也学了皮毛。我知道您现在用的是古代数术，不过我们后辈人一般听都听不懂。"

爷爷见张九还懂他的数术，立即来了兴致。原来文天村做灵屋的老头还在世的时候，爷爷经常去他家，跟他讲一些我听不懂的话。特别是我未满十二岁之前，每次从爷爷家回去，奶奶都要爷爷送我走过画眉村与文天村之间的那座山。翻过山之后，爷爷就去了那个老头家里谈天说地。我有时走得脚累了，也跟爷爷进去坐一会儿，喝一口茶。那个老头逝世之后，爷爷又少了一个说话的人。

画眉村还有一个老头经常来爷爷家坐，也时常聊过去的事儿。可是那个老头是比爷爷还要典型的农民，他不会数术，只跟爷爷聊一些过去的人和过去的事。而爷爷经常跟他聊着聊着就打盹了。

　　这次见张九懂得一些古代数术，难免有些相见恨晚的意思。爷爷呵呵笑道："难怪，懂点数术对什么都有些帮助的。莫说养蛇，就是我现在种田都靠着这几句口诀呢。"

　　不知道是为了赢得爷爷的好感，使爷爷更愿意帮助他，还是真正为了讨论数术，张九立即口若悬河："古代数术是中国古代传统文化的精华呢，它是以宇宙最基本的真理大道为基础，以太极模型、阴阳、三五之道的三才与五行为运筹和协的原理，把音律、历法、星象、气候、地理、医术等等各个学科统一成为伟大的整体观的学问。我一直想把古代数术学到手，可惜我不但知识太浅，领悟能力也比较差，不然也不会让我父亲养的蛇咬到了。"

　　爷爷见话投机，笑盈盈道："世上一切事物都有内在的联系，这个联系就是'数'。所谓数，就是事物在时间、空间上所表现出来的相互依赖、相互斗争、相互转化的量的关系。如太极、两仪、三才、四象、五行、六合、七星、八卦、九宫等等，它们都在一定的数中，都有着不同的数量关系。我刚刚问你事情发生的日期，就是了解'数'，然后根据这个'数'对这件事情做出数量关系的判断。"

　　张九顿时瞠目结舌，很显然他对古代数术的了解没有爷爷这么深。他愣愣道："您……刚刚根据我说的日子和时辰算出了什么？我听父亲说过他能按照一定的'数'算到蛇的出洞时间、交配时间等等。但是我从来没有听说过运用数术算出其他的东西。"

　　爷爷道："数术有很多流派，每一个流派都有着自己的思维运算体系。你父亲养蛇学到的数术只是其中一种。但各个流派之间的'理'都是相同的，都是把不同的现象输入到一定的数术模型中，经过一番演算变换，再把结果返还到事物现象之中，从而判断该事物的发展趋向和最终的结果。这些象数变换的依据都是从中国古代特有的哲学观——'易数'而来。"

作为听众的我大为惊讶。虽然我跟着爷爷耳濡目染，但是未曾深入了解数术。听爷爷这么一说，似乎有顿悟的感觉。原来如此啊！难怪爷爷和姥爹能用一把算盘算到那么多的事情！

张九很快对谈论数术失去了热情，一心关注爷爷根据他给的日子和时辰算出的结果。他焦躁道："马师傅，您算到了什么吗？竹叶青会不会被蛇贩子杀掉？"

11

爷爷摆了摆手，道："先别问我竹叶青的事情，你先告诉我，你们后来的事情怎样。那条竹叶青有没有再来找过你？"

"后来？"张九双手捧住茶杯，眼睛盯着绿色液体中浮浮沉沉的茶叶，再次陷入了久远的回忆之中。

后来，每到月上窗棂的时候，女人便会来到他的房间，两人寻欢作乐。张九的父亲虽然屡次发现蛇进屋的痕迹，但是见蛇没有做过任何威胁到他和家人的事情，也就不再追究。不过即使他处处设防，还是不能捕捉到屡次进屋的蛇，甚至见不到蛇的踪影。

经过竹叶青的舔舐，张九身上的皮肤渐渐好转，角质一天比一天柔和，一天比一天少。直到他现在来找爷爷救蛇，身上的角质几乎全部消退。痒病更是在两年前就完全治好了。只是这个嗓音恢复得比较困难。

女人告诉张九，它原本是张九的父亲养过的一条蛇，跟咬过张九的另一条毒蛇居住在同一个竹笼之中。那条毒蛇误解张九咬伤他的时候，竹叶青目睹了整个过程。

张九的父亲并没有将所有家养的蛇都交给黑心的蛇贩子，而是只将咬过张九的蛇卖了，其他蛇都放归山林。

竹叶青心怀感激，所以趁着夜深人静的时候敲开了张九的门。它在张九屋里居住过，所以兀自走进张九的睡房也就不足为奇了。

"你们间隔不断地见面吗？"爷爷在桌上敲了敲手指，问道。

张九想了想，道："说不上间隔不断，也说不上间隔多久。她来我房间没有固定的时间，我们也从不约定下一次的见面时间。一切都是随意的，我想她的时候，她就像了解我的心意似的出现。而我不想见她的时候，她就心意相通似的连续好久不出现。四年来，就冬季她是不出来的，因为要冬眠。"

"哦。"爷爷顿了顿，道，"那样的话，就比较难确定了。"

张九眨了眨眼，问道："您要确定什么东西？"

爷爷不回答他，却又问道："你有没有发觉过她的身体曾经发生过不同寻常的变化？比如……比以往变胖了一些或者瘦了一些？或者说，有时候比较不耐烦？"讲到这个时候，地坪里传来了奶奶洗衣服的声音。太阳的光芒强烈晃眼。

张九似乎被奶奶洗衣服的声音吸引住，侧耳听了一会儿，才缓缓道："好像……好像有过，但是我不太确定。她一直都比较瘦，皮肤也是清凉清凉的，不像一般人那样有体温。不过这样也好，温暖的感觉对别人来说也许很好，但是我的皮肤一遇到热的东西就会发痒。而您说的不耐烦，她却从来没有表现过。她每次面对我都是高高兴兴的样子，有时甚至有几分顽皮，像没成年的小女孩一样。

也许是她接触的人不多，所以没有一般人那种难以相处的脾气。"

爷爷点点头，眉头拧得紧紧的。

"你们相处了这么长一段时间，都没有让你父亲发现。为什么现在却被你父亲碰到了呢？"爷爷问道。

张九叹了一口气，道："昨晚我发现外面起了南风，以为今天会下雨。根据蛇的规律，下雨的时候竹叶青活动比较活跃。我父亲也准备今天一大早就出去捉蛇。所以我也料到了今天她会来。谁知我父亲出去不久就折回来了，恰好碰上竹叶青从门口进来，所以被我父亲逮住了。"

张九的手一阵战栗，仿佛他自己就是一条蛇，刚好被一个凶神恶煞一般的捕蛇人逮住，危在旦夕。

"我父亲捉住竹叶青，大呼小叫。我在屋里听见，虽然担心，但是不敢当面说穿我与蛇的事情。我父亲四年来都没有捉到它，这次意外遇见，肯定不会轻易放了它。所以我偷偷溜出来，急忙往画眉村走，找您帮忙解救竹叶青。"张九道，"我在前面一个村子里就看见了您和您外孙的背影，但是我不敢确定就是两位，所以一直悄悄跟在你们后面。翻过山之后，我看见您的外孙朝这边挥手，便确定了您就是马师傅。"

"这样说来，这竹叶青蛇也算是善类了。"爷爷道。

张九急道："那当然了！求您帮我救救她吧！您跟我父亲求求情，我父亲肯定会给您面子放了它的。当然了，您不一定非得要我父亲放了它，也可以叫我父亲将蛇送给您，然后您将它放生。可以吗？"

爷爷为难道："可是你父亲知道我从来不养蛇不吃蛇的。这样做是不是有些唐突呢？"

"那……那怎么办？总不能让我眼睁睁看着竹叶青被蛇贩子收走吧？我求求您了，马师傅，您就帮帮我吧！"张九哭丧着脸央求道。

爷爷低头看了看被烟熏成枯黄色的手指，沉声道："能不能帮到你暂且不说，但我担心竹叶青还有东西瞒着你没说。"

我和张九都呆了一呆。外面的洗衣声也戛然而止，仿佛远处的奶奶也在窃听我们的谈话。接着我听到衣架碰到晾衣竿的声音，奶奶开始晒衣服了。

张九将茶杯往桌上一磕，原本宁静下来的茶叶又被惊动，随着茶水翻涌不止。他用娘娘腔问道："瞒着我？她会有什么事情瞒着我？"

12

爷爷直言不讳道："是的。按照你给我的日期和时辰等等'数'，我可以肯定，她在当晚就已经受孕，并且不久后诞下了一个孩子。只是我很纳闷，你怎么没有一点知觉？一般的蛇是生下蛇蛋，然后小蛇从蛇蛋中破壳而出。但是竹叶青属营卵胎生蛇类，像人一样繁殖。那么，她至少有一段时间身体会发福，并且性情大变。"我没想到爷爷对竹叶青也有了解。

张九吓得手一抖，茶杯中的茶洒了一半，"马师傅，您说她给我生了后代？不会吧？我是人，她是蛇啊！我们，我们怎么可能……怎么可能会……那样？"他那娘娘腔让我不知道是惊是喜还是羞涩。说是惊，却面带喜色；说是喜，却眼睁口张一副惊恐相；说是羞涩，两眼却直盯住爷爷，还想问个究竟。

爷爷道："掐算的结果确实是这样。难道是我算错了吗？"此时爷爷都有些犹豫，他又看了看自己的枯黄手指，仿佛怀疑那几根手指似的。

张九稳了稳情绪，问道："马师傅，数术……也可以算这个吗？"

爷爷道："不但可以算到这个，如果你给我的'数'再具体一点，还可以算到生男还是生女。"

张九道："我听说过数术可以应用到养蛇和种田中去，但是没有听说数术还可以预测这些东西。"

爷爷看了看我，又看了看张九，问道："《孙子算经》你们知道吗？那相当于古代的数学教科书，你们现在的学校还用吧？"

张九摇了摇头。

我对《孙子算经》却是知道一二的。此书约成书于四五世纪，作者生平和编写年代都不清楚。现在传本的《孙子算经》共三卷。卷上叙述算筹记数的纵横相间制度和筹算乘除法则，卷中举例说明筹算分数算法和筹算开平方法。卷下第31题，可以说是后世"鸡兔同笼"题的始祖，后来传到日本，变成"鹤龟算"。书中是这样叙述的："今有鸡兔同笼，上有三十五头，下有九十四足，问鸡兔各几何？"这四句话的意思是：有若干只鸡兔同在一个笼子里，从上面数，有35个头；从下面数，有94只脚。求笼中各有几只鸡和兔？

说到"鸡兔同笼"，相信读过小学、看过数学书的人都知道了。我在小学的时候就经常被这类衍伸出来的问题弄得头昏脑涨。而奥数里更是经常出现这些问题。当时的我对这些问题头疼得很，甚至可以说是恨之入骨，所以印象深刻。

但是这是关于数学计算的书，不知道爷爷突然提到这本书跟生男生女的问题有什么联系。

爷爷自然要讲到"鸡兔同笼"是出自《孙子算经》，张九经爷爷提点，终于"哦"了一声，点头不迭。我相信张九的脑袋也在想：这加减乘除跟生育有什么联系？

爷爷自然知道我们在想什么，笑道："你们大多数人只知道鸡兔同笼的问题，但是不知道《孙子算经》的最后一题是什么。"

"最后一题？"我跟张九异口同声问道。

爷爷早料到我们不知道，神情自若地端起茶喝了一口，道："《孙子算经》的最后一题是这样的：今有孕妇，行年二十九岁。难九月，未知所生？答曰：生男。术曰：置四十九加难月，减行年，所余以天除一，地除二，人除三，四时除四，五行除五，六律除六，七星除七，八风除八，九州除九。其不尽者，奇则为男，偶则为女。"

我跟张九都听得云里雾里，不知所云。但是最后两句能够知道，经过一番计算之后，如果余数是奇数，那么生下的孩子是男的；如果余数是偶数，那么生下的孩子是女的。因为我对五行六律七星八风什么的知之甚少，所以也不知道中间要经过怎样的算法。但是可以知道，爷爷就是通过这种神奇的数术预测到竹叶青受孕了。

我见爷爷对数术的谈兴又起，连忙问道："爷爷，既然竹叶青给他生下了孩子，为什么她不告诉张九呢？"

张九经我提醒，立即从对古代数术的沉迷中醒悟过来，急问："对呀。马师傅，她为什么要瞒着我？我为什么没有异样的感觉？"

"这个……"爷爷转动手中的茶杯，沉吟道。

"这有什么难猜的！"奶奶从门外走进来，两只手冻得像红萝卜似的。我们三人立即将目光转向年迈的奶奶。一阵风起，米汤浆洗过的被单在奶奶背后猎猎作响。

13

人有时候就喜欢钻死胡同，明明很简单的事情，脑子里就是转不过弯来。但是经人一点拨之后，才恍然大悟，而那个答案却非常简单，只是当事人一时鬼迷心窍，绕了个大弯子。这些事情很多发生在男人猜测女人的心思，或者女人猜测男人的心思的时候。

奶奶道："她是怕你知道了会跟她分开。"

我问道："为什么怕这个？"

奶奶道："你们想想，她是一条蛇，张九是个人，他们本不是一类的，偏偏生下个结合物来。如果让张九知道了，他还不着急看看孩子是不是健康？他还不着急看看孩子是不是长着蛇鳞？他还不担心孩子像他一样留下蛇的特征？"

我和爷爷频频点头，张九默不作声。

奶奶又道："如果让张九知道了，他还不要那个女人把孩子抱回来？这样一来，张九的父亲张蛇人就极容易发现女人的行踪，接着就发现张九跟女人的那点事。我敢肯定，张蛇人是不会善罢甘休的，他一定会拆散儿子和蛇之间的关系。"

想想也是，一个养蛇多年又开始贩卖蛇的人，如何能容忍自己的儿子跟一条毒蛇相伴终生？如果爷爷的数术完全正确的话，那么竹叶青肯定是考虑到了这一点，才隐瞒张九怀孕诞子的事情。可是，为什么张九没有任何发觉呢？如果真有个孩子，那么竹叶青要将孩子藏在哪里才好呢？

张九听了奶奶的话，默默点头，嘴巴抿得紧紧的，表情古怪，不知道他是为忽然出现的孩子而担忧，还是为之而欣喜。

奶奶将张九的举动尽收眼底，她走到张九跟前，将那双红萝卜一般的手放在张九的肩头，声音低沉道："再说了，如果告诉了你，她害怕你会惊慌失措，从而对她敬而远之。毕竟你们之间还有很多的阻碍，她不能确定你的心思。不过，我可以肯定，她对你是有爱意的。不然她不会这么做。"

"那我更应该把她救下来了。"张九的语气有点生硬，仿佛这句话不是他愿意说出来的，而是被人逼迫。

奶奶笑道："这就是你自己的决定了。"然后，奶奶走进里屋，抱出棉被走回太阳下。紧接着，地坪里传来了"嘭嘭嘭"的声音，那是奶奶在用一根小竹棍拍打棉被了。

直到现在，奶奶已经不在人世了，我每次走到爷爷家的地坪里，看着那几根斜立在墙角渐渐腐朽的晾衣竿，仍能听到"嘭嘭嘭"的声音。每次跨进大门，我仍心中忐忑却又满心希翼，仿佛下一刻奶奶的声音就会出现在耳边："亮仔，我的乖外孙，你又来看奶奶啦！哟？你比奶奶都高出一个头啦！"

一个人在一个老屋里生活久了，当他或者她离去之后，声音、相貌等等却还驻留在这里，供那些想念他们的人倾听回忆。

当在堂屋里的那张桌子前坐下，我仍能清晰地回忆起张九来到这里的那个早晨，那个像女子一般的男人，满脸皱纹手指枯黄的爷爷，以及屋外的"嘭嘭嘭"声。虽然桌子旁边只有一个回忆往事的我，但是我仍能清清楚楚地看见他们，仿佛时光逆流。

我看见张九又开始低头捏手指了，一个手指一个手指地循环往复。我真想不通，那个竹叶青女人为什么会喜欢上这样一个犹疑不决的男子。如果不是因为张蛇人放生，她会来给张九治病吗？她会将自己交给张九吗？

"你现在还确定要我去救竹叶青吗？"爷爷忽然问道。

张九惶然一惊，顿了顿，反问道："马师傅，您为什么这样问？"

爷爷咂了咂嘴，没有说话。

张九捏住大拇指的时候停住了手的动作，说出一句模糊的话来："但是……我……我还不确定她有没有……有没有受……孕……"

爷爷皱紧了眉头，道："你父亲是多久跟蛇贩子接触一次？"

张九松开了两只手，探着脑袋问道："您，您是答应帮助我了吗？"他的激动之情远远没有我料想的那样强烈。

爷爷点点头。

张九道："如果蛇贩子没有其他事耽搁的话，应该后天就会到我家去跟父亲交易。"

爷爷直视张九的眼睛，问道："那个蛇贩子会不会提前就到你家去？比如说……明天？有没有这种可能？"

张九想都没想，立即接口道："不可能。我父亲在卖蛇之前要做些准备工作，把捉好的蛇从竹编笼子里取出来，装进特制的编织袋。如果蛇贩子提前来的话，这些事情不能在短时间里完成，会耽误工夫。所以，他们约好了日期，我父亲在蛇贩子来的前一天做这些事情。"

爷爷道："就是说，蛇贩子只可能延后来，不会提前来，是吧？"

张九点头道："是的。所以我今天一大早就过来找您，我们只有两天时间了。如果我们不快一点的话，竹叶青就危险了。"

爷爷淡然道："既然我们还有两天时间，那就不用着急。我看你先回去吧，等明天我去找你父亲。"

张九急躁道："今天不可以吗？为什么要等到明天呢？"我也忍不住担心了，早去早解决，万一明天出了什么状况呢？

14

爷爷咳嗽了一声，眉头微皱，道："不是我今天不想去，而是我有些累。你看，我也这么一把年纪了，身上的骨头像机械零件一样，要不是磨损很大，就是生了锈，经不起折腾。"

"我……"张九也说不出话来。

爷爷摆了摆手，深深吸了一口气，说道："既然你说了蛇贩子不可能提前到你家去，你也就没有必要过多地担心。安安心心在家里等我休息好了再过去，行不行？"

张九用眼神对我示意，要我劝一劝爷爷。我假装没有看见。

这时恰好外面来了一个老太太，跨进门就问爷爷："马师傅，我家的鸡昨晚没有回笼。您帮我掐算一下，是被人偷吃了呢，还是躲在哪个角落里了？"

这个老太太是住在村中心的农妇，我见过很多次。我连忙起身跟她打招呼，她点头笑了笑："外孙来啦！"我连忙回应。

蓦然回首，画眉村里那些我认识的老爷爷老太太一个接一个地消失了，仿佛初阳蒸融雾水一般。当我再次回到画眉村，从那些熟悉的屋里走出的，却是我不再熟悉的人，需要爷爷一一指点"那是某某的孙子，那是某某的曾孙"，我才能勉强笑着脸跟他们打个生硬的招呼。而他们也是一张淡漠的脸，勉强挤出一个笑给我回应。

有时候我就特别怀疑我的回忆是不是真的存在过，仿佛那些熟悉的屋子、那些熟悉的人只曾经在我的梦乡里出现过。

张九见有其他人进来找爷爷，立即噤了声。

爷爷邀老太太进屋坐下，泡上一杯暖茶，问道："您告诉我一下，您家的鸡是在什么时候走失的呢？"

老太太道："是戌时。我刚刚给它们撒了一把米，我家那条讨厌的狗不知发什么疯，冲进鸡群里，把鸡吓得乱跑。待会儿我去咯咯咯地逗鸡进笼，就发现少了一只。"老太太跟爷爷是一个年代的人，所以她不说鸡是几点走失的，而是直接说时辰。

旁边的张九见老太太没有跟他打招呼，没话找话，也不针对谁直接问道："你们那一辈都喜欢用子丑寅卯来计算时辰。我知道一个时辰是现在的两个小时，但是为什么要用生肖来计算时辰呢？"

不待爷爷解释，老太太抢言道："哎，这个还不简单哪！子时是晚上 11 时正至凌晨 1 时正，子是老鼠的意思，鼠在这时间最活跃。丑时是凌晨 1 时正至凌晨 3 时正，丑是牛，牛在这时候吃完草，准备耕田。寅时是凌晨 3 时正至早上 5 时正，要知道了，老虎在此时最猛。卯是早上 5 时正至早上 7 时正，卯是兔，月亮上有玉兔，意思是这段时间月亮还在天上。以此类推，辰时是'群龙行雨'的时候。巳时，蛇在这时候隐蔽在草丛中。午是马，这时候太阳最猛烈，相传这时阳气达到极限，阴气将会产生，而马是阴类动物。未时嘛，羊在这段时间吃草。猴子喜欢在申时啼叫。鸡在傍晚酉时开始归巢。戌时，狗开始守门口。亥是夜深时分，栏中的猪正在熟睡。"

老太太一口气把十二个时辰的意思全部说完了，张九听得发了呆。

"您真厉害！"张九竖起大拇指夸奖道。

老太太淡然一笑，道："这有什么了不起的？这些东西我跟马师傅小的时候都听大人们说过无数遍了，我们不是记在心里，而是烂在心里了。呃？你是马师傅的什么亲戚？我以前怎么没有见过你啊？稀客吧？"

爷爷介绍道："他呀，他是张蛇人的儿子，您还记得张蛇人吧？"

老太太眯起眼想了想，摇头道："我不记得，张舍人？姓张的我倒是认识几个，但是从来没有听说过名字叫舍人的。舍人为己？哦，不。我只听过舍己为人。"

张九听了老太太的话，不但没有生气，反而忍不住"扑哧"一声笑出来。看来老太太记性和听力都不大好，但是挺幽默。

爷爷笑道："不是名字叫蛇人，是一个姓张的养蛇的人。知道吧？前些年来过我们这里耍过蛇的，还有印象吧？"

老太太这才"哦"了一声，"原来是那个养蛇人的儿子啊！哎呀，事情都隔了好久啦，我几乎记不起来了。他的儿子都这么大的人啦？时间过得真快呀，眨眨眼睛就过去啦！"老太太感叹了一番，末了热情问道："你家父亲身体还好吧？"

张九回道："好着嘞！"

老太太道："你父亲是我认识的最远的人。我是从隔壁村嫁到画眉村来的，一辈子也就待在这两个村之间，一个月就去镇上买一次零用东西。娘家人死了，儿子长大了，我就娘家也很少去了，镇上也很少去了。画眉村的一块石头，一个水坑，我都知道在哪里。但是要问我画眉村之外的事情，我是一概不知。不过一个情况除外，就是知道很远的地方还有一个养蛇的厉害人物。呵呵。"老太太一讲起话来就滔滔不绝。不过也难怪，像她这样一辈子拘束在一巴掌大的地方，难免对一点点新鲜事情就如此感兴趣。

张九道："我家住得并不远呢，才十公里多一点。"

老太太立即撇了嘴，道："十多公里还不远呐？对了，你既是养蛇人的儿子，应该知道巳时啊。巳是蛇的意思嘛。"

张九听了，脸色顿变。

15

爷爷发现了张九的不适，忙关切地问道："张九，你怎么啦？"

张九惊慌失措道："马师傅，我差点忘了，竹叶青曾经跟我说过，巳时她无论如何都要回到竹林中去的，不然会浑身难受。只怕今天到了巳时她回不去，会跟我父亲斗起来。"

爷爷拍了拍他的肩膀，道："不用惊慌，你现在就回去，路上走快一些。回到家里之前，折一段竹树的枝叶。到家了就给她盖上。这样她就会舒适一些。巳时的蛇一般不咬人，所以也没有必要担心你父亲。"

老太太听了他们两人的对话，拍着巴掌问道："你们说些什么呢？你父亲不是养蛇人吗？你还替他操什么心哪？还怕他被蛇咬了不成？"

张九说走就走，立即跨门离去，甚至顾不上跟爷爷告个别。

老太太又拉住爷爷要问个明白。爷爷笑道："他们养蛇的事情您打听了也没有用，您还是多多关心自家的鸡吧！"

老太太跺脚道："是啊，我差点忘了来干什么的了。哎呀，马师傅，您快帮我算一算，我家那只走失的鸡能不能找到。"

爷爷沉吟了一会儿，答道："您这只鸡恐怕是回不来啰。要不是落到水塘里淹死了，就是被谁家馋嘴的狗给咬坏了。它的尸骨应该在正南方，您可以朝正南方去找找。"说完，爷爷掏出一根烟来，"刺啦"一声划燃火柴，将香烟点上。我没有阻拦。

送走了唠唠叨叨的老太太，爷爷突然问我道："张九呢？"

我奇怪道："他不是听了你的劝告先走了吗？"

爷爷"哦"了一声，低下头去抽闷烟。显然爷爷刚才脑子里还想着其他的事。

"别抽烟了。"我劝道。我知道，如果这个时候不劝劝他，他会接着抽第二根然后第三根。

"嗯，这根抽完我就不抽了。"爷爷道。

我问爷爷："明天你什么时候去张九家？你确定你能说服那个养蛇人吗？"

爷爷正要答话，奶奶走了过来。奶奶没好气道："人家请到家里来了我也没有办法，但是既然人家已经走了，没有谁还主动追到别人家里去帮忙的。"

爷爷笑道："看你说的！我又没有说明天要去！"

我不满道："您答应了帮人家，怎么可以失信于人呢？"

爷爷立即给我递眼色。我皱了皱眉头。当然，这一切都逃不过奶奶那双明察秋毫的眼睛，不过奶奶却假装没有看到我跟爷爷眉来眼去，兀自走开去。"明天你还要去田里看看水呢。帮人可以，但是别荒了庄稼。"奶奶走出大门的时候不忘提醒道。

"嗯。好的。"爷爷闷声闷气回答道。

"看来明天你去不成了。"我小声对爷爷道。

张九依爷爷所言，在回去的路上顺手折了几枝竹叶。回到家里，趁父亲不注意将青色的竹枝搭在装有竹叶青的编织袋上。过了巳时，竹叶青果然没有异动。而后，他就静静等待第二天的到来了。按数年来的经验，他确信蛇贩子不会提前到来。

张九的父母亲没有发现任何异常。

第二天一大早，张九的父亲又拎着几个竹编笼子，踏着露水回到屋里。此时，张九的母亲还没有醒，张九自己虽然醒了，但是还赖在床上。

他知道他的竹叶青被挂在堂屋里的主梁上，他侧耳也能倾听到蛇芯子咻咻的声音，但是他更加注意的是地坪里的脚步声，他期待的不是父亲的脚步，更不可能是女人的脚步，而是一双平稳而略显苍老的脚步。虽然他不知道苍老的脚步应该是怎样的，但是只要听见父亲惊呼一声"是什么风把您给吹来啦？"他就可以确定，救命的马师傅如约而至了。那么，他心爱的竹叶青也就有了被救的希望。

对于马师傅说的，竹叶青也许有过他的骨肉，他是不大相信的。

他听见父亲的脚步声由远及近，然后听见大门吱吱地打开。他能料想到，接下来就是竹编笼子丢在地上的声音，然后是编织袋发出的摩擦声。那是他的父亲将竹编笼子里的蛇移到编织袋里去，然后给编织袋束上口时发出的声音。当然了，今天捉到的新蛇不会跟竹叶青放在一起，怕蛇与蛇之间斗起来。蛇被咬伤了，价钱就要大打折扣。他的父亲在捉蛇的时候都是小心翼翼，这并不是他父亲害怕被蛇咬到，而是担心在捕捉的过程中伤了蛇。只要蛇鳞少了一片，那个尖酸刻薄的蛇贩子就要说这道那，想尽一切办法压低蛇的价钱。

"张九，起来没有？起来了就喝蛇胆！"张蛇人在堂屋里喊道。

这是张蛇人自改养蛇为捉蛇以来形成的习惯。蛇胆有明目清毒的药效。有些捉蛇的人将价格不高品种不好的蛇活生生掏出蛇胆来，然后脖子一仰，将生蛇胆扔进嘴里，硬生生咽下。反正卖不了好价钱，还不如自己享用。被挖掉蛇胆的蛇便在地上蜷缩，捉蛇人一般不再搭理这种没有了任何利用价值的蛇，任它自己慢慢在痛苦中死去。

如果捉到的是金环蛇、银环蛇、眼镜蛇、眼镜王蛇、五步蛇、蝮蛇或者其他蛇胆极为珍贵的蛇，捉蛇人就舍不得"暴殄天物"了。

竹叶青的胆虽然说不上珍贵，但是它有毒，具有其他的利用价值。这是张蛇人留下它的原因。

看来父亲捉住的是一条普通的蛇，张九这样想道。但是他没有回应父亲，仍旧懒懒地躺着，耳朵捕捉地坪里的其他细微声音。

父亲改为捕蛇之后，张九生吞过不少这样的蛇胆，比药丸还苦，他只能闭着眼睛用力吞下去。如果不小心用牙齿碰坏了胆囊，那苦液就会在口里蔓延开来，那才是真的苦不堪言。

张蛇人见儿子没有回答，以为他还在睡觉，便咕嘟一声自己吞下了蛇胆，然后，他继续查看剩下的几个竹编笼子是否有收获。

张九在睡房里听见竹编笼子磕碰的声音，心里又是一惊。

"张蛇人，你好哇。我要的蛇都收拾妥当啦？"一个熟悉的声音突然进入张九的耳朵，吓得张九背后出了一层冷汗！

那个蛇贩子！他！他怎么提前一天来了！

16

同样惊讶的不只有张九。

"咦？你怎么今天就来了？不是说好了明天交货的吗？"张九听见他父亲惊讶地问道。

"明天我的侄女儿结婚，所以我今天就提前来了。本来应该事先告诉你的，但是我那个侄女儿也是奇怪，以前好好的一个姑娘，会唱会跳，人也长得仙女模样，可是这几天不知怎的就突然哑了。家里人怕原先定好的亲家改变主意，只好逼着那边快点结婚算了。"

蛇贩子摇了摇头，叹息道。

张蛇人这才释然，道："哎，天灾人祸，谁都躲不过去啊。我儿子也是突然就得了怪病，要不是这样，我也不会改行卖蛇了。"

蛇贩子哈哈笑道："那是，那是。我也绝想不到养了这么多年蛇的你，忽然之间就改捉蛇卖蛇了呢。"

张蛇人给蛇贩子泡上一杯茶，然后搭了楼梯去房梁上取编织袋。他一边往上爬一边道："这年头捉蛇也难了，好品种的蛇是越来越少啦。前些天我在家门口捉了一条竹叶青，就这条蛇好一点。其他蛇都卖不了几个钱。"

蛇贩子喝了一口茶，颇有兴致地问道："哦？我还以为蛇经过你家都要绕着门走呢，还有胆大的蛇敢来你家门口？这不是自寻死路么？"蛇贩子站起了身，朝里屋望了望，小声问道："你婆娘还没有起来？"

张蛇人一边解开吊着编织袋的绳索一边回答道："嗯。她能睡。哪里像我啊，定时定点一定要起来，闭上眼睛也睡不着。"

蛇贩子点点头，又问道："你儿子呢？他不在家吗？"

张蛇人停止了解绳索的动作，蹙起眉头看了相识多年的蛇贩子一眼，狐疑道："怎么了你？平时你没有这么多问话的呀？从来都是低着头拿了蛇给了钱就走。今天怎么有点异常呢？"张蛇人把蛇贩子的嘴巴鼻子眼睛重新看了一遍，似乎要从他脸上看出什么问题来。

蛇贩子被他看得不舒服，在脸前挥了挥手，像赶蚊子似的。"看什么？还怕我是戴着面具出来的？怕我要了你的蛇不付钱？"

张蛇人嘟囔了一下，提着编织袋一步一步从楼梯上下来。在里屋偷听的张九感觉那楼梯的"哒哒"声仿佛每一步都踏在他的心上。

后来张九说，当时他的心都提到了嗓子眼里，甚至在心里千万遍地呼唤马师傅快点到来。他恨不能长一双飞毛腿，直接冲到画眉村把爷爷抓到父亲面前来。

而在张九着急的时候，奶奶正在爷爷面前唠叨说田里的水好久没有去看了，再不去就要错过时机了。又说些家里的活儿都被她一个人包干了，实在腾不出手脚。我在一旁都听得耳膜起了茧。

爷爷始终呵呵地笑，被奶奶连推带拉地赶出了门，自然还要在爷爷的肩头上加一把锄头。末了，奶奶还要站在门口看着爷爷一步一步往远处的水田方向走。那个方向刚好跟去张九家的方向相反。

水田虽远，但是从后门出来，站到菜园前的柴捆上看去，还能勉强看清一个小小的方块田边有一个逗号一般的身影在忙活。秋收的时候，我只要站在柴捆上朝那个方向大喊："收工啦，回来吃饭啦！"立即就能看到爷爷挥舞着禾把朝我示意。不一会儿，那个逗号大小的身影就渐渐大起来，直到走到我面前。

所以，爷爷想从水田里逃走转而去张九的家救那条竹叶青，那是根本不可能的。

奶奶在前门晾晒衣物，时不时叫闲在旁边的我去后门看看爷爷还在不在。我就一溜烟跑到柴捆上，朝远方眺望。

我的心里其实盼望着那个逗号倏忽一下就不见了，即使是这样，我也不会告诉奶奶的。但是每隔几分钟奶奶要我去"看哨"，那个逗号还稳稳当当地在那里。看来爷爷干活还挺认真，围着那块方块田走了一圈又一圈。

半个小时之后，奶奶自己沉不住气了，问我道："叫你爷爷去看一看田里的水，他怎么一去就半个小时？引点水或者堵堵缺口，需要这么长的时间么？亮仔，你再去看看，他是不是不在那里了？"

我嘟嘴道："奶奶，这半个小时里我都去看了十多次了。他一直在那里。要不……我叫他回来？"

奶奶道："叫回来了也不允许你跟他一块跑出去。你学业要紧，考个好大学，我脸上也有光。你爷爷那点歪门邪道不值得学，学了都是为别人白干活。好了好了，你叫他回来吧。搞得我像皇太后叫他流放似的，不叫还不回来了！"

我再一次爬上柴捆，朝爷爷的方向呼喊。

17

"呶，就是这条竹叶青。它在我家里潜伏了三四年，一直我都捉不到它，不知前些天怎么运气这么好，恰巧让我给碰上了。你把它带走了，我也好安个心。"张蛇人吁了一口气，将编织袋扔在蛇贩子面前，拍了拍手。那竹叶青被摔得生疼，在细密的编织袋里扭曲着身子，那缩成一线的瞳孔如猫一般。

"这条竹叶青？"蛇贩子俯下身去细细查看。竹叶青朝他吐出猩红的蛇芯子。

蛇贩子弹了弹竹叶青的头，笑道："就是它呀？一条这样的蛇也能使你心神不安？说出来谁信呐？这母蛇的身段还挺好呢，如果长成一个人，肯定能魅惑很多年轻男子。"

张蛇人淡淡道："就是打光棍也万万不敢要这样的女子啊。"

蛇贩子吹着口哨逗了逗竹叶青，道："话可不能这么说，你看白素贞和许仙不是挺好的一对嘛？你儿子还没有成婚吧？要不……把这蛇留给你儿子玩玩倒是挺好的。"

张蛇人正色道："你这是说的什么疯话呢？蛇终究还是蛇，它们是冷血的；人终究还是人，人是热血的。人和蛇怎么可以结合在一起呢？莫说我儿子现在中了蛇毒，皮肤和嗓子都变得不好，就是找不上媳妇，也绝不会跟蛇过一辈子嘛！"

蛇贩子被张蛇人说得不好意思，连忙分辩道："我只是开个玩笑，你何必这么认真呢？算了算了，我们看蛇吧。我拿了蛇要早点回去。这次的蛇可不是转手给人家餐馆或者二胡厂了。我想给我侄女儿的婚宴上添一道味道鲜美的蛇餐。哈哈，也算是送给我侄女儿的一个新婚礼物哇。"

张九在隔壁房里听见蛇贩子明天就要将接手的蛇送上餐桌，心里好不急躁。而他期盼的脚步声到现在还没有来。真是所有的事情都碰巧撞到一块了。

"张蛇人，我倒是有一个问题，不知道当讲不当讲？"蛇贩子喝了两口茶，突然问道。

"什么问题？"张蛇人问道。

蛇贩子将茶盅放下，深深吸了一口气，看了看在编织袋中盘旋的竹叶青，说道："这条竹叶青为什么这几年经常来你家，却又不伤害你们家里任何一个人呢？如果它是要报复你，肯定你妻子或者儿子会被咬到。既然它不是报复你，为什么一而再，再而三地跑到你家里来呢？张蛇人，你就没有想过这个问题？"

张蛇人眯起眼睛打量绿莹莹的竹叶青，叹道："唉，其实我也想弄明白。可是家里没有发生过什么怪事，你叫我如何知道这条蛇的想法呢？"

蛇贩子窃窃道："张蛇人，莫不是这条蛇喜欢上你们家里的某样东西了吧？"

"喜欢上我家的东西？自从改为捉蛇之后，我家里多的是竹编笼子，吊蛇钩，编织袋这些捉蛇的工具，它们平日里看见了躲还来不及，哪里敢喜欢上这些东西？"张蛇人边说边将堂屋里的摆设扫描一番。房梁上吊着的，墙角横放着的，桌子底下扔着的，都是捉蛇的工具。整个堂屋简直像蛇的审讯室。原来养蛇玩蛇的工具，早不知抛弃到那个地方了。

蛇贩子也在堂屋里扫描一周，然后似笑非笑道："张蛇人，我说的不是这些东西，而是你家里屋的东西呢。"

蛇贩子的话里有话，但是不知内情的张蛇人如何知道？张蛇人皱眉道："里屋更没有什么蛇喜欢的东西呀？要说我养蛇这么多年，家里可是连一只老鼠都没有。所以也不可能有蛇来我家里捕食了。"

蛇贩子干笑两声，说道："张蛇人，你捉蛇的技术我是没得夸的，可是你这个死脑筋怎么就转不过来呢？这样吧，我给你讲个故事吧。"

张蛇人指着地上的编织袋道："你不是说着急回去吗？怎么还想讲故事给我听？我可没有兴趣听你的故事。你付了钱就赶回去准备你的蛇宴吧。幸亏今天没捉到毒蛇，不然我还真一时给你准备不好货。呃，你不忙，我还有事情要忙呢。"

"急啥呢？再急哪里有儿子的终身大事重要？"蛇贩子作色道。

张蛇人不耐烦道："什么终身大事？好好，我怕了你，你今天怎么这么多话呢？好好，你说吧。"他挥了挥手，脸上露出不快。

蛇贩子见他答应，喜形于色，咂了咂嘴，道："我以前也玩过蛇呢，只不过没有你这么厉害。我玩了一段时间就放开了。"

"哦？"张蛇人听蛇贩子说他自己也曾耍蛇，顿时来了三分兴致。

他在椅子上挪了挪身，将姿势摆正，准备认真听这个蛇贩子说过去的事了。"那你为什么到后来不玩蛇了呢？"张蛇人侧身问道。

"咳，还不是因为娶了现在这个婆娘！"蛇贩子的答案令张蛇人一惊。躲在隔壁偷听的张九也浑身一颤。张蛇人急着想知道原因，于是急急催促他。而隔壁的张九脑海里想的比他父亲要多要杂。

"你要问我，耍蛇跟娶媳妇有什么干系，是吧？"未等张蛇人问出来，蛇贩子早已料到。"呵呵，说出来没有人相信，但是我跟我媳妇都很清楚，那是一件真真实实发生的事。因为知道别人很难相信，所以我一直也没有跟其他人说过。"

"什么事？这么神秘？"张蛇人一边问道，一边还不忘给蛇贩子的茶盅里添茶加水。

"不怕告诉你，在我跟现在的媳妇结婚之前，我跟一条蛇有过一段情事。我后来不耍蛇了，也是因为这个。"蛇贩子直爽地说道。

"跟蛇？"张蛇人放下茶杯，将信将疑问道。

"是啊。"蛇贩子拿起倒满的茶，轻轻喝了一口。"我耍蛇后不久，就有一个蛇精来找我了，说我救过她的一条命，她要来感谢我。我开始不信，以为那个朋友故意找美女来诓我，故意让我出洋相。但是那个蛇精说，某年的某天，在某座山上，我在路上看见两条蛇斗得不可开交。正在它要被对手咬死的时候，是我把那只略占上风的蛇捉走了，它就捡了一条小命。"

"我就喜欢会斗的蛇。"张蛇人说道。

"对，我也只是喜欢那条会斗的蛇，另外一只负伤的蛇我是看不上才放了的。"蛇贩子道，"但是那条逃走的蛇以为我是有心救的它，所以找我来报恩。她说出的时间和地点还有当时的情况都跟我当初遇到的一样，而当时我是一个人上山的，没有别人知道。即使是我朋友要耍我的话，他也不会知道这件事情。"

张蛇人点头。

张九在隔壁房间静听。他隐隐感觉那个蛇贩子知道他在偷听，并且蛇贩子的本意就是要讲给他听，可谓醉翁之意不在酒。

"那你就答应了？"张蛇人问道。

18

"那是自然！你是没有遇到，如果年轻时候的你遇到这种事情，你是接受还是拒绝呢？"蛇贩子神情自若道。

"就算是这样，那跟你后来没有耍蛇了有什么关联？"张蛇人问道。

张九后来说，他当时两手扶门，将耳朵贴在门上，生怕有一字半句走漏了。他的父亲自然是不知道儿子已经醒了过来，并且他儿子心里担忧着的是他将要卖出的蛇的命运。

在张九偷听蛇贩子的回忆的同时，爷爷扛着锄头从田埂上朝我走过来，裤腿上粘着点点斑斑的泥巴。在我的记忆里，那些田地里的泥巴有着一股特别的香味，是童年的香味，如一个睡熟的婴儿；是回忆的香味，闻得着却摸不着；是伤心的香味，虽香却阵阵刺痛我的心。爷爷说过，人就是女娲用泥巴做的，所以人最后还是要混合到那些泥巴里面去。

"奶奶的事情忙完了吗？"爷爷走到我面前，放下锄尖锃亮锄尾生锈的锄头，笑呵呵问道。

我点头道："是的。她就担心你偷偷去了张九家，叫我三番五次去柴捆上看你在不在。"

爷爷道："她没答应，我哪里敢去呢？"

这时奶奶走了过来，嚅了嚅嘴，半天才说出一句话来："田里的水都弄好了吧？可别坏了庄稼。"

爷爷道："今天不下雨，过两天也会下雨的。不用担心田里。我把水沟的缺口填了，水多了自己会溢出，水少了自己也会涨满。"在填水沟的高度方面，爷爷要比我爸爸厉害多了。到了关键时节，我爸爸下雨也要去看水，晴天也要去看水。但是虽然他看得勤，但是要么收割的时候田里水太多，割禾的时候脚陷进稀泥里拔不出来；要么耕田的时候水太少，健壮的水牛耕了五分田就走不动了。

而爷爷扛着锄头出去看一趟后，大半个月都不用再去看一次，晴天下雨也不管。爸爸一直想从爷爷这里学填水沟的方法，爷爷教了好几次，爸爸都没有学到一丁点。怨不得妈妈经常说我身上的基因都是遗传马家的。

奶奶跟爷爷过了这么多年，自然知道爷爷不是夸口。她拍了拍我的后脑勺，温馨道："我家乖外孙将来可不要种田，千万要认真读书，早晚脱了这个锄把运。"奶奶的"锄把运"的意思就是做农民。

奶奶还要说什么，刚好一个年纪跟奶奶不相上下的老婆婆走了过来。她热情邀请奶奶道："娭毑，李姥姥家来了外地的孙媳妇，我们一起去看看？"

奶奶听了她的话，立即感兴趣地跟着走了。

看着奶奶走远了，我小声问爷爷道："张九那边你不准备去了？"

爷爷又将锄头扛起来，然后问我道："现在去？你奶奶知道了怎么办？"爷爷向来都要奶奶首肯或者默认，他才会安心地去做事。

以往奶奶从没有直接拒绝过爷爷的请求，但是今天看来奶奶是绝对不会退让半步了。

"那怎么办？你就不管那条竹叶青蛇了？你可是答应过他的。"我对爷爷的态度不满，但是我也知道奶奶的脾气。

爷爷朝昨天遇到张九的小山上望了一眼，迈开步子道："能不能救那条竹叶青，其实还要看张九自己。"

19

"其实还要看张九自己啊。"蛇贩子莫名其妙说出一句毫不搭题的话。

"你说什么？"张蛇人被他这句话弄得一愣，忙把那双迷惑的眼睛看向座旁的老熟人。"还要看张九自己？"

蛇贩子被他一问，自己也是一愣，连忙将放到嘴边的茶缩回，讶问道："我说了什么？"

躲在隔壁的张九更是吓得打了个冷战。他早就认为蛇贩子那番话是讲给他听的，但没承想那个蛇贩子突然将他的名字说了出来。他一惊，双手失措，将门弄得"哐当"一声响。堂屋里的两个人立即同时朝张九的睡房看去。

"张九！"张蛇人厉声喝道。

"哎——"张九见被发现，连忙答应一声，打开门来，蓬头垢面地站在一个捉蛇一个贩蛇的长辈面前。那丢在地上的蛇也看到了张九，立即腾的一下立起了一尺来高，蛇芯子吐得更欢了。

"你干什么呢？"张蛇人仍旧虎着脸。他对这种偷听的行为表示不理解和愤慨。

"我……我……"张九嗫嚅了片刻，眼睛的余光瞟到了堂屋一角的脸盆，立即灵光一闪，说话也流畅了，"我找脸盆洗脸呢。"

他的父亲听他这么一说，立即缓和了许多，指着角落道："脸盆在那里，自己打了水洗脸吧。顺便带一桶水来。缸里快没水了。"

张九假装一副睡眼惺忪的样子，慢悠悠走到墙角，拾起脸盆往外走。编织袋里的竹叶青一直看着他走出门，但是张九不敢多瞟竹叶青一眼。走到门侧，他站住了，听蛇贩子将他的经历讲完。

蛇贩子继续讲了："我是在冬天结婚的，当时那个蛇精回到洞穴里冬眠了。所以我的婚礼举行得比较顺利。但是我媳妇经常在梦中吓醒。"

"为什么？她梦到了什么不好的东西吗？"张蛇人问道。

"不，她说她睡着睡着就感觉浑身冰凉，几乎要死去。"蛇贩子摇头道，"她说她是被冻醒的。可是身上被子盖得好好的，被窝里热烘烘的。我实在没有办法，只好加盖一层被子。可是她还是经常在半夜里被冻醒。开始我也不知道怎么回事，也是到处找医生治疗，可是收效不大。冬天过去之后，有一天夜里我和我媳妇突然被一个声音吵醒。睁开眼来，发现那个蛇精站在我们床前，那个蛇精脾气大发，怪我媳妇睡在了她的位置上，叫我媳妇滚开。幸亏我媳妇从来没有做过恶事，蛇精只在旁边大喊大叫，但是不敢碰她。后来蛇精把气撒在我身上，用指甲掐我，掐得我青一块紫一块。"

"你们天天被她这么烦？"张蛇人问道。

"之前确实天天被她烦得不得了，她说我对她还是有情意的，就是因为我媳妇才使她和我分开。我喜欢耍蛇嘛，她就以为我很喜欢蛇。"蛇贩子道，"后来请了道士呀和尚呀，来给我驱赶蛇精，可是要么遇到了诈骗，要么就是人家自认为道行浅，对付不了蛇精。"

"那你后来怎么办的？"

"后来呀，我一寻思，既然蛇精认为我是喜欢蛇的，那我偏偏就不耍蛇了，转而贩卖蛇，将蛇送到餐馆或者二胡厂，捉到了好蛇我拿来浸酒喝。"蛇贩子恶狠狠道，仿佛对面坐的不是自己的朋友，而是那条纠缠不清的蛇精。

"呵……"张蛇人干笑道。他想到了当初的自己转行卖蛇的事情。

"再后来呀，那蛇精一见我家的大玻璃酒瓶里浸着毒蛇，吓得再也不敢来我家胡闹了。"蛇贩子得意扬扬道。

张蛇人道："其实也不能尽怪蛇精哪，谁叫你当初抵挡不住诱惑呢。既然你跟她好过，那也不该做得这么绝情啊。"

站在门侧偷听的张九心头一热。

张蛇人又道："不过蛇跟人哪里会有结果呢？"

张九的热气还没有散去，就如被人兜头泼了一盆凉水。

接下来，张蛇人和蛇贩子扯着一些不咸不淡的话题，张九放轻了脚步走开，来到压水井旁边打了一盆水洗了脸，又接了一桶水提进屋。父亲和蛇贩子还在谈笑，根本没有搭理在堂屋里走来走去的张九。只是那竹叶青的脑袋跟随着张九的脚步摆来摆去。

"好了，话也说得差不多了。我要走啦。"蛇贩子跟父亲握了握手，准备走了。

地上的蛇们仿佛能听懂他们的话，立即窸窸窣窣地爬动起来。似乎它们也知道，到了蛇贩子的手里，等于离见阎王爷不远了。

张九听见蛇贩子说要走，心急如焚。可是到了这个时候，门外仍然没有马师傅的身影。眼见竹叶青就要被蛇贩子提走，张九恨得直骂马师傅言而无信，又骂自己昨天没有生拖硬扯将马师傅带到家里来。

张九的父亲当着蛇贩子的面将几条蛇过了称。蛇贩子按预定的价格付了钱，拎起编织袋便要走。

此时张九心里更加矛盾。我要不要继续等呢？再等下去竹叶青就要成为人家婚礼上的一道菜了！可是不等又能怎么办呢？难道我要将蛇贩子和父亲的交易拦下来？难道我要亲口告诉父亲我跟这条竹叶青的关系吗？父亲肯定不会原谅我的，如果他知道了，只会更加愤怒，甚至暴跳如雷，甚至立即拿了刀来将这条竹叶青剖杀。

这也不行，那也不行，我到底该怎么办嘛！张九急得直跺脚。

后来张九告诉我们说，当时他心乱如麻。不仅仅救竹叶青让他左右为难，还有一件更重要的事情让他进退维谷。那就是马师傅说过，这条竹叶青可能受过孕，并且将他的骨肉诞生下来了。如果他救下了这条竹叶青，那么势必要牵涉到那个未曾谋面的"人蛇之子"。那个"人蛇之子"到底是蛇还是人呢？他会不会长得跟人一样，但是皮肤是蛇鳞一般呢？或者，舌头是蛇芯子一样细长且分叉呢？他的眼睛是不是像竹叶青一样可怕呢？如果长得跟蛇一样，那么自己能不能接受这样的儿子或者女儿呢？

要将一条蛇当作自己的子女来养，天哪，这是一件多么可怕的事情！想到这里，张九忍不住打了一个寒战。

"唢，返给你一百，当送给你侄女结婚的礼钱。"张蛇人将蛇贩子给的钱数了一遍，从中掏出一张百元整的钞票，递到蛇贩子手里。

蛇贩子推辞一番，最终执拗不过，只好接下。

"咦？你的手怎么有些冷呢？是不是生病了？"张蛇人在递钱的时候碰触到了蛇贩子的手，惊讶问道。

蛇贩子答道："是啊，昨天晚上吹了冷风。今早起来头就有些晕乎，有点感冒的症状。不过没事的，回去喝二两蛇酒，驱驱寒就好了。"他低头看了看编织袋里的蛇，又道："看看这里有没有好一点的蛇，回去了先弄一条浸酒。我原先那条草花蛇浸太久，需要换一条了。我看这条竹叶青浸酒还不错。"

编织袋中的竹叶青立即尾巴一甩，躁动不安。

张蛇人笑道："你那草花蛇是没有毒的。这竹叶青就不一样了，它是毒蛇，你浸酒的时候可要注意了，酒必须是高纯度的酒。有些蛇耐力非常强，有的泡个一年半载都不顶事儿，等你一开酒瓶，它的头部飞起来咬你。所以泡酒的时候最好把它的头部朝下，不要让它的头部露在液面之上。再说了，这种蛇不泡个一年多，喝了也不起多少作用。"

蛇贩子摇头道："看来还真是麻烦哦。要不明天还是炖了吧。"

张蛇人道："那还不随你？我送送你。"

于是，蛇贩子和张蛇人一起迈出门槛。

张九眼巴巴地看着蛇贩子将编织袋提了出去。他追到门口，却不敢跟着迈出门槛，只是手扶住了门框，伸长了脖子朝前望。

20

"还要看张九自己？"我惊讶地问爷爷。

爷爷点了点头，说："如果他对竹叶青不是真心实意的，那么即使我们帮他救了竹叶青，也是徒劳无功。如果他对竹叶青是真心实意的，那么他自己就会想尽一切办法去救下竹叶青。"

"噢。"我终于明白了爷爷的几分用意。"但是，如果你不去，他不好劝说他的父亲啊。万一事情有变呢？"

"事情有变？"

"是啊，万一事情有变呢？比如说，那个蛇贩子今天就去了他家呢？那怎么办？"我问道。

"张九不是说了吗？蛇贩子一向很准时，他不可能提前去他家的。"爷爷自信满满道。

21

失了魂一般的张九见父亲与蛇贩子越走越远，他感到呼吸越来越困难，几乎要将自己憋死。就这样结束了吗？竹叶青明天即将变成一碗鲜美的蛇汤？她再也不会在傍晚或者下雨天来到自己的房间，跟他缠绵了？她再也不会用那冰冷而清爽的舌头舔舐他的全身了？那么，之后的岁月里，他的思念会不会像身上的痒一样燃烧起来呢？他的思念会不会像身上的痒一样越挠越痛呢？

张九跌坐在地上，他能感觉到心也离自己越来越远，越来越远……

"马师傅怎么还不来呢？可是即使他现在来了，还能救到我的竹叶青吗？"张九依然期盼着救星突然到来。他知道，他每耽误一分钟一秒钟，竹叶青的生命危险就接近一分钟一秒钟。那个蛇贩子是绝对不可能返回到这间房子里来，将那条绿色的竹叶青还给他的。而他的父亲绝对不可能突然改变主意不将那条蛇卖出去。更要命的是，苦苦等待的马师傅迟迟没有出现。

他突然灵光一闪，我把蛇贩子和父亲都想象成了可能救下竹叶青的人，为何独独没有想到我自己呢！

张九狠狠拍了拍后脑勺，现在谁也指望不上了，如果自己亲手去救竹叶青，那么竹叶青至少还有一线生机，如果此时自己也撒手不管，那么竹叶青一定会在明天变成美味佳肴了。

可是另一个问题同时出现在脑海里：竹叶青跟自己生下的到底是什么东西？是人？是蛇？还是怪物？

"不许走！把竹叶青蛇留下来！"

张蛇人和蛇贩子目瞪口呆。

张九突然从身后追了上来，张开双手拦在他们俩面前。"你们可以带走其他的蛇，但是请将这条竹叶青蛇留下。"张九双唇颤抖，脸色煞白地说道。

"你要干什么？"张蛇人不高兴了。

蛇贩子却笑嘻嘻地看着张九，打趣道："莫不是被我说中了？你要留着这条蛇做媳妇嘛？哈哈，张蛇人，你看，我没有说错嘛！"

张九一咬牙，大声道："对！我就是要娶这条竹叶青蛇做媳妇。"

刚才还面带笑容跟蛇贩子聊得不亦乐乎的张蛇人，听见儿子说出这么一句话来，顿时脸色发生了巨大的变化。"你……你说什么？"

张九说，那句话已经当着父亲的面说出来之后，他反而没有了害怕。以前畏畏缩缩躲躲藏藏的心理都不见了。原来，所有的转变都只等待着他铁了心说出那句话来。

张蛇人脸色强扯出一丝笑容，结结巴巴问道："张……张九，你是不是蛇毒又发了？你怎么尽说胡话呢？这可是一条竹叶青蛇，怎么……怎么可以做你的媳妇？张九……张九，难道……难道以前它经常来我家就是……"

张蛇人不是傻子，多年来这条捉不到的竹叶青是他的心病，同时他也知道，这条竹叶青肯定有什么他所不知道的秘密，它不会是来他家散步的。他之前猜测竹叶青蛇来他家是想伤害他的家人，报复他捉蛇卖蛇的行为。但是许多日子重重叠叠随着日历翻过去了，他的家人却平安无事。张蛇人时而听到儿子房间的不寻常，他已经有些怀疑儿子了，但是绝对不会想到他的儿子是跟一条蛇纠缠在一起。

而现在，他的儿子拦在他面前，说要娶这条蛇做媳妇。这由不得他不往从未想象过的地方想。

张九对着他的父亲点点头，答道："是的。她以前经常来我家，在傍晚或者雨天。她不是来害我的，却是给我解蛇毒。"

"解蛇毒？"张蛇人眯起眼睛问道。

"是的。她经常趁你不在，就来到我的房间……来给我解毒。"张九噎了一下，接着说道，"所以，所以我们……"

"不要说了！"张蛇人制止道，一只手扶住额头。张九发现，他的父亲鬓角已经多了几根银丝，眼角多了几条鱼尾纹。

蛇贩子提着蛇，一句话也不说，呆呆看着这对父子。

"我还没有说完，"张九哽咽了一声，不顾父亲的制止，继续说道，"所以我们相爱了。自从我中了蛇毒之后，别的女孩子见我都偷偷捂住嘴笑，只有她不顾我身上的角质，用舌头给我舔舐。她不嫌弃我。她是来帮我的，不是害我的。"

张蛇人想起了那个夜晚，那个引燃了湿柴要捕捉潜入房间的蛇的夜晚，那个母蛇发出的发情气味的夜晚。"都怪我，都怪我没有早点发现，居然让一条毒蛇跟我儿子……"张蛇人沉重地叹了一口气。

"我知道您是为了我才开始捉蛇卖蛇的，可是不是所有的蛇都那么讨厌。有的蛇……"

"不用劝我！"张蛇人大喝一声，"你是人，她是蛇！不管怎样，你们都不能结合在一起！我不答应！"张蛇人浑身颤抖，如站立在凛冽的寒风之中。

一向在父亲面前懦弱的张九忽然改变了以往的作风，毫不退让。"我知道您是不会答应的，我早就做好了心理准备！如果你容不下她，那么我也走！"张九嘴上说"早就做好了心理准备"，其实这个"心理准备"是刚刚做下的。他偷瞄了一眼蛇贩子手里的竹叶青。此时，那条竹叶青也正盯着他，平静得异乎寻常。

"你！你说什么！"张蛇人暴跳如雷，"你敢！"

"我是真心喜欢上她了。"张九看着编织袋中的竹叶青，深情道。

蛇贩子终于开口说话了："张蛇人，我看你儿子是认真的。"

"你什么意思？幸灾乐祸？"张蛇人不满地瞪了好友一眼，"你自己刚才不还给我讲了你的故事么？蛇这么好，你为什么要娶媳妇？你怎么不跟蛇过一辈子？"

"我这不是为了劝在门后偷听的张九吗？"蛇贩子道。

"你是为了劝张九？你之前怎么知道张九就在门后呢？"张蛇人满腔怒火，指手画脚问道，"不对，不对！你是谁？"

张九听了父亲的话，也是心中一惊。这个人不就是蛇贩子吗？父亲怎么突然对他也发难呢？

"唉，你就成全你儿子吧。只要是真心相爱，你何必管他这么多呢？"蛇贩子避开张蛇人的问题不答，继续劝道。不过，蛇贩子的脸上出现了一丝破绽。他勉强笑了笑，张蛇人看出那不是蛇贩子的笑容。蛇贩子笑的时候嘴角往下拉，略带一点哭相。而这个"蛇贩子"笑的时候嘴角微微上扬，带着一丝诡异和恶毒。

"你不是蛇贩子！"张蛇人伸出战栗的手，指着面前这个熟悉的陌生人。

张九吓了一跳，立即朝后退了几步，茫然地看着"蛇贩子"，问道："你是谁？你要骗走我的竹叶青吗？你有何居心？"

"蛇贩子"笑道："别管我是谁。你们父子之间先把矛盾解决了。我看张九跟竹叶青是两情相悦，张蛇人你至少给他们一个机会嘛。如果他们不合适，你再拆散他们也行呐。"

张蛇人后退了一步，道："我早就应该怀疑你了。是你让我儿子迷上竹叶青蛇的吧？你是怕蛇贩子明天来取蛇，所以今天幻化成他的样子来骗走我的蛇吧？"

22

在张蛇人、张九和"蛇贩子"争执不下的时候，我和爷爷在家里却没有落着空闲。

那时候已经接近中午，爷爷懒洋洋地躺在姥爹留下的老竹椅上，闭目养神。我则挨着大门，晒着从外面斜射进来的太阳。大门的朽木味飘进鼻孔，带着些古老的气息。现在的我即使回到爷爷家，即使阳光再好，却是再也没有了晒太阳的心情。

爷爷在堂屋的阴凉处，我在阳光暴晒的门口。两个人都不说话，享受着这难得的宁静。

几天之后，张九像他父亲当年那样，将一条吐着芯子的蛇盘旋在脖子上，满脸春风地走过大道小巷，来到爷爷家门前。

然后，他给爷爷复述了"蛇贩子"跟他父亲交易的情形。只不过那时的我已经回到了学校坐在了课堂上听着老师讲课了。后来爷爷又用张九的口吻复述给我听。

当时，张九和张蛇人看出了"蛇贩子"不对劲，立即质问"蛇贩子"有何居心。

"蛇贩子"说他来只是为了激起张九的感情，看看张九是不是真心要跟竹叶青在一起。他跟张蛇人说的那个故事，也只是为了辨别张九的真心，看他到底希望跟人在一起过平常的生活，还是鼓起勇气跟一条蛇过一辈子。

"蛇贩子"还说，他本以为张九在他出门的时候就会出来阻拦的，没想到出门许久了还不见张九有所行动，便认为张九在头一天去画眉村不过是一时冲动而已。

如果张九一直不出来，"蛇贩子"准备将拿到手的蛇送到真正的蛇贩子家里去，并且告诉蛇贩子：张蛇人家里有点急事，所以托人将蛇提前一天送过来了。这样，买方卖方都会相安无事。

那么，自然竹叶青避免不了或被做成二胡的蒙皮或被送上餐桌的命运。

可是谁料在张蛇人就要和"蛇贩子"道别的时候，张九才姗姗来迟地出现，并且说出了内心的话。

张蛇人问"蛇贩子"道："你是谁？"

"蛇贩子"道："我是谁并不重要。"说完，"蛇贩子"将手中的编织袋递交给愣愣出神的张九。"既然你已经决定了要负担结果，那么后面的事情也要靠你自己争取了。"

张九愣愣地接过"蛇贩子"递来的编织袋，问道："是画眉村的马师傅叫你来的吗？那么……你给我带句谢谢给他，好吗？"

张蛇人惊道："画眉村的马师傅？张九，你去找过他？"

张九扑通一声跪在父亲面前，低头道："父亲，我是去找过马师傅了。我就是为了这条竹叶青蛇去的。我知道你一定会反对我跟一条蛇过一辈子，但是我是真心喜欢上了竹叶青。我知道，你从耍蛇转行到捉蛇，一定需要很大的决心，一定做了很大的努力。但是，在走出家门拦下你们之前，我也下了很大的决心，也是经过了考虑的。我知道我在做什么，并且知道做了之后要承担什么样的后果。所以……所以请你原谅我……"

在张九向他的父亲表露真心的时候，"蛇贩子"悄无声息地溜走了。

张蛇人扶着儿子的肩膀，听着儿子一字一顿的倾诉，无暇去关注"蛇贩子"。

"孩子，你这么想就错了。"张蛇人吸了吸鼻子，轻声道。

张九抬起头，泪水蒙眬道："父亲，我没有错，我是真的考虑好了。我不会后悔。"

编织袋里的蛇们此时出乎意料的平静。那条绿色的竹叶青蛇缓缓爬到编织袋的结扣旁边，隔着一层经纬细密的薄层，用那细长的蛇芯子舔舔张九的手。它似乎要劝慰这个曾经与它共度无数个美妙夜晚的男人，即使他父亲拒绝了，只要有他这一番话，死也甘心。

张蛇人摇了摇头，道："孩子，你想错了。父亲不是这个意思。我的意思是，我当初不再耍蛇就是因为怕你心理有负担，我并不是你想象的那样恨蛇。我的所作所为，都是为了你。既然你这么喜欢这条竹叶青，而且肯为它负担后果，那么我为什么要阻拦你呢？孩子，只要你喜欢，你就尽情地去做吧！"

张九听了父亲的话，愣住了。

张蛇人摸了摸张九的脖子："我早就看出来你的皮肤好得异常快，晚上也很少听见你在床上磨蹭了。你妈妈比我敏感，她先发现了你的异常,作为父亲,我的感觉要慢得多。在你妈妈告诉我这些之后,我就暗暗留意了。可惜一直没有找到缘由。"

说到这里,张蛇人瞟了一眼地上的蛇。那条竹叶青立即立起身子,对望张蛇人,一副毕恭毕敬的样子。

张蛇人收回目光,定定地看着儿子,语重心长地问道:"和蛇生活需要处处小心,稍微出现懈怠,或许就会中毒身亡。这跟人与人的生活是很不一样的。"

张九点点头,说道:"我知道。"

"好了,你起来吧。"张蛇人扶起儿子,俯身帮他拍了拍膝盖上的泥尘。"其实你何必去找画眉村的马师傅呢?你只要把个中缘由说给我听,我也会答应你的嘛。傻孩子。"张蛇人的眼里露出少有的温和怜惜。

"您……您真的答应我了?"张九掩饰不住兴奋地问道。

"难道你以为我还不如马师傅关心你吗?"张蛇人反问道。

"当然不会!"张九欣喜道。

张蛇人笑了笑,道:"当然是真的了。我的心中也已经压抑了很多年,其实我一直还是很爱耍蛇的,只不过为了不让你觉得我忽略了你的感受,才用恶毒的方式来对待心爱的蛇。在我的生命里,毕竟是你比蛇重要得多。既然你决定要跟蛇待在一起,那么我也可以重拾当年的爱好了。"张蛇人长长地呼出一口气,如释重负。

张九点头道:"对。父亲,我还要跟你一起学耍蛇,把你的手艺继承下来。"

此后,张九开始跟随父亲耍蛇,并从他父亲那里学到了许多以前不会的技巧。而那条竹叶青在干燥的晴天里变作一条绿色的蛇,躲在竹林里，等到阴湿的下雨天气或者夕阳西下，她就会来到张九的房间，继续给他治疗蛇毒。

不仅如此，竹叶青还解决了许多张蛇人没有解决的问题，比如被什么蛇咬了应该用什么样的草药治疗，蛇在什么时节有什么不同的习性，比他父亲常看的《田家五行》还要准确得多，也详细得多。

后来我问爷爷："你不是说过竹叶青已经受了孕吗？难道他们的孩子从此就消失了？"

爷爷笑道："我也这样问了张九，张九说，那条竹叶青告诉他，蛇在受伤的时候自己会找相应的草药来疗伤，所以蛇对中草药天生有一定的了解。竹叶青是在发情期找到张九的，但是之前她已经食用了一种特殊的野草和天然矿物硼砂。这种野草和硼砂混合在一起服下，即能起到很好的避孕作用。"

我惊讶道："竹叶青就是通过这种方法避免了受孕？"

爷爷道："古书《太平广记》中的草木篇里写到过这样一则故事，说过去有一位老农耕地，遇见一条受了伤的蛇躺在那里。另有一条蛇，衔来一棵草放在伤蛇的伤口上。经过一天的时间，伤蛇跑了。老农拾取那棵草其余的叶子给人治疮，全都灵验。本来没有人知道这种草的名字，后来人们干脆就用'蛇衔草'当草名了。而另外一本古书《抱朴子》中也讲到'蛇衔能续已断之指如故'。说的也是这个意思。所以蛇会用中草药并不是奇事。"

"那么他们就一直服用这种药，不要孩子了吗？"我问道。

"他们害怕生出一个怪物来，所以决定一直不要孩子。"爷爷回答道。

自此以后，我再也没有见过张九，爷爷再也没有提起过。

殊
途

人鬼殊途，你们这一段情事也就罢了，怎么可以真正
地待一辈子呢？

1

那是很久以前的事了——姥爹的哥哥去世后第三年的那个春天，一个原来跟姥爹的哥哥一同读过私塾的男子找来，说是要姥爹看在与其兄弟同窗的分上，帮他一个小小的忙。

姥爹问他要帮什么忙。

他说要姥爹帮他收一个野鬼到家里来。

姥爹听他这么一说，心生奇怪，从来只有人将游荡在外面的亲人的魂魄收回来，哪里见过要将孤魂野鬼收到自己家来的？这个还不是问题，问题是亲人的魂魄认识回家的路，要收回来比较容易；但如果收的是孤魂野鬼，那就危险很多。孤魂野鬼愿意的话，那还算好，只是收魂的人走路慢一点，脚步轻一点；如果它不是心甘情愿的话，那就可能威胁到收魂人的生命，更威胁到鬼魂进屋的那家人。

姥爹不敢轻易答应，但是碍于那人跟哥哥同窗的分上，却又不好拒绝。于是，姥爹问明那人要收野鬼的缘由。

那人说，半年前的一个傍晚，他在朋友家里喝了几两白酒出来，摇摇晃晃地往回家的路上走。走了没多久，他突然听见背后有姑娘的咯咯笑声。那时既没有路灯也没有手电筒，世道也不太平，乡村里的姑娘们是不敢在这个时候出来玩耍的。所以他的心里有些疑虑。

　　因为天色很暗了，能见度不高，他就没有太在意，猜测是不远的地方有人家，而自己看不见。再者，晕头晕脑的他连走路都不太稳，更没有心思去想太多了。

　　他走了大概一里多远，又听见背后有姑娘咯咯的笑声。这时，他就有些怀疑了，因为路的两边都是山，没有人家住在这里。如果谁家的姑娘敢在天黑的时候独自走到这里来，那真是吃了熊心豹子胆。

　　不过他还是不搭理那个笑声，仍旧低了头走路。这时路也模糊得只剩一条白色，根本看不清哪里凹哪里凸了。估计再晚一点，他就找不到回家的路，要在露天的草地里躺一个晚上了。

　　虽然心里急着赶回家去，但是那个姑娘的笑声如一根不弃不舍的稻草，总在他心里最痒的地方挠。

　　又走了半里多路，他终于走到靠近老河的大道上了，远远地能看见画眉村里星星点点的灯光。胃里的酒如一团火，燎着他的神经。这时，他再次听见了姑娘咯咯的笑声。此时他听来觉得那姑娘似乎在嘲笑他胆小。

　　他忍不住回过头来，看见一个二十岁上下的漂亮姑娘正蹲在地上捡钱。

　　他连忙将手伸进口袋里，他的钱还在。他吐了一口气，幸亏不是自己的钱掉了。不过他又怀疑：是谁这么有钱，顺着这条路一直丢过来？

　　那个姑娘根本没心思抬起头来看看这个喝得醉醺醺的人一眼，全神贯注地捡着地上的钱。她仿佛努力抑制着自己不要笑出声来，但是占了如此大的便宜，却使她时而忍不住咧开嘴笑出声。咯咯的声音钻入站在她前面的人的耳朵里。而站在她前面的那个人，眼神渐渐变得异样。

此时，他的酒醒了一些，但是酒精的后劲仍不断冲刺着他的神经，令他想入非非。

那个姑娘一边弯腰捡钱，一边往前移动，渐渐地向他这边靠了过来。那腰肢扭动得如春风拂动的小柳树，那秀发飘动如农家妇女在洗衣池塘里洗涤的海带。微风刚好从她那边向他这边吹来，迷人的体香中似乎还带着点点酒香。在他的眼里，那个姑娘穿着的紧身小红袄如同花生米的红包衣，他心中燃起一阵热火，手指痒痒的想伸过去将花生米的红包衣剥开来，看一看里面的花生仁是不是白皙可口。这就更加勾起了他的酒劲。

而那个姑娘全然不顾前面还有人在，兀自捡着地上的钱。

他看着这个姑娘一点一点地靠近自己。他们之间的距离越短，他体内的热火就燃烧得越旺。

那个姑娘一直捡到了他的脚下，撞到了他的膝盖。

"哎哟，对不起，对不起。"那个姑娘连忙道歉。

头脑还有些晕乎的他站立不住，被她撞倒在地。那个姑娘将捡到的钱往腰兜里一揣，伸出手要拉他起来。他碰触到姑娘的手，凉津津的。他已经无法抑制体内的冲动，顺势将那个姑娘扑倒在地，趁着熊熊燃烧的酒劲，将她的紧身小红袄剥开来……

第二天的早晨，路边小树上的露水轻轻悄悄地滴落在他的额头，他这才缓缓醒了过来。他立即想起了昨晚在这里发生过的事情，脸上腾起一股燥热。恢复清醒的他马上想到了礼义廉耻。他慌忙看了看四周，不见那位姑娘的踪影，低头看了看自己的衣服，却是裤带紧束，衣扣紧扣，似乎昨晚不过是转瞬即逝的春梦一场。

他缓缓地站了起来。老河旁边的田地里已经有了勤劳的农人忙着农活，但是没有人注意到这里还睡着一个人。懒洋洋的阳光洒在他的睫毛上，让他分不清到底昨晚是做梦，还是现在是做梦。但是老河里潺潺的流水声似乎告诉着他：现在才是真实的。

他打了一个长长的呵欠，昨晚倒进肚里的酒水和下酒菜，此时从胃里发出一股糜烂的臭味。他连忙将手在嘴边扇动。

手刚扇动两下，突然停住了。

在他脚踏的这条道路上，稀稀落落地撒着送葬用的圆形纸钱！

2

虽然吓得魂飞魄散，但是他不敢声张，急忙回到家里假装什么也没有发生过，一连数日都不敢出门走夜路。以往他经常跟酒友喝到夕阳西下才摇摇晃晃地回来，自从那次之后，他连阴天都不敢出门。

可是如此数日之后，却也没有发生什么事情。

他想不出那个被他冒犯的姑娘为什么不来找他算账。她不来找他，他倒有些想念那个姑娘了。每次白天在烈日下经过原来那条路的时候，他忍不住要停下来，趁着无人的时候偷偷查看四周，希望能找到那个姑娘的蛛丝马迹。这自然是徒劳。

就这样，在既担心又想念的日子里度过了一个冬天又一个春天，直到来年的清明节。

这个故事是我爷爷跟我讲的（我爷爷其实是我外公，习惯这么叫而已，姥爹是外公的爹，也就是我太姥爷）。

"清明节？"我问爷爷。相信所有人对清明节都有了解。但是各人对清明节的了解各不相同。有的了解为扫墓的节日，有的了解为踏青的时节，有的了解为与七月半和十月朔并列的三大鬼节之一。

既然爷爷讲的是这个故事，那么我自然而然要将清明与鬼节联系在一起了，并且暗暗觉得那个要请姥爹收野鬼的人在这一天要遇到什么事情。

谈到清明节，自然避不开晋文公放火烧山，逼迫介子推下山的典故来源。

不过爷爷告诉我说，这只是清明节来源的一种说法，还有另一种说法却是常人少知的。但是听爷爷说过之后，却觉得第二种说法更是合情合理。

爷爷说，古人有迎接春天的习俗，农历三月初的天气正好是春意盎然的时候，适合人们开展各类活动，包括踏青出游，乃至"野合"。所以春季最主要的节日也在这个时候。早期的清明节并没有祭扫的习俗，清明节的活动内容与三月初的其他节日是相同的。

清明是二十四节气之一，二十四节气是根据太阳历制定的历法，本身并非节日。清明恰好在农历的三月初，正好和古代春天的节日上巳节、寒食节重叠，久而久之清明也成为了春季节日的一部分。

现如今，上巳节已经从中国人的节日谱中消失了，但过去它曾是一年中最重要的节日之一。汉代以前定为三月上旬的巳日，后来则固定为农历三月三那天。据记载，春秋时期上巳节已经开始流行。

《论语》中所说的"暮春者，春服既成，冠者五六人，童子六七人，浴乎沂，风乎舞雩，咏而归"写的就是当时的情形。

最早的时候，上巳节那天人们会去踏青郊游、到河边洗澡。另外，这天也有"驱邪"的功能，古人称为"祓除畔浴"。在上古时期，节日的作用就是驱邪避灾，譬如"重阳节登高"，实际的原因是为了躲避山下的瘟疫，"被除畔浴"也是这个道理。

上巳节也有求偶交配的功能，《诗经》所说的"维士与女，伊其相谑，赠之以芍药"也是发生在这段时间，这样的传统一直影响到唐宋，杜甫《丽人行》中就有"三月三日天气新，长安水边多丽人"的句子。不过，后来随着社会趋向文明，野合的主题被替换为求子，上巳节后来形成了祭奠女娲庙、妇女们在河边求子的风俗。

"清明还有野合的含义？"我是第一次听到这种说法。不过我不得不相信爷爷，他对古事的了解比任何一个教我语文课的老师都要深得多。

"嗯。"爷爷点头道，"那个被他冒犯的姑娘就选了这么一个时候。"

"难道不止是他想念着那个姑娘，那个姑娘也惦记着他吗？"我问道。

爷爷呵呵笑道："你已经成年了，我也就不避讳跟你说这些了。你想想，如果那个姑娘不情愿的话，她能让一个站都站不住的喝醉的人亲近她吗？"

我心中感叹道，难道这叫做郎有情、妾有意？

那个人对姥爹说，那次清明，他去了母亲的坟墓上扫墓，发现墓边长了一棵小槐树。由于去扫墓之前没有带任何挖掘工具，他费尽了九牛二虎之力才将小槐树从泥土里连根拔出。等他做完这些，天色就暗下来了。

回家的路上，必须经过曾经遇到那个姑娘的地方。

因为事隔半年多了，他已经没有原来那么害怕，一种莫名的希翼反而如荒草一般见风就长。

他不知道母亲的坟前长槐树是吉兆还是凶兆，所以拔掉的小槐树也不敢随便扔掉，只好提着带泥的小槐树回来。

当走到去年在这里留下诡异记忆的地方，他提着小槐树站了一会儿。他左顾右盼，似乎要等某个人来约会；又似乎害怕遇到某人，只要见那人出来，自己立即拔腿就跑。

3

在他站着的那条路上，到处洒落着各种纸钱，那是扫墓的人一路遗落下来的。虽然是春季，但是微风拂起地上的纸钱，如秋风卷残叶，让他感觉到一阵阵秋凉。他不禁缩了缩肩膀。

就在他提起衣领遮挡钻进脖子的凉风时，一阵沙沙的声音响起。

那个姑娘出现了。她蹲着，如去年那样去捡地上的纸钱。只不过她的脸色没有去年那样的喜色，更没有发出咯咯的笑声。她的脸明显憔悴了，头发如被秋风吹过的枯草一般。她一如既往没有发现前面的行人，兀自捡着纸钱，全神贯注。

他的身子摇晃了一下，仿佛是被风吹动的。

"你……"他指着那个姑娘，嗓子痒痒的。

那个姑娘听到他的声音，先是愣了一下，在地上呆了片刻，然后缓缓地抬起头来。如果说苍白的脸、枯萎的头发、笨拙的表情都显示着她的憔悴的话，那么那双眼睛却是比洞庭湖的水还要波光粼粼，比石井中的水还要清澈，比老河里的水还要流动婉转。

那个姑娘面无表情，仿佛看着一个从来都没有见过面的人。他被姑娘的表情吓坏了，活生生把"你"字后面的话咽进了肚子里。怎么了？她不记得自己了啊？不会的，她怎么会不记得呢？可是看那表情，确实不曾认识自己。难道，难道，难道她是恨着自己的？忽然见到了自己才使她有着这样的表情吗？这是见了深仇大恨的人的表情吗？他猜不透那张绝美的憔悴的脸。

那张如缺少浇灌的牡丹花一样的脸，让他沉迷于她的美丽，却又疼惜于她的憔悴。他的心如同被挖了一刀，有一种空洞的痛。他下意识里抬起手，捂住了胸口。

那个姑娘看了他半天，僵硬的表情突然如河面的冰遇到了温暖的春风，居然出现了一丝不易察觉的融动。她的脸上出现了轻微的抽搐。

他仍呆呆地站着，呆呆地看着这位姑娘。怎么了？她的脸上即将出现什么表情呢？愤怒？扭曲？破口大骂？是的，去年就是他，就是他趁着酒劲侵犯了未设防的她。那么，现在正好是她报复的机会。她一定不会放过这个绝好的机会。她会怎样？会找我拼死拼活？会拖着我去告诉村里人吗？会和我对簿公堂吗？

不，不，不。她可不是人。她是鬼。

那么，她会不会拉着我去阴曹地府？去阎罗王面前申冤？阎罗王会不会气得吹胡子瞪眼，在我的阳寿簿上除去十多年阳寿？或者更多？

他感觉自己就是一个等在一朵南瓜花前面的农民，他不知道这朵好看的南瓜花即将结成一个长着好看的斑纹的果实，还是成为一朵毫无希望的哑花。

那个姑娘脸上的表情终于完全化解，嘴角掀动，居然扯出一丝让他惊奇不已的笑容来！

"你没有忘记我啊？"她轻轻怯怯地问道，仿佛是一个独守空房多年等着曾经路过并且发生了秘事的姑娘。他读过无数个关于文人书生与鬼怪的风流韵事，自己虽然读过些许私塾，并不敢自称为文人，但是他未尝不期待着同样的美事发生。

听了姑娘的问话，他顿时浑身松懈下来。之前的所有猜想都随着微风而逝。他摇了摇头，轻声回答道："当然没有，一天也不曾忘记过。"

那个姑娘低了头，咯咯笑起来，所有的憔悴顿时消失不见，娇羞如一个新婚之夜披着红盖头的女子。

他本来还有些顾忌，但听到姑娘咯咯的笑声，立即把持不住，丢下了手中的小槐树，扑向娇羞的姑娘。这天他没有喝过一口酒，但是去年的那种酒香隐隐约约在鼻前掠过。如果说之前是酒意的怂恿，如果之后的梦中是生理的冲动，那么此刻他是两种鼓动的集合。他像一头刚刚摆脱束缚的野兽，已经完全控制不住在心中燃烧许久但是一直没有燃烧充分的热火。他身子底下的那个人没有拒绝。

他想起了《诗经》中的"维士与女，伊其相谑，赠之以芍药"。他想起了"野有死麕，白茅包之。有女怀春，吉士诱之。林有朴樕，野有死鹿。白茅纯束，有女如玉。舒而脱脱兮！无感我帨兮！无使尨也吠"。他想起了更多……

在身体里的热火剧烈燃烧一次之后，他沉沉地睡去了……

第二天醒来，跟去年的那个早晨没有任何区别，甚至阳光也是同样懒洋洋的，不同的是，他的身边多了一棵倒着的小槐树。

他没有像上次那样偷偷溜回家，而是从草丛里找出一个破瓦片，就地挖了一个坑，将那棵小槐树栽在昨晚他们融合在一起的地方。他从老河里捧了一些水浇在翻动的泥土上，然后用脚踏紧。

4

清明果然是适合野合的时节，清明更是适合种植的时节。他不禁这样感叹道。

小槐树在新的地方展现一派生机，很快就长得枝繁叶茂。

自从在那里种上小槐树以后，他几乎每天晚上都去那里，站在小槐树旁边等待。果然不出所料，他时而能碰到那个捡钱的姑娘，自然又少不了一番翻云覆雨。

时间久了，那个姑娘便问他道："怎么我每次来这里你都在啊？是不是我们心有灵犀？"

他回答道："哪里！我是每天都来，只能隔三岔五地碰到你一两回。"

姑娘听了，感动得掉下泪水来，抓住他的肩膀轻摇道："你怎么这么傻呢？为了这点事，要你天天晚上在这里等待！"

两人自然免不了说一番贴心的情话，这里暂且不表。只讲那个姑娘告诉他的一个秘密："你以后不要天天来等，我会在逢七的日子到这里来。其他时候我是不能出来的。以后你算好了日子过来就是了，免得影响了休息。"

他虽不懂为什么这个姑娘要逢七才出来，但是从此以后，他每个月逢初七，十四，十七，二十一，二十七，二十八，都到这棵小槐树下与那个捡钱姑娘幽会。而那个姑娘每次都如约而至。

村里人发现这条路旁无缘无故多了一棵小槐树，但是没有人发现他与那个捡钱姑娘的秘密。

这个秘密一直延续到那个人来找姥爹。姥爹问道："你们不是一直这样的么？为什么现在却想要将野鬼引到家里来呢？人鬼殊途，你们这一段情事也就罢了，怎么可以真正地待一辈子呢？她既然愿意跟你在槐树下幽会，自然有着她的意思。"

那人不解道："她有什么意思？"

姥爹解释道："槐树叶子为缩缩呈串珠状，缩缩处很细，是吧？槐树荚角缩存树上，一旦遇到降雨，缩缩处受雨水浸湿就会断裂落下，果皮被浸泡腐烂而露出种子，把树荫下的地面染成暗绿色。同时呢，槐树容易遭受蚜虫的危害，蚜虫分泌物落到地面也会把地面染成黑色，槐荫下因此常常呈黑色。暗绿色和黑色，都具有晦暗之意。所以，槐树一名源自'晦暗'。知道了吧？"

"晦暗？"那人惊问道。

"看来她是怕别人知道你与她之间的事情，但是有了槐树之后，她与槐树同是晦暗之物，可以借槐树的晦暗隐藏自己的踪迹，让常人不能发觉。"姥爹道，"我以前经过你说的那条道路时，也曾怀疑过那里存在蹊跷，但是终究没有挂在心上。看来她心机缜密，借着槐树隐藏了她存在的痕迹。"

"原来如此啊。"

姥爹又道："槐字与晦字读音相近，槐树就是晦树。不过呢，这里还有另一层意思。槐，就是望怀的意思，人站在槐树下怀念远方来人。这是她对你表达爱慕和想念的方式。"

那人恨拍自己的脑袋，自责道："原来她花了这么多心思啊，可恨我自认为读了不少书，却像个白痴似的没有明白她的用心！如果是这样的话，那我更应该将她邀请到家里来，像妻子一样对待她。甚至可以跟她一起谈论学问呢。"

姥爹叹道："虽然她要逢七才能出来，要借槐树才能隐藏行踪，但是她毕竟是鬼，阴气很重。你跟她隔一段时间见一次面还好，若要是天天夜夜待在一起，恐怕会影响你自己的身体。你可要想清楚了。"

那人大大咧咧挥手道："怕什么！我早就知道她是鬼类了，要是害怕，早就不跟她在一起了。你就不用多给我操闲心啦！还请你帮帮忙，将她收到我家里来吧！"

姥爹提醒道："如果你把她收进家里了，一旦以后你要再娶媳妇的话，那还得先将她赶出去。那样就可能造成一个冤鬼了。鬼的冤气大了，那就很难对付。你要想仔细想明白了。"

那人稍一寻思，斩钉截铁道："我想仔细想明白了，收她进我家来！"

就这样，姥爹只好帮忙将那女鬼收进他家。

姥爹请了邻村做灵屋的扎纸匠扎了一个纸人，然后按照那人的描述，将纸人画上女人的鼻子嘴巴眼睛等等。那人还特意请人做了一件不厚不薄的小红袄给纸人穿上。

到了他与女鬼约好的逢七的日子，姥爹带着纸人，他牵着一根红线，从画眉村往老河那边走。他手里的红线一头系在门闩上，从门口一直拉到小槐树那里。头一天他就跟村里的小孩子们打好了招呼，叫小孩子们那天晚上不要调皮，不要乱撞乱跑弄断了红线。得到几颗糖的小孩子们当晚都乖乖地绕开那条红线。

村里的大人们经过那条红线的时候要么抬高脚跨过去，要么低了身子钻过去。一个村子就被这么一根经不起外力的红线分割成两个部分。

姥爹将纸人靠着小槐树放下，叫他将红线系在小槐树的主干上。他照办了。

等天色暗了下来，姥爹又将纸人和红线检查了一遍，然后跟他一起耐心地等待那个一边捡钱一边咯咯发笑的姑娘出现。

月上树梢，云像黑纱巾一样从天空掠过。姥爹掐算了一下，将纸人扶了起来，用手轻轻弹了一弹不松不紧的红线。

"她来了。"那人推了推似乎是漫不经心的姥爹，声音有几分紧张，有几分惊喜。

咯咯一声笑，那个姑娘影影绰绰地出现了。她渐渐向这边走来，越来越清晰。她如同从一幅粘满了灰尘的古画中走出，带着几分香艳，却也带着几分泥味。

5

当看见熟悉的男人身边还有其他人时，她吃了一惊，慌忙转身要走。那个男人连忙冲上去拉住她的手，解释缘由。

姥爹一个人站在小槐树下看着他们俩拉拉扯扯，一个要走，一个不让。这样纠缠了好些时辰，终于看见那个姑娘半推半就地跟着他走了过来。看来他终于说服了那个姑娘。

那个男人笑嘻嘻道："好了。您开始作法吧。"

姥爹瞅了那女鬼一样，一本正经道："姑娘，我从来都是帮人不帮鬼的。这次破例是因为他跟我兄弟的交情。你既然进了村子，就要安守本分，不要做出作孽的事来。你可听清楚了？"

那个男人连忙帮腔道："她绝对不会做出对村里人不利的事情来。我跟她这么些日子了，从未见她做过什么害人的事。您就放心吧。"那个女鬼在他身后连连点头，一副楚楚可怜的乖模样。男人说完后，她急忙小鸡啄米似的点头。

姥爹将纸人扶起来，对女鬼道："你走到纸人这里来。"

女鬼显然还有些犹豫，侧头看了看那个男人，怯怯道："要不算了吧，这纸人虽好，但终究不像肉身好用，还不如不要。我们还是按照原来那样在这里约会吧。"

那个男人劝慰道："没事的。你听从他的吩咐，很快就会好的。他的法术很高深，是我们村里出了名的人物呢。我听他说了，这个纸人只是你暂时借用的身体，是收住你魂魄的躯壳。进了我的家，这个纸人就不用了。放心吧。"

女鬼听他这么说了一番，才缓缓迈开步子朝纸人走去。

姥爹见那女鬼渐渐融入纸人内，立即轻喝了一声："走！"那个纸人就略显犹豫地迈开了步子，像是大病初愈的人第一次下床活动似的。见纸人开始走了，姥爹叫男人一手牵着纸人的手，另一手握紧红线。

"带着她往你家里走，记住捏住红线的手不要松。"姥爹嘱咐道。

爷爷虽然没有告诉我当时的天气，但是我能想象到，那一定是个阴风阵阵的晚上，天才黑不久，月亮不太圆，或者说瘦如弯弓，也没有多少月光。穿着小红袄的纸人跟一个面带书生气的男人手牵手，缓缓地朝红线的另一端走，一如一对新婚夫妇踏着红地毯朝礼堂行走。这对男女背后有另一个人小心翼翼地在旁照看，生怕红线断了，或者生怕新郎的手松开来，或者生怕纸人被夜露沾湿，破出两三个大煞风景的洞来。

村里的人都自觉待在家里，门外连条乱吠叫的狗都没有，鸡鸭更是早早地回了笼。他们，还有它们，似乎有意保持一种沉默的状态。而路上行走的一活人一纸人更是走得小心翼翼、如履薄冰，仿佛真走在冬末的冰块上，也许下一步就哗啦一声，两人连带着所有的希望都陷进冰窟里。

所幸的是，在姥爹的辅助下，他们俩没有出一点意外。他们顺利地走到了红线的另一端。

姥爹待他们俩都将脚缩进门内时，迅速关上门。就在这一瞬间，外面的狗开始吠叫了，鸡开始咕咕咕地乱鸣了，而墙角、窗下的土蝈蝈开始聒噪了。那根红线立即被从屋里跳出来的小孩子弄断了。

爷爷笑道："那个你叫绵叔的，当时他家住在画眉村的最外边，那晚他就趴在窗口看着你姥爹带着那个男人和纸人慢慢地经过了他的窗前。弄断红线的也是他，他是画眉村调皮出了名的人。你姥爹在世时还教训过他呢。"

那个我叫为绵叔的人，其实是一个七八十多岁的老头，但是论辈分，我妈妈都比他大好几辈。他见了我妈妈都要叫曾姥姥，见了我也恭恭敬敬地叫童爷爷。我和妈妈都很不习惯一把年纪的他这样叫我们，跟他说过很多次以后不要这样称呼。可是他是个很认真执行辈分的人，像头倔驴一样不肯改。后来爷爷出面说了，他才勉强答应折中的称呼——让妈妈叫他绵哥，而我自然叫他绵叔。

村里的人早已放弃了古老的排字辈的称呼，绵叔可算是画眉村最后一个坚持这种不合时宜的称呼的人了吧？不知道他这么坚持字辈干什么。

"我说的情形还是你绵叔后来告诉我的呢。"爷爷说道。

姥爹进门之后，其他人就不知道他又做了些什么。总之，第二天经过那个男人的房子时，经常能听见他一个人在那里自言自语。他似乎在跟什么人说话，可是有意无意经过他家的人听不到女声回答他的话。

平平安安度过两个月之后，他的家里突然传来一声尖叫。发出尖叫的不是别人，正是他自己。

6

而姥爹似乎从收野鬼进屋的那个晚上开始，一直等待着他尖叫的这一天到来。

爷爷说，那个男人发出尖叫的时间是在一个炎炎夏日的午后，各家各户都刚刚吃完饭或者正在吃饭，许多小孩子刚躺上竹床准备睡个午觉。蝉声如一浪接一浪的潮水般在画眉村的四面八方起起伏伏。

那天，姥爹吃完了午饭，却反常地不立即躺上他的老式竹椅睡午觉。姥爹静静地坐在饭桌旁边，一动不动。当时姥爹的原配还健在，她早收拾好了饭桌上的残羹冷炙，正蹲在厨房里洗碗筷。她搓筷子发出的唰唰声似乎是蝉声的伴奏。

"马先生！你帮我把那女鬼赶走吧！她给我生了一个没有五官的孩子！"那个曾经央求姥爹收野鬼进家的男人再次央求姥爹道。

"我早跟你说过的，赶走比收进来要困难得多。"姥爹面无表情。

原来，那天下午女鬼为他生下了一个孩子，可是那个孩子的脑袋长得奇怪，没有鼻子眼睛眉毛耳朵等等，如一个冬瓜长在脖子上。那声尖叫，就是那个男人看见没有五官的新生儿之后发出的。

"不行！她生了这样一个孩子，叫我怎么受得了？我恐怕从此天天晚上都要做噩梦了！求求你，你既然能把她收进来，就有办法将她再赶走！求求你了！她是鬼呀，待在村里难免是个隐患。要防患于未然呐！求你了！"那人跪下来给姥爹作揖。姥爹慌忙上前扶他起来。

姥爹经不住那人的再三求劝，只好答应。

当晚，姥爹事先将一箩筐纸钱从那人的家门口一直撒到小槐树下，然后叫那人手拿一把斧头。

姥爹和那人等到天黑，又等到万家灯火，再等待万家灯火都熄灭，才远远地看见女鬼渐渐地走了过来，仍旧是一边捡钱一边咯咯地笑。姥爹自己听了都于心不忍，但是身旁的男人一再督促他不要心软，仿佛他才是局外人。

姥爹见女鬼越走越近，便拍了拍那男人的肩膀，吩咐道："你等她走到槐树底下来了，立即将这棵槐树砍倒。什么话也不用说，其他什么动作也不要做，然后直接回家，关门睡觉。"姥爹说完，自己先低着头走开了。

爷爷说，这是借助了骗牛的方法。那个时候，阉鸡匠，割猪匠，骗牛匠还到处可见。因为正常的公鸡和公猪都不如阉割了的长得壮，而正常的公牛不如骗了的做事专心，所以当时的农村里保持着这种野蛮而有效的阉割办法。

但是骗牛跟阉割鸡和猪不一样。为了彻底地让牛死心塌地干活，不再做其他非分之想，骗牛匠在割掉牛的器官之后，还要当着牛的面，用大磅锤将那物什砸烂。这是比阉割更野蛮、但是也更有效的方法。被这样处理过的牛，从此老老实实耕田拖车拉磨，眼神变得空洞，见了母牛再也不会多情地"哞哞"叫唤。

那个男人不会不知道那棵小槐树对于他和女鬼来说意味着什么，如果当着女鬼的面将小槐树砍倒，女鬼必定明白男人的意思。

那个男人将小槐树砍倒之后女鬼有什么反应，姥爹没有看到，绵叔也没有看到，而男人自己也不愿跟外面的人说，所以爷爷无从知道。

爷爷知道的，是那个男人第二天就要将那个没有五官的孩子丢掉。那天刚好一个不知从哪里来的乞丐经过，从男人手里抢过那个孩子就跑了。男人由于本能，追了那个乞丐好远，就在要捉到乞丐的时候，他停了下来，看着那个乞丐一溜烟跑掉了。

不久后，那个男人另外娶了一个远地的女人，那个女人自然是不知道他的过去的。村里人对那个远地来的女人保持一种不约而同的沉默。后来那女人给他生下了一个儿子。

儿子养到能说话的时候，他才发现，他的儿子，听力、视力、嗅觉、味觉都差得要命。每次叫他都要敞开了嗓子拼命叫喊；斗大的毛笔字放在面前看不到；经常把酒当作白开水喝掉几碗，然后昏昏糊糊地躺在地上睡觉；无论吃什么东西都是一个味。

村里人，还有他自己都冥冥之中能感觉到这个孩子是怎么回事，但是他们都不敢说出来。

这个孩子长到二十多岁就死了。然后他跟他妻子白发人送黑发人，哭得好不伤心。在给孩子送葬的路上，他忽然发现一个长着冬瓜一样的脑袋的人站在老河边上朝送葬队伍望。他举起一根竹竿就向老河岸边冲过去。等他到了老河边上，却发现什么东西也没有。等他走回来，却又看见了那个没有五官的人。他再次冲到老河边上去，那个人却又消失了……

如此反复数次，他终于狂叫一声，从此变得疯疯癫癫。那个远地嫁过来的女人简单收拾了一番，跟村里几个熟人告别，回到远方的娘家养老去了。

又过了几年，那人的房子由于年久失修，在一个雷雨交加的夜里倒塌了。那人在一堆断壁残垣里结束了生命。

"真是可怜。"我若有所思，也若有所失地说道。

爷爷淡然一笑，道："故事还没有结束呢。"

"还没有结束？"我问道。

爷爷点头，接着说道："还没有结束。由于那个人生前没有留下什么积蓄，也没有子嗣，他的葬事就成了一个问题。那时已经开始兵荒马乱了，村里的人都没有什么余积，谁也没有足够的钱给他举办葬礼。于是，村里几个老人聚在一起，讨论出一个决定：全村的人凑钱起来给他买一块地埋了算了。谁料第二天村里就来了一伙人，都是强盗土匪打扮。村里人都吓得不得了。谁知那伙人不抢别的，只为那个男人的尸体而来。"

7

"抢尸体？"

"对。抢尸体。"爷爷沉声道，"那一帮土匪的头目却是长得奇怪，嘴巴没红唇，耳朵白得如刷了石灰粉，眼睛也没有睫毛，鼻子像石头一样硬邦邦。村民们和土匪打起来的时候，有人打到了那个头目的鼻子，自己的手却撞得断了一个指节。"

说到这里，不用爷爷说明，我也大概知道了土匪的头目是何人。

"后来土匪鸣了枪，村里的人才一个都不敢动了。那帮人就将尸体搬走了。"爷爷道。

"然后呢？"我急忙问道。我想知道那个头目将尸体抢走是何目的，是想将抛弃他的父亲碎尸万段呢，还是好好安葬。

"然后呀，然后村里人就去孟家山找土匪。那时就孟家山一块盘踞着百来个土匪。那些土匪都是附近的庄稼人，他们是被强吏豪绅抢了种田维生的土地才跑到孟家山落草的。孟家山一带还有他们的亲戚，所以村里人就找了跟土匪有亲戚关系的人，问要多少赎金才可以把尸体赎回来。"爷爷道，"可是孟家山的土匪说，他们不曾抢过人家的尸体。"

"不是孟家山的土匪干的？"

"不是他们干的。他们说，我们抢钱抢粮抢人什么都抢过，就是不曾抢过尸体。"爷爷道。

"那尸体到哪里去了？"

爷爷摇了摇头："谁也不知道尸体到哪里去了。开始村里还托人到处询问，有没有见过一队人马从画眉村出来，又朝哪个方向走了。可是毫无音讯。过了一段时间，人们就渐渐将这个事情搁下，再过了一段时间，就再也没有人提起这件事了。"

8

多少年后，我读到《倩女幽魂》在志异小说的原版故事，也看了那个电影。但是现实生活中，多少人却从同路人变成了陌路人。相信很多人为小倩和宁采臣的人鬼爱情故事感动过。为什么感动，因为"人鬼殊途"，他们却从殊途走到了同路。

五花肉
之神

做菜就像过日子，有时候盐多一点，有时候糖多一点，
各有各的好，各有各的苦。

去年春天的时候，湘爷多了一条尾巴。

湘爷去哪里，那条尾巴就跟到哪里。

湘爷切肉的时候，尾巴就蜷在身后。湘爷劈柴的时候，尾巴就坐在柴堆上。湘爷烧火的时候，尾巴就蹲在灶边。湘爷去村子里晃荡，尾巴就跟在后面晃荡。

湘爷问尾巴："你想干什么？"

尾巴说："学您做五花肉。"

湘爷不信，说道："你一个干干净净漂漂亮亮的姑娘，又在省城读过大学，干点什么不好，非得学我做五花肉？"

说到做五花肉，湘爷自称第二，没人敢称第一。

至少在方圆几十里是这样。

很多人想学，湘爷不教。

不但不教，还生怕别人学了去。

每次湘爷做五花肉的时候，都要把厨房的门闩起来。倘若暂时离开，一定把门锁起来。

从窗户缝里往里面看也没用，锅上面是有锅盖的。

有的人等湘爷做好五花肉，倒掉锅里的汤汁时，把汤汁收拢起来，带回去研究，想从汤汁的色泽、味道、气息里计算出放了多少八角、茴香、生姜、花椒、草果。

配料的比例决定着五花肉最后的味道。

可是即使别人做出了一模一样的汤汁，用那汤汁煮五花肉，煮好的五花肉却像田地里挖出来的泥土一般，味道苦涩，难以下咽。

这个地方许多人想学湘爷做五花肉的方法，并不是因为这里的人比其他地方的人馋嘴，而是这里的人大多以卖五花肉为生。就像是景德镇的瓷器，清徐县的陈醋，宜宾的白酒，迁西的板栗，阳澄湖的螃蟹，长沙的臭豆腐一样，这里以五花肉扬名。

五花肉的味道越好，价格越高，销得越快。

不过湘爷年事已高，一年做不了多少五花肉。别人要学他，多是为了争得第一的名头，争一口气。

可是湘爷对秘方守口如瓶，谁也不传。

湘爷孤苦伶仃，身边没有老伴，膝下没有儿女。他不传给别人的话，秘方就会失传。

尾巴口不择言："我不学做五花肉，你的秘方就要跟着入土了。"

湘爷气得牙痒痒。

尾巴问他："别人做五花肉，都用自己养的猪。喂的饲料也讲究，用自己种的粗粮和蔬菜。种的庄稼也讲究，用自己家的粪。你为什么不用自己的，偏要买别人家的肉来做？不怕品质得不到保障吗？"

湘爷回答道："自己养的有感情，怎么舍得杀了做肉？做的时候不痛苦吗？痛苦的时候做出来的肉，吃起来会有痛苦的味道，影响口感。"

尾巴掏出一个小本本，赶紧记了下来。

湘爷去抢尾巴手里的笔，着急道："哎，哎！谁叫你做笔记的？

我又没说要教你！"

"爸爸！"尾巴抱紧小本本，大声喊道。

湘爷愣住了。

"爸爸！"尾巴又大喊了一声。

湘爷看了看左边，又看了看右边，身边没有其他人。

"你你你……你喊谁呢？"湘爷脸上露出一丝惊恐的神色。

"爸爸！爸爸！爸爸！"尾巴闭上眼睛，一口气喊了好几遍。

"你是叫我吗？"湘爷指着自己，惊讶地问道。

尾巴点头。

"你是不是疯了？"湘爷又气又好笑。

"俗话说，一日为师终身为父。你刚刚教了我，我做了笔记，你就是我的老师，就是父亲！就是我爸！"尾巴似乎怕声音不够大，怕湘爷听不见，她踮起脚来大声嚷嚷。

湘爷眼窝一热，差点儿掉下泪来。

上一次听人叫爸爸，还是几十年前了，那时候湘爷还是湘叔，有一个漂亮的妻子，有一个可爱的女儿。

那时候湘叔的五花肉做得一塌糊涂。他天天喝酒，天天抽烟，天天打牌。每喝必醉，醉了捡别人扔掉的烟屁股抽，逢赌必输，输得身无分文，还欠了数不清的外债。

女人受不了这样的日子，带着女儿离开了这里，杳无音信。

湘叔没有去找，继续过着浑浑噩噩的生活。

有人可怜他，邀他帮忙做五花肉，挣点糊口的钱。可是他的心思根本不在五花肉上，有了零钱就去买酒，去赌博。欠债的窟窿越来越大。

在某一个被冻醒的寒夜里，湘叔忽然醒悟过来，想起了他的女人和女儿，不禁号啕大哭。

他的哭声太大，以至于全村的人都听见了。

住得近的听出那是湘叔屋里的哭声，住得远的以为是消失多年的狼回来了，在山头上发出狼嚎。

他到处寻找女人和女儿的下落，没人知道她们去了哪里，却听到有人告诉他，女人离开的时候曾发誓，他不死，她不会回来。

湘叔去投过河，被人捞起来了；悬过梁，绳子断了；喝过药，结果药是假的。

卖药的人见他万念俱灰的样子，知道他买药不是为了种庄稼，怕害了人命，偷偷给他换成了糖浆。

湘叔喝的时候就犯嘀咕，怎么甜得发腻呢？

喝完之后，他躺在床上等死，结果等到第二天早上，他发现扔在床边的药瓶上爬了许多蚂蚁。甜味吸引它们来到这里，将剩余的糖浆吃得一干二净，然后列队回到墙脚下的蚂蚁窝。

经历过死，就把死看淡了，就不执着于死了。

一夜之间，湘叔像是落了一头的雪，头发全白了。

湘叔变成了湘爷。

他不再沾一滴酒，不再抽一口烟，不再碰一张牌。

人在世上，总要有个寄托。

湘爷将所有的心思放在了做五花肉上。

他跟过许多有名的师傅，学了许多做五花肉的方法。配料、火候、刀工、烹饪方法各不相同，做出来的五花肉色、香、味各有特色。但始终没有一种五花肉让湘爷觉得是最好不过的。

他要做成最好的五花肉，比任何一种其他做法都要好的五花肉。

他找到当地最有名的师傅，讨教如何做出最好的五花肉。

做五花肉的师傅笑他："做菜就像过日子，有时候盐多一点，有时候糖多一点，各有各的好，各有各的苦，哪有最好的？"

湘爷不甘心，吃在厨房里，睡在厨房里，天天研究五花肉的做法，如此数年。

后来有人告诉湘爷，邻村的某某在外地碰到了他以前的女人。那女人跟了一个开花店的老板。

那人问湘爷，要不要把那女人找回来。

湘爷摇摇头，说道："她不跟我，不是她的问题，是我的问题。"

此后不久的一个冬天，一个到处流浪的女人留在了湘爷家里。

湘爷供她吃穿。

女人说："传说妖怪若是受了人的恩惠，大多以身相报。我虽不是妖怪，却愿意以妖怪的方式报答你。"

湘爷道："你只是暂时落难于此，以后还有美好的生活。我是绝处逢生，不能给你更好的生活。你在这里吃饱了，穿暖了，等明年春暖花开，可以去寻找美好的生活。"

女人说："其实我是听外乡的人说这里有个痴迷于做五花肉的人，才偷偷离开家乡，徒步走到这里来的。"

湘爷道："自古以来，听说过美人倾慕于才思的，倾慕于琴律的，倾慕于侠义的，没听说过倾慕于会做五花肉的。"

女人说："世上本无高低贵贱之分。会做五花肉，跟会写诗，会弹琴，会武功没有什么区别。如同鱼会游泳，鸟会飞翔，兽会奔走一样，各有所长。"

湘爷以为知音，两人如神仙伴侣一般生活了两三年。

忽一日，湘爷从厨房出来，端着一碗最新秘方做成的五花肉，兴冲冲地跑进睡房，却发现女人已经收拾好了所有属于她的东西。

"抱歉，我要走了。"女人轻声说道。

湘爷笑了笑，说道："这是我目前为止最为满意的五花肉，配料、火候、刀工、烹饪方法都比以前更讲究。你尝一尝。"

女人推开装着热气腾腾香气四溢的五花肉的碗，摇头道："我已经吃够了。"

湘爷双手一抖，碗落地而碎，五花肉在地上打了三个滚。

女人别过头，说道："不得不说，你做出的五花肉比任何人做出的都要香，都要好看，都要好吃。你用的配料花尽了心思，只有别人想不到的，没有你做不到的。可是……这几年来，我真的吃够了。"

湘爷搓着手，说道："要不……我再换个方式做？"

女人摆手道："你就算找来了仙草仙露仙药，放在了五花肉里，我也不想再吃一口。事到如今，我就不瞒你了。在到这里来之前，我喜欢过写诗的人，结果发现百无一用是书生。后来我喜欢过弹琴的人，可是他十指不沾阳春水，什么都指望不上。再后来，我喜欢过一个侠客，渐渐发现侠客除了武功高强之外跟常人没有什么两样。我听说你是做五花肉的高手，想着不要那些虚无缥缈的幻想了，不如沉入烟火气息里。可是，无论味道如何变化，总有吃腻的一天。"

湘爷忽然两眼发光，兴奋道："我知道了！我知道了！"

他转身又钻进了厨房。

不一会儿功夫，他又端着一碗五花肉跑进睡房。

房间里只剩下了他自己的东西。

女人，和属于女人的东西都不见了。

就是那一次，湘爷做出了此生以来最满意的五花肉。

此后无数个夜里，湘爷为女人没有吃上那碗五花肉而遗憾不已。为她遗憾，也是为自己遗憾。

很快，湘爷获得了五花肉之神的称号。

他做出的五花肉无人不称赞，无人不服气。

但他不收徒，也不传艺。

他几乎是再次失去所有的时候才悟出这个秘方的。在他心里，这个秘方等于是用他的所有换来的。

可是尾巴叫他"爸爸"的时候，他那死灰一样的心底里，似乎有了一点点暖意。

"你为什么要学做五花肉？"湘爷问尾巴。

尾巴头一歪，说道："我妈妈说，她年轻的时候想嫁给一个非常会做五花肉的人。可是那个人的心思根本不在五花肉上。我妈妈很伤心，离开了那个人，嫁给了一个开花店的人。"

湘爷怔住了，过了半晌，他双手微颤地问尾巴："那你应该学养花才是啊。"

尾巴说："可是我妈妈还想着那个做五花肉的人，她常常念叨说，不知道那个人是不是做出了好吃的五花肉。我也想嫁给一个非常会做五花肉的人。可是我不想犯妈妈那样的错误，所以决定来学做五花肉，然后教给未来的那个人。"

湘爷热泪盈眶。

"你想知道我的秘方吗？"湘爷问道。

"当然想知道啊，爸爸！"尾巴大声回答道。

"锅烧热后，将五花肉的皮按在锅上烫一烫，然后用清水煮熟，就行了。"湘爷颤抖着说道。

说完，湘爷长舒一口气，整个人随之暗淡，瞬间垂垂老矣。

"不用放任何配料吗？"尾巴惊讶道。

湘爷摇摇头："再出奇的配料，都有吃腻的时候。再好奇的生活，终有失望的时候。人间有味……是清欢。"

炼丹的
狐狸

众人惶恐，互相审视猜忌，生怕那只狐狸就在眼前。

惊蛰那天雷雨交加的晚上，常山脚下许多人看到了传说了五百多年的狐狸仙人。

那只狐狸出来得不是时候，它刚从山顶的那个鹰嘴一样的尖石上出现，就被一道从天而降的闪电击中。

在噼里啪啦的电光石火之中，它由一个年轻人的模样瞬间变成了一只狐狸，由一只狐狸瞬间变成了一位少女，由一位少女瞬间变成了鸡皮鹤发的老婆婆，由老婆婆瞬间变成了手持烟斗的老头。

山下很多人看到了这一幕。有的人说曾见过那只狐狸，有人说曾见过那位少女，有人说曾见过那位老婆婆，有人说曾见过那位老头。

那个年轻人，却是没人见过的陌生面孔。

在闪电熄灭的瞬间，尖石上的狐狸仙人消失了。

或许狐狸仙人并没有消失，只是那天晚上夜幕深沉，夜色将它掩盖了。

五百多年来，常山脚下一直流传着这里住着一只修炼的狐狸的说法。有人看到常山顶上青烟袅袅，以为山林着了火，等赶过去一看，却看到一只狐狸对着一个炉子吹气。腮帮子鼓得像是含了一只肥鸡。一双狐狸眼睛被烟火熏得泪水汪汪，像是想起了过往了不得的伤心事。

于是有人说，那是狐狸在炼丹。

炼丹自然是为了修仙。这是离常山不远的一座山上一个没有姓名没有道号的道人说的。

那个道人眉目修长，脸窄嘴尖，生得一副狐狸相。

那个狐狸相的道人也炼丹，但终究没有摸着修仙的门道，七十岁那年的冬天抱憾而终。驾鹤西去之前，道人已经瘦得只剩皮包骨，道观年久失修，墙倾瓦缺，柜子、床、窗、饭桌等一切木质的东西都在散发腐烂的气息。可是道人的身上盖了一张油光水亮的狐狸皮。乍一看，仿佛道人本是山林之中的一只狐狸，好不容易从狐狸皮里挣脱出来，却韶光耗尽，竹篮打水一场空。

有人说，那堪称绝品的狐狸皮肯定是炼丹的狐狸仙人送的。

也有人说，那就是道人的皮，道人本就是一只狐狸。道人与炼丹的狐狸本是同类，后来或因为见解不一，或因为情爱分合，终究是分了山头。

道人故去后，那个地方便被常山脚下的人叫做了道士湾。

即便后来那里没了道士，道观也化为乌有，道士湾这个名字却延续了下来，在人们口口相传中永生。

人们每次提到道士湾，便免不了顺带提到常山顶上炼丹的狐狸。

那只狐狸自从吹炉子后再也没有出现过，它学会了隐藏，但是山下无人不知山上是有着一只狐狸的。

那时候山上的飞禽走兽多。但凡有人上山下山时看到一只狐狸，便想起狐狸炼丹的传说来，全然不管看到的狐狸到底是不是传说中的狐狸。

据说狐狸仙人为此苦恼不已。

它曾化为人身，下山来向一个人诉苦。

那个人是个盲人，以给人算命换一口饭吃。

正因为他看不见，狐狸仙人于一个深夜里来到他家门前，在一片月光下敲开了盲人的家门。

盲人家里是养了一条土黄狗的，算是长在他肉身之外的另一双眼睛，防的是小偷。

可是那晚狗没有叫。

他听到笃笃笃的敲门声，摸索着起床打开了门。

狐狸仙人向他诉苦说："明明他们看到的狐狸不是我，为什么下山之后总说看到了传说中的那只狐狸？把我在山上炼丹这件事弄得尽人皆知。"

盲人说："眼睛是用来欺骗自己、以为自己明了的感官。你若是听到山下的人这么说而生气，便是被耳朵欺骗了。"

狐狸仙人长叹一口气，在月光下拉着长长的影子往山上去了。

这件事是盲人自己说出来的。

很多人不信。

"你什么都看不见，怎么知道当时有月光？"持疑的人问道。

"我能听到月光落地的声音。窸窸窣窣，如微风吹动纱帐；淅淅沥沥，如细雨打湿地面。"盲人说道。

后来不仅仅是狐狸会被认为是炼丹的狐狸仙人，任何一个面生的老人，妖娆的女人，或者是面容俊俏的男子，都有可能被认为是狐狸仙人变的。

有人说，他在山上拜祖坟的时候，看到一个瘦弱苍白的男子正拿着一把蒲扇对着炉子扇风。炉子冒出滚滚浓烟，但天空没有一点儿烟雾。他仔细一看，原来那男子一边扇风，一边用鼻子吸气，将浓烟都吸到鼻子里去了。他"嘿"地大喊了一声，吓得那男子一哆嗦，"噗嗤"一声如放屁，顿时身形消散，变成了一只狐狸，蹿到齐膝的草丛里去了。草丛里浓烟滚滚，炉子里的火星溅了出来，点燃了祖坟周边落了厚厚一层的松针。火势见风就涨，烧了半个山头。要不是山下的人看到山上着了火，纷纷提着桶打了水来灭火，怕是整座常山连带周边的好几座山都会烧掉。

但也有人说，山火是那个人放鞭炮祭祖时引燃的。炼丹的狐狸仙人却替他背了黑锅。

有个老翁要他出面澄清真相，他却摇头摆手。

"山顶的仙人得罪得起，山下的俗人是得罪不起的。我若是出面，他必定恨我，往后低头不见抬头见，如何得了？"他说。

老翁问他："你就不怕狐狸仙人找你麻烦？"

他笑道："你看这仙字，人在山上，则为仙。你再看这俗字，人在山谷，则为俗。它若是因我这件事而心存芥蒂，那就俗了，就成不了仙。"

老翁听了，吓得浑身一颤，宽大的袖子里掉出一个黄灿灿的东西来，落地时"咚"的一声脆响。

他低头一看，原来是个铜烟斗。烟斗里的烟丝暗红，居然是燃着的。

老翁捡起烟斗，慌慌张张离去。

他思忖良久，终于明白了老翁就是那只炼丹的狐狸，烟斗或是用来点燃炼丹炉的，或是用烟丝气息掩盖狐狸气息的。

难怪刚刚见到老翁的时候，觉得面熟，以为是本地人，却一时想不起到底在哪里见过。原来这是狐狸的迷幻术！

但凡在常山上见过狐狸变幻成人的人，都是看到时觉得面熟，甚至亲切，下山后一想，却又想不起那人到底是谁。

算命的盲人每次听到有人说起类似的事，就颇为自得。

"你们都是被眼睛骗了。"他的眼皮眨了眨，接着说道，"狐狸是照着人的样子修炼人形的，既然在这座山上炼丹，见过的人自然也是这座山周边的人。有的是你们过世的爷爷，有的是你们远嫁的姑妈，有的是你们梦里见过的人。"

山下葛财主家的女儿也中过狐狸仙人的迷幻术。

葛大小姐上常山是为了找栀子做染料。常山上到处都是这种果子。

她上山的时候，家里的下人就警告过她要小心狐狸仙人。

她不以为然。

"哪有什么狐狸仙人，都是骗小孩子的！"葛大小姐说道。

上山后，她摘了一捧栀子，正准备下山，在山路上迎面碰见了一个男子。

"你摘这个做什么？既不好看，又不能吃。"男子问道。

她看到男子的第一眼，就觉得莫名亲切，好像认识很久了，可想不起他的名字。

换了别的男子，她必定使起大小姐的性子来呵斥一句"关你屁事"。在葛大小姐眼里，世上大多数男人都是尚未完全修成人的人，有的粗俗不堪，有的愚不可及。因此，葛大小姐拒绝了许多上门提亲的权贵人家，其中不少门当户对，甚至在别人看来是不可多得的良缘。

"这个东西既不是摆看的，也不是下饭的。"她温柔地说道。声音不自觉地比平时和人说话都要低了三分，听起来自己都觉得有些怪。

"哦？我以为世间好的东西要么好看，要么好吃。"男子说道。

换了平时，她必定心里充满了鄙夷。这是什么道理？不好看或者不好吃的，就不算好吗？

可此时她竟然心生愉悦，心想，这种说法虽然不对，倒是有趣得很！

"这是栀子，可以做染料，让绢布的颜色更好看。"她耐心地说道。

接着，她又跟男子讲如何用栀子做染料，染色之后又该如何处理，又说栀子染黄的衣服不耐日晒，只能在阴天下雨天穿。

她说得忘乎所以。

男子听得入神。

不一会儿，天空下起了小雨。

两人都没有伞，只好躲到一棵树下。

葛大小姐说，她从来没有与其他男子一起躲过雨，那一瞬间，她感觉自己与那男子一起走了很远的路才来到这里，好像等雨停了，他们两人要往同一个地方去。

雨水微冷。她忍不住打了个哆嗦。

似乎是默契使然，她往男子那边靠了靠，男子顺而抱住了她。

雨停了，他们两人还没有分开，摘来的栀子撒了一地。衣服挂在了树上。

分开的时候，两人依依不舍。

葛大小姐说，他们没有告别，好像随时能够重聚。

直到下了山，她才如梦惊醒。

那个人是谁？我为什么会依依不舍？她完全不能理解。

路上灰尘干燥，未曾下过一滴雨。

回家后，她的母亲发现她神情恍惚，几经追问，得知她在山上的事情。她的母亲又羞又愤，跑到山上，对着丛林大骂不止。

她的母亲认为是炼丹的狐狸迷了她。

不出几个月，葛大小姐的肚子就显了怀。

她的母亲只要得了空，就去山上找块石头坐下了，一骂就骂一个上午或者一个下午。

后来孩子生了下来，果然是狐狸相。

人人以为葛大小姐会懊悔。可是她非常平静，常常劝母亲不要再去责骂。

"如果再遇到，我也愿意。"葛大小姐说。

孩子满月那天，葛大小姐非得摆席，请了山下的每一个人。

算命的盲人也去了。

宴席上，有人问盲人那个狐狸的孩子八字如何。

盲人掐指一算，摇摇头，说："这不是狐狸的孩子。"

问的人不信："葛大小姐都承认了，怎么不是？"

盲人道："你们都是被耳朵骗了。听风就是雨。那天在山上与葛大小姐相遇的，另有其人。葛大小姐不愿告诉别人，便说是狐狸变的。"

问的人仍然不信："你又是如何晓得的？"

盲人说："前不久那只狐狸又来找过我。狐狸抱怨说，我从未迷过你们山下的大小姐，却听到上山砍柴的两个人聊天说葛家大小姐怀了狐狸种，必定是我这只炼丹的狐狸动了俗心。这种传言扰乱我修炼的心境，害得我炼丹出了差错，引来雷劫，惊蛰那天晚上炸了炉子，以后恐怕是修不成仙了。"

众人纷纷说起那天看到雷击狐狸仙人的情景。

等众人稍稍安静下来，盲人又说："我跟它说，不说人间事，便非此间人。你成天被人间这些事情烦扰，不能置若罔闻，怎么可能超凡脱俗，修成仙人？说到底，还是你自己的问题。狐狸听了，说，这些道理我都懂，所以下山来，退而求其次，做个俗人罢了。"

盲人干咳一声，继续说道："我问它，山下的人们互相认识，你若是做人，岂不是会被大家认出来？"

听者纷纷点头。

"不料那狐狸说，这些问题我不是没有想过。我会变幻术，可以变成你们认识的任何一个人，找个机会替代那个人，占据他的房子和亲人。所以，以后你们遇到的任何一个人，都有可能是我。你们又如何认得出哪个人是我变的？"

众人惶恐，互相审视猜忌，生怕那只狐狸就在眼前。

可是正如狐狸所说，谁也不知道谁是那只狐狸变的。

猪圈里的狐仙

有的人是鸟的骨头，有的人是狐的骨头，有的人是
鱼的骨头，有的人没有骨头。

大年初四那天下午，我临时决定和弟弟一起去画眉村给外公外婆拜年。

为了重走一下小时候几乎每个星期都要走一次的山路，我叫弟弟骑着电动摩托载着我一同去。半路在小商铺买了两个花炮、三团鞭炮，到了山脚下，山路依旧是泥巴路，如十多年前的雨后一样曲折湿滑。我下了摩托，一边费力行走一边拍照。以前我从画眉村回来，外婆必定要再三交代外公，一定要送我翻过这座山，到这个山脚下再让我一个人回去。

到了山脚下，外公还要嘱咐我"路上不要玩水"，然后他在旧识的人家坐一坐，喝口茶，再翻回山去。

外婆是个笃信神灵的人，相信水里有水鬼，山上有山神，觉得画眉村后面这座山上什么奇怪的事情都可能发生，从不放心我一个人回去。过了那座山，有了人家，外婆才会放心一点。她是个智慧的女人，知道只能护送我一段，不能一直送下去，所以留下一段路让我自己去走。

外公说是在旧识的人家里坐，却常常坐在大门口，等我的身影看不见了才起身回去。

这山脚下的人家像山上的草一样生长，开枝散叶，越来越多，慢慢地，有两三户人家把房子建到了山腰上。

十多年前我就替山腰上的人家担忧，在这个地方不害怕不寂寞吗？山腰到山顶有许多的坟地。每到清明或者正月，坟头便出现许多炸开的红色炮衣，像是哪个挑嘴的人在旁边吃了一晚上的花生，却只吃里面的花生白仁，不吃花生红衣，将剥开的花生红衣丢了一地。或者是坟冢上出现五颜六色的长条挂纸，像是到了时令就开的不属于人间的花，风一吹便呼啦啦响，昭示着他们还有人挂念。

这里的人将坟冢也叫做千年屋，似乎那些逝去的人还住在这里，跟活着的人一样起居吃喝，若不是遇到特殊的原因互不干扰。若是碰上了，要么烧纸道歉，要么搭台作法，最后要么鱼死网破，要么不了了之，跟人间的事情没有什么差别。

这次去外婆家的山路上，我猜想那半山腰的老房子应该像外公的老屋一样倒塌了吧？

老屋就像是老人的壳一般，年轻人都往山下路边交通方便的地方建新楼房，老屋里都只剩舍不得走的老人了。老人一走，老屋便塌了，跟抽了魂儿似的。

可是等我走到半山腰时，那几间老屋竟然还在！跟我小时候记忆里的一模一样！

弟弟骑着的摩托轮子开始打滑。我叫他放一个花炮一团鞭炮下来，让他先走，我歇一下自己搬上山去。

弟弟放下一个花炮一团鞭炮在路边，减轻重量，先往前走了。

我拿起手机，对着那几间老屋拍照，准备拍完就去搬花炮和鞭炮。

拍了照，我才发现老屋的大门口坐着一位老人。

老人穿着破旧的蓝灰色棉袄，跟身后堂屋里灰暗的背景几乎融为一体，导致我刚才没有看到他。

他胳膊肘放在膝盖上，手掌托着下巴，像是在思考什么事情。

我觉得奇怪，我们村里因为新农村的政策，将村里所有的泥墙青瓦的老屋拆了，现在全部是红瓦白墙的房子。这里的老屋是怎么保存下来的？

看他年纪，应该是七八十左右，比外公小一些。说不定以前外公送我到这里的时候，曾在这里坐过，跟他老人家聊过天。

说不定三年前的正月初九他还到舅舅家的堂屋跟外公告过别。

那时候外公已经躺在了提前十多年就做好了并且刷了九层油漆的寿枋里。寿枋一头大一头细，仿佛一艘仅能容纳一人的小船。生前认识的人来一一告别之后，这艘小船被众人抬起，好像小船下了水，从堂屋往外面漂，最后漂到了画眉村后面的山上，漂到了外婆的旁边。

"给您老人家拜年了！"我先喊了一声，然后往那位老人以及他身后的老屋走去。

老人没有任何反应。

我走近一些，又喊了一声。

老人看到了我，一手抓着椅背，缓缓站了起来。他指了指自己的耳朵。

"听不清了。"他的嘴里好像没有牙齿了，嘴皱成了一口老井。声音从那口老井的深处传了出来。

"往年还有小孩子来拜年，今年一个都没有。"他接着说道。

我想他是把我当做山脚下某户人家的孩子了。

"来，给你糖。"他脚底深浅不平地往堂屋里走。

正对着大门的家神位那里有一张老旧的八仙桌。桌上放着一个茶盘。茶盘里的硬糖堆成一座小山。硬糖上面有一层灰尘。

他走到了桌边，抓了一把糖要给我。

我连忙摆手。

好几年前开始，拜年的时候人们已经不给糖了，小孩来了给一个红包，里面塞的是一块两块或者五块的零钱；大人来了给一支香烟，有的是本地牌子有的是外地牌子有的没人见过。

早就没人给糖了，硬糖更是少见。

他非得要塞给我。

我只好接了，又偷偷放回了茶盘里。

"您老人家身体还健旺吧？"我在他耳边大喊。

他点点头，又摇摇头。

"还能走，还能吃，就是耳朵听不清了，眼睛看不清了。眼不见为净，耳不听为清。人还在世上，可世上的事情都跟我没什么关系啦！"说完，他皱起一脸的笑。

他说"还能走"的时候，我就看到他的脚上穿的鞋子十分古怪。那鞋子小得离奇，只有猪蹄或者牛蹄那么大。圆形的。

谁的脚会这么小？还是圆形的？

我忽然记起小时候有人在画眉村的洗衣池塘边捡到过一双像是猪蹄上蜕下来的壳儿一样的鞋。鞋底是千层底，鞋面有漂亮的绣花。有人说是山上的妖怪下来洗脚，把绣花鞋落在水边了。也有人说，那是旧时候裹了脚的女人穿的鞋。

面前这个老人是个老头，即使年纪再大，也不可能裹脚吧？我心想。

"你是那个经常跟着你外公从这里经过的那个小家伙吧？"不

等我问他，他先问起我来了，然后眯起眼睛上下打量。

"您记得？"我惊讶地问道。

他一笑，点了一下头。他的听力似乎忽然好了许多。

"您怎么看出来是我的？"我比以前高了，比以前也胖了，即使以前见过，也很难认出来吧？我心中存疑。

"看人要看骨。"他说道，"人的皮子都是骨头撑着的，皮子变了，骨头变不了的。有的人是鸟的骨头，有的人是狐的骨头，有的人是鱼的骨头，有的人没有骨头。"

以前我倒是听外公说过人有骨相之类的话，说法有几分相似。

"那您看看我的骨头是什么样的？"我好奇地问道。

他摆摆手，说道："你外公是高人，我怎么能在你面前瞎说？"

听他话里的意思，好像我外公还活着，能随时来找他麻烦。

"您以前跟他聊过天？"我问道。

这里虽然还没到画眉村的地界，但是周边十几里对风水或者命理感兴趣的人都会找外公聊一聊问一问。

可是他回答说："没有。"

我很失望。

接着，他说道："那时候你外婆怕你在山上逗留，要你外公送你到山脚下。我住在这半山腰，哪里能跟你外公搭上话？"

"也是。"我想了想，说道。

"你知道这山上发生过什么事吗？"他回到大门口坐了下来。

我也走到了大门口。大门口有两个从水泥门框里突出来的两个水泥墩，那时候的老屋若是有石墩，便在两边摆上石墩，没有石墩便将木门框或者水泥门框做出来一些，起到类似石墩的作用。

我在水泥墩上坐下，准备歇歇脚就走。

"什么事？"我漫不经心地问道。离奇古怪的事情我听得太多了。

"就在这个房子里，有人捉住过一只女狐仙。"他抬起手来，朝着堂屋里指了指。

"是吗？"他的话顿时引起了我的好奇。

"后来那个人把女狐仙关在了猪圈里。"他又指了一下家神位旁边的一个小门。

把狐仙关在猪圈里？做出这样的事情来，确实出乎我的意料。

"那个人打了一副铁锁链拴着女狐仙，怕她跑了。"他说道。

我不免觉得那只女狐仙真可怜。

"因为女狐仙发怒的时候咬人，那个人把她嘴里的牙齿都拔掉了。"

我背后一阵凉意。

"后来女狐仙生了八个孩子。"他那老井一样的嘴颤动起来，"我找到她的时候，她已经不认得我了。"

以前听到的故事里，狐仙都是了不得的灵物，没想到还有被人捉住后落入如此悲惨地步的狐仙！

不过，我觉得这应该是老人精神出了点问题之后想象出来的。

外公在世时，曾有一个人来找外公帮忙，说他那八十多岁的母亲犯了癔症。每到太阳落山时，他母亲便说从村口那棵老槐树下走来一个黑无常，走进屋里，将一条草绳套在她的脖子上，要将她拖到屋后茅厕的粪坑里去，要将她溺死在臭不可闻的粪坑里。

那人说："要是说把她带走，我还信了。怎么是要拖到粪坑里去呢？"

外公本不想去，一个是这类事情太多，一个是那人住的地方离画眉村太远。可是那人说来算去，竟然他母亲跟画眉村的人有点儿亲戚关系，按辈分算是表舅侄。外公便答应去看看。

经过一番询问和劝解，谜底终于揭开了。

原来表舅侄的母亲年轻时是县城里一位大户人家的大小姐，嫁给了这个镇上一位大户人家的独生少爷。表舅侄是他们的孩子。后来战火烧到了这里，热血的少爷参了军，去了前线，没两年就牺牲了。一个原来在姑娘家里做长工的人当了汉奸，得了势。姑娘尚未出阁的时候，他就偷偷喜欢着这个大小姐。如今人模狗样儿的他想要娶这大小姐，承诺将少爷的独子身份保密，对外宣称是自己的孩子。大小姐一万个不愿意。大小姐说，我不嫌弃你身份低，不嫌弃你粗鲁，但我不能嫁给一个汉奸。可后来大小姐的肚子还是大了。家里人问她怎么回事，她只是哭。

最后她没有办法，只好跟了那个人。后面十多年里，她的肚子大了好几次，可终究没生下一个孩子来。

有传言说，大小姐年轻时候喜欢吃青蛙，后来肚子大了，生下来的却是一脚盆的青蛙子。

表舅侄也相信了这个说法。

直到外公去了，这个母亲才说出真相，说她那时候被迫无奈跟了那个人，每次要生的时候，她就去后面的茅厕……

她自知大限将至，觉得此生对不起那些被她丢进茅厕粪坑里的生命。别人不知道，黑无常却是知道的。

几天之后，她去世了。

老人去世，送葬的路上是要闺女坐轿的，即使没有闺女，也得请一个年纪差不多的女人坐在送葬的轿子里一路哭。

表舅侄没有姐姐也没有妹妹，于是请了表姐来帮忙坐轿。

表姐上了轿，还没开始哭就呕了起来。

抬轿子的人问她怎么了。

表姐说，她一上轿子，就闻到一股臭味，熏得她肚子里翻江倒海。

有人说是粪坑里的生灵找来了，也有人说那是表姐自己想象出来的气味，因为抬轿子的人都没有闻到。

"这是您老人家自己想象出来的吧？"我对老人说道。

"孩子啊，人比你想象的还可怕。"老人说道。

"那个女狐仙后来怎么样了？"我问道。

老人艰难地站起来，指了指我刚才走的那段路，说道："埋在路那边。"

"捉她的那个人呢？"我又问道。

老人指了指自己的肚子。

"您就是那个人？"我吓了一跳。

"我把他吃了。现在还在肚子里，没消化。"老人揉了揉肚子，一副不舒服的样子。"为了不让人发现，我还要在这里假装他，继续在这里生活。还有两年，我就可以离开这里了。"

我心想，这个老人应该是有点儿糊涂了。

我说："我要走了。我还要去山上给外公拜年。"

"去吧。帮我给他老人家带个好。"他说道。

我走到屋前的地坪里时，他忽然说："对了，你以前有没有听你外公说过一目五先生的故事？"

我站住，转过身，点头道："很小的时候就听过。"

外公曾跟我说过一个很恐怖的故事，大概意思是有一种鬼是五个鬼一起行动的，可是只有一只鬼有一只眼睛，其余四只鬼依次牵着前面那只鬼的衣服。这种鬼专吸人气，被吸过的人便会在睡梦中死去。一目五先生不吸善人的气，好人有好报；也不吸恶人的气，鬼怕恶人。它们专门吸那些不善也不恶的人。

小时候我一直不明白，为什么鬼都要挑老实的人吸气。

"一目五先生来过这里。那段时间，这里莫名其妙死了好些人。你知道都是哪些人吗？"老人问道。

"哪些人？"我问道。

"当年知道女狐仙在这里，却睁一只眼闭一只眼的人。还有女狐仙有几次从猪圈逃出来，求人帮她的时候，那些假装没有看见的人。他们既没有胆子做坏人，也没有好心做个善人。他们觉得，反正坏事不是自己做的，做好事又不敢，做个不善不恶的人好了。"

我愣住了。

多年的困惑在这一刻豁然了。

这时我身后响起"嘟嘟"的摩托喇叭声。

"你还在拍照啊？难怪我等你好久不见你跟上来！"我弟喊道。

"再拍一张就走。"我又拿出手机。

正要拍，我忽然发现屏幕里老屋的大门口只有一把椅子，刚才的老人不见了！

我一惊，问道："刚才那个老人家呢？"

弟弟骑着摩托过来了，说道："我刚才没看到有什么老人家啊。"

我喊了两声"有人吗"，没有回应。

我回到放花炮和鞭炮的路边，看到路边那个墓碑上有"胡妹"两个字。

到了山上，我和弟弟放了花炮礼炮。

下山的时候，大白天的，我们居然迷了一段路。

弟弟说："外公外婆舍不得我们这么快就走，故意留我们一会儿呢。"

原来真实与虚幻可以互为解释。

说有就有，说没有，就没有。

豆屎
和尚

我不想你今日做了好事，明日后了悔。

六姑年轻时候嫁到了邢家庄，可惜命不好，丈夫死得早，也没有一儿半女。

娘家这边就她一个姑娘，父亲去世之后，老母亲无人照看。六姑便回来了，与母亲住在一起。

家里没有收入来源，老母亲要喝汤吃药，六姑渐渐欠下了不少的债。

为了还债，六姑不得不找到了窑子里的老鸨，请老鸨给她匀一点儿活儿。

六姑说，她不能和其他的窑姐在窑子里住，因为家里还有老母亲要照顾，半天要倒一次尿壶，两天要擦一次澡。饭倒是可以托邻里做，但老母亲身上疼的时候按摩还是要她亲自来。

这老鸨见六姑长得清秀水灵，舍不得她堕入泥潭。

老鸨说："这是什么地方？地狱一般。都是实在没了路的人才走到这条道上来。你要用钱，我借你一些，等你有钱了还我就是。"

六姑说："借了今日的，还要明日的。有了明日的，还差后日的。没完没了。亲戚朋友都被我借怕了，看到我就躲。我知道，家家有本难念的经，谁也不该欠着谁的，谁也填不了我这无底洞。你是好心人，可我往后日子还长着呢。我不想你今日做了好事，明日后了悔。"

老鸨见她可怜，答应了她的请求。

从那之后，六姑家里经常出现不同的男人。

六姑病重的老母亲从窗户边见天天有陌生男人到家里来，便大声问外面的六姑："这人是来做什么的？"

六姑便回道："是来给您老人家送药的。"

六姑的老母亲那时候已经病得下不了床，见六姑和陌生男人在隔壁屋里好久不出来，便将耳朵贴在墙壁上听。

等六姑提着熬好的药罐来了，老母亲又问："那男人怎么在你屋里好久不出来？"

六姑说："给您煮中药，要火候，要时辰呢。"

老母亲抓住六姑的手，将六姑拽到近前，摸摸六姑的脸，疼惜地说："要不别治了吧。我看是治不好了。"

六姑用调羹给老母亲喂药，说道："张开嘴吧。大夫说了，再吃几服药就好了。"

老母亲叹气说："以前要是答应你跟豆屎和尚就好了。"

豆屎和尚并不是和尚，因为头上长过癞子，最后变成了光头，像个和尚的样子，便落了这个外号。

豆屎和尚有祖传的技艺——做豆豉。

在这个地方的方言里，豆豉的发音跟豆屎是一样的，甚至很多人以为后者才是正确的，遇到红白喜事，厨房要在红纸或者白纸上列菜肉配料清单，堂而皇之地写着"豆屎五两"这样的毛笔字。

豆屎和尚虽然不是和尚，但是住在庙里。

豆屎和尚是个孤儿，没有自己的家。村里人可怜他，就让他住在了庙里。

六姑还在做姑娘的时候，很多人来说媒提亲。

六姑的父亲母亲在人选里挑来挑去，想要给女儿找个最好的归宿。

豆豉和尚挑了一担豆豉到六姑家，也是来提亲的。

那豆豉一路散发着像是香气又像是变质的难以言喻的味道。

六姑的父亲一脚踹翻了豆豉和尚的担子。

"癞和尚想吃天鹅肉！"六姑的父亲大骂。

"和尚吃不得肉，我不是真和尚。"豆豉和尚辩解道。

"真和尚还有香火钱，你只有一身的豆豉味！"六姑的父亲操起晒谷的木耙将豆豉和尚赶了出去。

豆豉和尚出了门，还伸长了脖子喊："三颗豆豉一碗饭！这一担豆豉够吃一辈子的饭！我会管她一辈子的！"

那是穷的时候，豆豉最下饭。那咸味确实需要很多淡饭下咽，便有了"三颗豆豉一碗饭"的俗语。

豆豉的做法也没有太多花样，往往是用一只小碗装了，闷在饭锅里一起蒸。豆豉单独成菜。什么豆豉排骨，豆豉蒸鱼，豆豉蹄花之类的，那都是好的时候才有的。

六姑在房里听到了豆豉和尚的喊声，忍不住笑。

六姑的母亲气得拍了她一巴掌："傻闺女！他人心是好，可你愿意住到庙里去不成？"

六姑并不嫌弃豆豉和尚，可也说不上喜欢。

豆豉和尚对她好，她是知道的。

曾有一段时间，豆豉和尚来她家里做豆豉。这没什么奇怪的。那时候做木匠的，做石匠的，打水井的，都会住在东家，吃在东家。若是吃得不好，还会落下小气的骂名。

做豆豉虽然算不上三十六行里的正经行当，但好歹是一门讲究技艺的活儿。村里偶尔豆子丰收了，有吃不完的，怕坏了，就要做成豆豉留着慢慢吃。

六姑的父母亲不会做豆豉，便请了豆屎和尚来家里做。

其他人家有的即使会做豆豉，但舍得花钱的，也请豆屎和尚来做。因为豆屎和尚做豆豉的手艺比一般人好太多。

可是豆屎和尚总是先去六姑家，把六姑家的豆豉做好了，再做其他家的。

豆屎和尚在六姑家不仅仅做豆豉，还做鞋。

豆屎和尚从来不买鞋，都是自己做。豆屎和尚做的鞋比他做的豆豉还要好。

木匠石匠打井匠做事都是有时间的，一般是东家什么时候开始做饭，就什么时候开始做事，不过这时候做的都是准备工作，等到饭熟，吃了饭，喝了茶，才正式开始。中午吃了饭，眯上半个时辰，等东家上了水果，吃了水果又正式开始，一直做到吃晚饭。吃完晚饭一般就休息了。

也有吃了晚饭还做事的，那可能是东家的伙食极好，匠人为了表示感谢，多出一点儿力气。

六姑家那时候家境一般，伙食只能平平常常。

豆屎和尚吃完晚饭，就开始做鞋。他偷偷拿了六姑的绣花鞋画了样，等到豆豉做好，又回庙里待了几天，鞋子就送到六姑家里来了。

六姑一穿，刚好合脚，舒适得就像没穿鞋一样。

六姑说："工钱还不够一双鞋钱的。"

豆屎和尚笑嘻嘻道："钱是身上的墠，没有了又去赚。"

这里人将身上的污垢叫做墁。这句话大概意思是把钱财当作了身外之物。

六姑也笑了起来，说："你的意思是有钱人身上都脏兮兮的呗？"

豆屎和尚打趣道："别的有钱人我不知道，邢家庄的人都不太爱干净。"

这一说，六姑就甩了脸色给豆屎和尚看。

六姑后来就是嫁到了邢家庄。那时候邢家庄的人已经给六姑的父母提了亲，一年里送了好几床十二斤的棉花被。

秋天的棉花被八斤，一般人家的棉花被十斤。十二斤的棉花被是棉花足到不能再足的了，显示了邢家庄的富足。

六姑的父母还没有做决定，但棉花被已经盖上了，每晚被厚重的棉花被压得喘不过气来。

后来六姑的男人病逝，六姑的母亲常喃喃自责，说："当时盖被子就应该晓得结果的。"

为了给老母亲治病凑钱，六姑把十二斤的棉花被都拆成了棉花卖了。

豆屎和尚见六姑回了娘家住，也垂头丧气的，做出来的豆豉都没了以前的风味。

豆屎和尚依然一年四季给六姑送鞋。

豆屎和尚碰到其他男人在，他就坐在外面等着。

有的男人从六姑屋里出来，瞥了他一眼，挠头道："和尚怎么也来了？"

豆屎和尚愤愤道："我不是和尚！"

六姑却不再穿豆屎和尚送的鞋。

六姑的老母亲去世后，六姑卖了房子还了债，没地方住。

豆屎和尚要接她去庙里住。

六姑不去。

豆屎和尚愤愤道："你还怕我怎么了你不成？"

六姑说："不是怕你怎么了我，是怕我坏了你的名声。"

豆屎和尚说："过些日子我要去省城一个豆豉作坊做事，那个作坊每年要给省城的几百家餐馆送上万斤的豆豉。我就留在那里做工了。庙空出来，你刚好有个落脚的地方。"

六姑说："可是庙是菩萨住的，我这样不干净的人恐怕住不得。"

豆屎和尚说："你哪里不干净了？在我眼里，你是最干净的人。再说了，那庙里早已没了香火，不供菩萨的。"

六姑又说："可我还是怕。要不你先别去省城，陪我住一段时间。"

为了让六姑不害怕，豆屎和尚陪她在庙里住了将近半个月。六姑睡厢房，豆屎和尚睡大雄宝殿。

每次入夜前，豆屎和尚会再三叮嘱六姑，睡觉时一定要将鞋子摆放整齐。

六姑若是睡着了，豆屎和尚会悄悄进来，走到六姑的床边。

六姑有时候没睡着，听到豆屎和尚的脚步声，便装作没有听到。

豆屎和尚若是见床边的鞋子没有摆放整齐，便会拾起来摆好，然后悄悄地出去。

豆屎和尚发现六姑又开始穿他做的鞋了。

半个月后，六姑不害怕了，也养成了睡觉前将床边的鞋摆得鞋尖朝外，鞋跟朝内，下床就能穿的样子。

豆屎和尚放心地说："我该走啦。"

六姑舍不得。

"我还是怕。"六姑说。

"你不是说不怕了吗？"豆屎和尚问。

六姑支支吾吾，说："是不怕这个庙了，但怕你走后，以前的人来欺负我。"

豆屎和尚说："若是有人敢欺负你，你就叫去省城的人带口信给我。"

豆屎和尚离开了庙，去了省城。

没过一个月，村里一个赖汉喝多了酒，醉醺醺地冲进庙里，想要对六姑图谋不轨。

六姑不依。

赖汉大骂道："老子以前睡得，现在怎么睡不得？给你钱就是了！"

六姑反抗道："我不要你的臭钱！"

赖汉抬起手给了六姑一巴掌，呵斥道："别给脸不要脸！以为自己住进了庙里就是菩萨！"

六姑大喊大叫，引来了邻近的人。

这赖汉是远近闻名的无赖，谁也不敢惹。

赖汉见人多了，放开六姑，将鞋脱下，随地一扔，汗褂子一解，敞开肚子躺在了六姑的床上。

"今天我偏要睡这里，看谁敢拖我出去！"赖汉耍起赖来。

人们没有办法，有的低声劝六姑另找地方睡觉，有的却说，他今日耍赖，明日耍赖，往后还来耍赖，何时是个尽头？

说归说，终究没人敢上前拖走赖汉。

六姑无奈，只好先去别人家借宿。

次日清晨，赖汉醒来，正要下床，却发现丢在床边的鞋子不见了。

他找来找去，没有找到。

他光着脚走出厢房，看到昨晚脱下的鞋子在庙的大门外。

他捡了来穿上，心里却不踏实。昨晚闻声赶来的人都走了，这鞋子是怎么出去的？

莫非是哪个胆大的不怕死的半夜偷偷跑进来，趁我睡着的时候把我的鞋子丢出去了？

为了找出缘由，赖汉在庙里又住了一晚。

六姑本想回庙里住，走到大门口远远见了赖汉，又找地方借宿去了。

这次赖汉睡前将鞋子藏在了柜子里。他想着，那个要为六姑出气的人若是来偷鞋子，发现找不到，不得已翻箱倒柜，就会吵醒他。他就知道那个人是谁了。

可是那天晚上他睡得很好。

第二天醒来，他打开柜子，却发现鞋子已经不在柜子里了。

他走到庙门口的时候，又看到那双鞋子在大门外。

赖汉气得攥拳跺脚。

他决定在庙里再睡一晚。

临睡前，他将鞋子摆好，当做枕头压在了脑袋后面。

他心想，这次鞋子偷不走了吧？我倒要看看是哪个家伙跟我作对！被我逮住了，非得揍得他叫我做爷爷。

这一晚，他做了一个梦，梦见自己躺在一艘漂在水面的小船上。

小船悠悠地顺水而下。他在船里摇摇晃晃。他不知道自己会漂到哪里去。

这样不知漂了多久，他渐渐感觉浑身发冷。

他从梦中冻醒过来，睁眼一看，发现自己竟然睡在庙的大门外！

他往脑袋后面一摸，鞋子还在。

自己竟然跟着鞋子一起出来了。

"闹鬼啦！"他吓得跳了起来，像兔子一样蹦了出去。

从此以后，再也没有人敢来庙里。

无处可去的六姑又回到了庙里，每晚睡觉前将鞋子整整齐齐地摆在床边。

过年的时候，在外做事的人都回来了。

豆屎和尚没有回来。

六姑去打听豆屎和尚的消息，听到从省城回来的人说，豆屎和尚到了豆豉作坊做工，二十多天后的一个夜晚，他从黑灯瞎火的楼上摔到了楼下装豆豉的大缸里，一命呜呼。

算了算时间，豆屎和尚出事的那晚正好是赖汉来庙里闹的那天。

狐狸的眼睛

阿良明白，这是狐狸借给他的眼睛看到的。

狐狸没有借给他耳朵，所以他听不到狐狸耳边的声音。

狐狸

有一件事情阿良从来没有跟人说起过。

在他十二岁的时候，曾有一只名叫阿瑞的狐狸将自己的眼睛送给了他。

从那之后，阿良几乎每天晚上都做梦，梦见自己在森林里，看到萤火虫在草丛里闪烁，看到猫头鹰在树枝上打盹，看到树叶像水里的鱼群一样摆动尾巴，看到夜空的云像山溪一样流动，看到苍白的月亮像一只眼睛一样看着世间。

但是这一切都非常安静。

阿良明白，这是狐狸借给他的眼睛看到的。

狐狸没有借给他耳朵，所以他听不到狐狸耳边的声音。

作为交换，狐狸拿走了本该被阿良吃掉的汤圆。

汤圆是阿良的外婆用糯米粉揉成的，汤圆里没有馅儿，整个儿都是糯米粉。

阿良的外公烧火把汤圆煮熟，舀进碗里，放到桌上。

阿良摸了一下碗，烫得缩回了手。

阿良的外公说："放凉一些了吃。我和你外婆要出去找牛。"

外公的牛在回来的路上受了惊吓，挣脱了牵着鼻子的绳，狂奔到山的那一边去了。

后来阿良想了想，这应该是狐狸阿瑞的计谋。

外公出门的时候又对阿良说："我们出去之后，你就闩上门。除了我和外婆，谁敲门都不要开。"

阿良问："为什么啊？"

外公说："山上有一只狐狸，经常在天黑之后变成人的样子下山来借东西。借了又不还。"

阿良说："我不答应不就行了？"

外公说："它不会问你答不答应，你开门的时候，它就悄悄进了屋，拿了它想要的东西。等你听到屋里有声响，回头去看时，它又悄悄溜到你身后，不知不觉出了门。"

"那不是偷吗？"阿良问道。

外公摆摆手，说道："说不上偷。狐狸跟小偷不一样，它是会报恩的。"

外公和外婆一走，阿良就将门闩插上，坐在小板凳上静静地等汤圆凉下来。

桌上的蜡烛是新的，刚烧掉尖儿。烛火跳跃，有时候几乎脱离烛芯。风却不知道是从哪里来的。

门缝里，窗缝里，墙缝里，瓦缝里都可能漏风。

墙是泥砖墙，早被土蜂蜇得到处是洞。

屋顶的瓦就不用说了，白天有太阳的时候，地上就会有光圈，空气中有光柱。下雨的时候，地面会被点点滴滴的雨水砸出许多小坑。外公经常上屋顶捡瓦。

捡也没有用，晚上有老鼠黄鼠狼鸟雀在瓦片上跑来跑去，将鱼鳞一样的瓦片拨乱。

后来阿良在城市的水泥房里睡觉，反而睡不踏实。梦里都是睡在外公家的老房子里的情形。

烛火下面开始出现融化如水的蜡，融化的蜡越来越多，最终溢出来，像泪水一样挂在了四周。

这时候，阿良听到了笃笃笃的敲门声。

阿良记着外公的话，不敢轻易开门。

"谁呀？"阿良隔着门问道。

"我是阿瑞。找你借点东西。"外面一个女孩的声音回应。

阿良想了想，村里好像没有名叫阿瑞的人。

又想了想，好像有这么一个人，可是那个人什么模样，阿良记不得了。

犹豫了一下，阿良还是打开了门。

门外站着一个女孩，长得说不上很好看，要说不好看吧，又有点好看。眼睛很大，里面好像点着灯笼一样发出光芒。眉毛又长又黑，像是用木炭棍小心涂上去的。可是细细一看，眉毛是一根一根的真眉毛，不是画的。脸是嘟嘟脸，说不上胖，也不能说瘦。

阿良站在高高的门槛上，仍然比女孩矮了一点点。

阿良放下心来，至少女孩没有像外公说的那样趁他不注意悄悄进屋，应该不是山上下来的狐狸。

"我外公不在家。"阿良站在门槛上说道。

那时候阿良经常骑在门槛上，想象门槛是一匹马，他在马背上驰骋。

此时他站在马背上，感觉有点儿保持不住平衡。

"你外公去哪里了？"女孩阿瑞朝阿良身后看了看，好像要确认屋里没有其他人。

"找牛去了。"阿良说道。

"哦。"阿瑞点点头，抬起脚来要跨过门槛。

阿良想要拦住她，却脚下一滑，摔在了门槛边，脑袋磕在了门框上。

阿瑞趁机走进屋里，东张西望，绕着放了汤圆的桌子走了一圈。

"我可以借点东西吗？"阿瑞问道。

阿良爬了起来，说道："要等我外公回来。"

阿瑞撇嘴道："你外公还不知道什么时候回来呢。这样吧，你不要告诉你外公，我就把我的眼睛送给你。"

阿良抬起头来，看了看阿瑞的眼睛。

那真是一双好看的大眼睛啊。在此后的许多年里，阿良再也没有见过那么好看的眼睛。

可是眼睛怎么送呢？阿良不太明白。

阿瑞伸出食指，在阿良的额头上点了一下，说道："呶，从现在开始，我的眼睛就送给你了。虽然眼睛还在我身上，但是它们属于你了。"

说完，阿瑞跨过高高的门槛，向着黑夜里走去。

阿良又站在门槛上，朝着如同深不见底的枯井一样的黑夜里望去。

阿瑞的身影已经掉到无尽的黑夜里去了。

阿良回想阿瑞的大眼睛，她的瞳孔里面似乎也有一个这样无穷无尽的夜晚的世界。她眼睛里的世界似乎比眼睛外面的世界还要大，还要深不见底。

后来阿良发现很多人的眼睛里有另外一个深不见底的世界，但是他再也没有见过那么让他着迷的世界。

阿良在高高的门槛上回过头来，才发现桌上的汤圆不见了。

眼睛

从那之后，阿良常常梦见深夜里静谧的山林。

他能看出来，那山林就是外公家后面的山林。他时常通过狐狸阿瑞的眼睛看到熟悉的地方。

舅舅曾带他去那座山上抓过蝉。外公曾带他去那座山上挖过花生。

通过狐狸阿瑞的眼睛，他看到了舅舅爬过的那棵树。那是一棵歪脖子苦楝树。

他跟着舅舅循着"知了知了"的声音找到了这棵树。蝉就藏在这棵树茂密的叶子里。

舅舅带着他爬上树。他在树叶下面找到了那只隐藏在夏天里的蝉。舅舅将蝉捉住，放在吃完了橘子糖水的罐头瓶里，然后拧上盖。

就在那一瞬间，如潮水一般淹没了画眉村的蝉声消失了。

就在那一瞬间，阿良以为整个夏天的蝉声都是这一只蝉发出来的。

好在一瞬间过后，其他蝉又"知了知了"地叫了起来。

阿良松了一口气。

他差点儿将整个画眉村的夏天扼杀在橘子糖水罐头瓶里。

下树的时候，一根树枝被阿良踩断。

阿良从树上滑落下来，摔在了坚硬的红土上。阿良摔蒙了，躺了好一会儿才回过神来。

在狐狸阿瑞的眼睛里，那棵歪脖子苦楝树被踩断树枝的地方留下了一个结疤。

树都是有年轮的，一圈一圈记录着消失的时光。

那棵树通过一个结疤记住了他。他也记住了那棵树。

通过狐狸阿瑞的眼睛，他看到了外公种过的花生地。那是一块吸收了天地精气的地。

外公在那里种过花生、马铃薯、棉花。每一样都丰收。但只有在挖花生的时候，外公才带阿良去那里。

外公挖花生的时候，阿良就在旁边的草丛里捉蝗虫。那块地里的蝗虫比他在其他稻田菜地见过的蝗虫要强壮结实，要蹦得更远。那里的山雀胆子比其他地方的要大，落在外公和他的身边，叽叽喳喳地叫着，似乎想要找个人聊天，打发山间无聊的时光。

即使阿良伸手去捉，山雀也不躲开。那时候常有挑着刚孵出来的小鸡到处叫卖的贩子，箩筐里的小鸡从不避开人的手。那山雀就像小鸡一般让阿良握在手里。

阿良想带一只到山下去养着。

外公说："别看它温顺，但气性大。它喜欢自由自在，一旦被人捉起来，就不吃不喝，活活把自己气死。"

在狐狸阿瑞的眼睛里，那块花生地的上空有一股腾腾向上的气，仿佛是刚刚揭开的蒸笼。原来这块地里的种子像蒸笼里的馒头一样，在这腾腾的气体下，胀大到花生大小，再胀大到马铃薯大小，最后像棉花一样炸开。

花生，马铃薯，棉花应该都是同样的种子，被外公当做花生种在了地里，就长成了花生，被外公当做马铃薯种在了地里，就长成了马铃薯，被外公当做棉花种在了地里，就长成了棉花。

外公种地之余偶尔给人算命。他算出是苦命的人，确实很苦命。他算出是享福的人，确实会享福。还有一些前途未卜的人，都如他所想的那样，有的变成了书生，有的变成了土匪。

阿良也想预知未来。

他曾问外公："你能不能给我算一算？"

外公摸摸阿良的头，说道："知道未来不是什么好事。不过你记住了，长大以后离开了这里，你要一直往北走，不要往南。"

有一件事外公从来没有跟阿良提起过。

阿良出生的时候，外公就算过，阿良的眼睛会在一次火灾中失明。

破解的办法是一直往北走。

汤圆

阿良长大后离开了故乡，去了北方。

他在北方开了一家酒馆。

长大后，他渐渐很少做梦了。太多太多关于生存的事情需要阿良去思考。

他要记住各种各样的酒的价格，招待各种各样的喝酒的客人。

其实客人里面也有一些是幻化成人的，有的是黄鼠狼，有的是狗，有的是猫，有的是牛，有的是老鼠，有的是不知名的鸟雀。

狗大多是宠物狗，猫大多是野猫。

这让阿良有些不解。

后来一只不知名的鸟喝多了之后告诉阿良，狗大多懒，跟着人吃点，能混饱肚子就算了。

猫不一样，猫大多是不愿意受约束的。

所以狗是宠物的多，猫是野的多。

阿良问那只鸟，你是愿意受约束的，还是不愿意受约束的？

鸟笑了，打了个酒嗝，回答说，我们不一样，愿意受约束就去笼子里，不愿意受约束就去山林。

这时，一只狐狸端着酒杯靠了过来，说道，什么约束不约束的？以前我们大多属于乡间野外，还不是生活所迫，不得不背井离乡，来到这里寻找生活吗？

那只狐狸嘴上抹着当下最为流行的口红，烈焰红唇。美瞳已经完全覆盖了她原本的狐狸眼睛。

这只狐狸让阿良想起了许久没有梦见的狐狸阿瑞。

阿良忽然明白了，自己跟这些幻化成人的酒客没有什么差别。

那天晚上，他送走所有酒客之后，关了门，在酒气醺醺中做了一个梦。

在梦里，他又一次看到了久违的山林，看到了曾经爬过的树，还有那块花生地。

他想念家乡了。想念那片山林，那棵树，那块花生地，还有小时候偷走他的汤圆的狐狸。

第二天，阿良收拾行囊，要回南方。

就在他要走出酒馆的时候，酒馆忽然起了火。

扑火的过程中，阿良的眼睛被烟火熏得失了明。

他想起了外公曾经说过的话，叫他一直往北走，不要回头。

许多曾经来酒馆的人来看他，安慰他。

失明的阿良再也分不清哪些是人，哪些是幻化的人。

有的人送来了鲜花，有的人送来了水果。

最后一个来看他的人临走前在他耳边说："汤圆在桌上，趁热吃了吧。"

阿良心里一暖，这个朋友太细心了，居然带着煮好的汤圆来。

阿良双手在桌子上摸索，找到了一只温暖的碗。碗里有勺子。

阿良吃了一个汤圆。居然是没有馅儿的。

这年头已经很少见没有馅儿的汤圆了。

阿良顿时热泪盈眶。

没几天，阿良的眼睛竟然能看见了！

给阿良治疗眼睛的医生惊讶不已。之前他认定即使用最好的治疗方法也无法让阿良重获光明。

医生检查阿良的眼睛，发现阿良的瞳孔发生了一些变化。

阿良出院之后，回到了故乡。

故乡的一切已经物是人非。

阿良去了记忆中的那片山林。

树已经被锯去，花生地已经长满荒草。

在下山的路上，阿良遇见了一位盲眼姑娘。姑娘手里拿着一根树枝，在狭窄的山路两边敲打，避免走到山沟里去。

阿良走过去，牵起树枝，带着盲眼姑娘下了山。

"阿瑞。"他喊了一声。

"哎。"她回了一声。

"当初我外公是故意出去，在桌上留下汤圆的吧？"他的思绪越来越清晰。

"我知道你外公的想法，我是自愿上钩的。"她回答道。

知了

　　每次阿瑞不听话的时候，阿瑞的妈妈就吓唬说："你再不听话，将来我就把你嫁给那个爬树的臭小子！"

　　不远处，一个臭小子正从一棵歪脖子苦楝树上爬下来，咔嚓一声，脚下的树枝断了，臭小子从树上摔落，噗通一声砸在地上，半天没有起来。

　　隐身在树叶下面的蝉叫了起来。

　　知了——知了——

　　知了——知了——

　　好像它们知道了世上所有的事情。

人身

人生在世，如身处荆棘之中，不动则不伤。

稻草人最好了，既有人形，又能不动。

我很羡慕在我身边走过的那些人，他们有眼睛、耳朵、鼻子、舌头、身体，还有意识。他们能看到形色，听到声音，闻到气息，尝到味道，感受外物，并由此产生反应。

他们一出生便拥有这些，可是好像他们很多人并不觉得这有多么难能可贵，不知道珍惜。

不仅仅是我，我的朋友野先生也很羡慕那些人。

野先生是一只狐狸，躲在我身后的那座小山上修炼了一千多年，是它自己这么告诉我的。我才几十岁，不知道它有没有说谎。我想它应该不会说谎，它可以做我爷爷的爷爷的爷爷还不止，没必要骗我这个初出茅庐的像人不是人的东西。

野先生说，它忍受了一千多年的孤苦，为此甚至不吃肉了，兔子打眼前经过都不流一滴口水，不产生一丝邪念，就是为了修得人身。

可是野先生看到路过的人就无法保持从容。

"凭什么他们一出生就拥有人身？而我要修炼一千多年？"野先生愤愤不平地对我说。

更让野先生无法接受的是，它已经修炼了一千多年，修得了人的眼睛，人的耳朵，人的鼻子，人的舌头，但还没有修得人的身体。

野先生的舌头才修到一半，说话的时候带着狐狸的口音。

你若是问我狐狸是什么口音，我也不知道怎么说，你去听听狐狸的叫声就知道了。

对于野先生以及跟野先生差不多的渴望修得人身的生灵们来说，差一点点就等于差了十万八千里。

哪怕所有的地方都修成了人形，只剩一条尾巴还没有修掉，就不能进入人的生活，过人的日子。尤其那些还没有修得人身就学人喜欢喝点酒的家伙，三杯猫尿下了肚子，顿时原形毕露，很容易招来杀身之祸。

野先生说，它有一个朋友修得只剩一条尾巴，就耐不住寂寞了，奋不顾身地进入了人的世界。为了避免被人发现，它的朋友咬牙切掉了尾巴。后来它的朋友偏偏喜欢上了一个小道士。在和小道士睡觉的时候，小道士摸到了它的朋友切掉尾巴后留下的伤疤。小道士起了疑心，将它的朋友灌醉之后带到了倒映着月亮的池塘边，往水里一看，看到了它的朋友的原形。

后来野先生的朋友怎么了，我很想知道。但是野先生没有说。

"反正很惨。"野先生是这么说的。

"有多惨？"我问野先生。

野先生说："被打了五十板子，踢出了师门。屁股都被打烂了。"

"那是挺惨的。不对，你说的是小道士？我问的是你的朋友。"我说。

"小道士都这样了，它还能好吗？"野先生说。

我想了想。也是。小道士都这样了。它的朋友怕是好不了。

"人都讨厌得很。你也是。讨厌！非常讨厌！"野先生越说越生气，竟然将气撒到我的头上来了。

"我怎么了？"我无辜地问道。

野先生说："你本来是稻田里没人要的稻草，连个生灵都算不上，还不如草里的青蛙，不如钻黄土的泥鳅！凭什么一下子就有了人身？有胳膊有腿？还有人的帽子，虽然是草帽；还有人的衣服，虽然是破衣！"

我很无奈。

不过野先生说得没错。要不是旁边这块稻田的主人为了吓唬偷吃稻谷的鸟雀，将稻草绑起来做成了人的形状，不然这世上到现在都不会有我。

"用人的话来说，你就是个草包！"野先生气得胡子都翘了起来。

我不得不承认，我就是一个草包。别人叫我稻草人，可不是草包吗？

"连草包都有人身！我修炼了一千多年都没有！太不公平了！"野先生越想越气。

我理解野先生的心情。换了我是修炼这么多年的狐狸，恐怕也会觉得不公平。要是能跟野先生交换，我宁愿跟它交换。我虽然有人身，但是困在这里一动不能动。野先生虽然没有人身，但是想去哪里就去哪里。

不过有的人既有人身又能自在走动，竟然也羡慕我。

这让我不能理解。

那天，一个看起来仙风道骨的人从稻田旁边经过，看到了插在田埂边的我。

那人看了我好久，看得我心里发慌。

那人感叹说："人生在世，如身处荆棘之中，不动则不伤。稻草人最好了，既有人形，又能不动。"

我一听，浑身一颤，差点哭出来。

可是我哭不出来。

我跟着野先生学会了说话，但是没学会哭。

我浑身一颤，是因为刚好一阵山风吹了过来。

是风吹动了我。只有风理解我要哭的心情。

风声呜呜，像是哭声。

那个仙风道骨的人见我动了，又发出哭声，非常惊讶。

我想他应该是见过大世面的人，见我既动了又哭了，竟然很快镇定下来。

"你哭什么？"他问我。

我猜到他不是一般人。一般人不可能听出风和我的默契，听到我的哭声。

野先生警告过我，千万不要随便在人面前发出声音。除了剪了舌头的鹦鹉之外，世上的人是不能接受其他生灵说人话的。那会让他们恐惧。恐惧使他们尽力消灭一切没有人身但是会说人话的生灵。人世间的道士就是专门干这个的。

比远古还要早的时候，人也是不会说话的。后来仓颉造字，每个字有了意义和声音。人开始通过字和字的声音与其他人交流。人能将自己看到的听到的闻到的尝到的感受到的以及怎么理解的告诉别的人。由此人和人之间联系了起来，成了一个整体。从那之后，快乐不只是一个人的快乐，恐惧不只是一个人的恐惧，它会在人与人之间传递。

一个人若是知道我会说话，一定会有更多的人知道我会说话。

那么，我的故事将在人的世界里传开。

接下来，我的结局会变得跟野先生的朋友差不多。

但我直觉他是个好人。不然他不会说先前那些不动不伤的话。

最主要的还是我希望他能帮助我实现一个愿望，那个对于人来说微不足道的，对我来说遥不可及的愿望。

"你羡慕我不动，我却羡慕你可以走动。我这人形全靠这块稻田的主人帮我完成。是他把我从稻田里一根一根捡起，立在了这里，年年维护，抽去旧稻草，换新稻草，脱去旧衣，换新衣。几十年来，他像是照顾亲人一样照顾我，从一个年轻阳光的小伙儿照顾到变成一个白发苍苍行走不便的老头儿。或许他不知道我因为有了人身而获得了些许人的智慧，他从未跟我说过什么话。我因怕吓到他，也未曾跟他说过一个字一句话。可是我能感觉到，他把我当做了朋友，而我把他当做了亲人，比亲人还亲的人。可是最近两个月他没有来。前几天，有个陌生人来到这里，给我换了新衣。那个人一边给我换衣一边说，他已经气息奄奄，时日不多，却念叨着要来给我换一身衣服。他自己来不了啦，非得叫我来。真想不通，一个人自己都日落西山了，怎么还惦记着一个稻草人？

"今天早上，那个人从这里路过，见了我，叹了口气说，他已经西去，傍晚要入土为安。

"那个人一走，我就忍不住哭起来。我多么羡慕你们能动能伤的人啊。要是我能动，能去他家里看他一眼，送他最后一程，哪怕是遍体鳞伤又算得了什么。就是让我重新变成没有根的草，就是让我重新烂在泥土里，我也心甘情愿。你们不是说，腐草为萤吗？要是我腐烂了能变成萤火虫，我也要飞到他那里看他一眼。可是我不能动，不能散开来，不能腐烂成萤火虫。你说，到底是能动的好，还是不能动的好？"

说完，我又呜呜地哭了起来。

他长叹一声，说："这样吧，我将我的修为给你一些，让你能在傍晚时分去看那老人一眼。不过我得提醒你，你一旦有了修为，便会心生贪念，难再心甘情愿做一个不能动的稻草人。"

告别就是我最大的奢望，我怎么会还有其他的贪念？

他伸出食指，念道："五年食指无占处，何意相逢万壑东。"然后在我的额头上点了一下。

我顿时感觉浑身重了许多，如同背负着重物，如同下雨天将我湿透。

"你动动看。"他轻轻说道，似乎非常疲惫。

我试着动了动，果然能动了。

我连谢谢都忘了说，就急忙往我的主人常常从这里离开的路上奔去。

我还没适应走路，幸好平日里没少看见别人怎么走路，因此一路走得踉踉跄跄。

到了主人家，我看到人们穿着白色的衣，头上绑着白色的布。我也找了白色的衣穿在身上，拿了白色的布绑在头上。

不知道是先前那位好心人使了障眼法，还是借了修为的我跟人没了什么区别。总之，没有人发现我跟他们有什么不同。

我的主人我的亲人平躺在堂屋里。我走过去看了他一眼，哭得撕心裂肺，恨不能在地上打滚。

是的，那一刻，我感觉到我有了心，有了肺。我的衣服里不再只有草。

可是拥有心肺的那一刻，它们就被撕裂开来，疼得我直掉眼泪。

别人窃窃私语，互相询问我是这位老人的什么亲人或者朋友。他们不知道我为什么哭得如丧考妣。

我比这里的任何一个人更加伤心，更加不舍，也哭得更加厉害。

我送了他最后一程，然后回到了他的稻田边。

这时候，野先生来了。

野先生说："我都看到了。那个人不简单哪，我还是小狐狸的时候就见过他。他给了你多少年的修为？短短几十年，你就不仅拥有了人身，还能像人一样动了！太不公平了！太不公平了！凭什么你可以轻轻松松获得，我就不行？"

我没有回答野先生。

无论野先生说什么，我再也没有回答它。

我能看见，能听见，能闻到，能尝到，能感受到，但我再也不做出任何反应。

我了无遗憾，我心甘情愿做回一个稻草人。

做一个草包。

解梦

　　就算我能想出一个新的解释，或许最终还是会变成
一个阴错阳差的解释。

记得外公曾经跟我说过一句话。

"很多梦其实没有办法解的，有的人觉得梦灵验，是因为恰巧在梦醒后碰到了解释。"

外公说这句话，是因为那天傍晚有个人来找外公，说他故去的父亲托了梦给他。

那个人说，他昨晚做了一个梦，梦见故去的父亲跟他说："屋顶的瓦坏了，一下雨就漏，你有空帮我捡一下屋顶的瓦吧。"

那时候农村屋顶的瓦大多是青瓦，容易被跑过的老鼠或者鸟雀踩破，所以屋顶上往往多摆一些瓦，把破了的瓦片捡一下，挪动一下其他瓦片就可以了。

外公点点头，含笑不语。

那个人又说："我醒来后，想了半天，不明白他托这个梦给我是什么意思。"

在画眉村这一片甚至更远的地方，人们倘若梦到故去的人，就认为是故去的人有什么事情要告诉活着的人。但是由于某种原因，故去的人不能将想说的话直接告诉做梦的人，只能通过暗示让人梦醒之后去领悟。

外公还是看着他，不说话。

那个人接着说："于是我去他的坟地看了看，结果您知道怎么了吗？"

他希望外公接他的话茬儿。

但是外公低头去卷烟叶子了。

那时候外公还没有戒烟。但是他已经不抽火炬牌或者相思鸟牌的香烟了。他开始自己种烟叶，自己晒干裁碎，用一个兜子装着，想抽的时候，用我写过作业的纸卷起来，舔一舔纸边，沾上之后点燃，吞云吐雾。

画眉村还有几个跟外公年纪差不多的老人也自己种烟叶。他们大多是肺不太好，受不了尼古丁，又戒不掉多年的习惯，所以抽自己种的烟。

那个人干咳了一声，说道："结果我看到他的坟头有一个洞。昨天刚好落了一场雨，雨水从洞里漏进去了。难怪他要我捡瓦，原来是要我填土。"

外公点燃了烟，放到嘴边，脸颊就和皱纹一起凹陷了下去。烟头变得又红又亮。

那个人有点儿尴尬，搓着手，但还自顾自地说："这个梦真是灵验！他都老了好几年了，怎么还能跟我沟通？是不是他还在那里没有走？"

这里的人把故去说成"老"。倘若听到别人说谁老了，就是谁故去了。

外公拿开烟，吐出一阵烟雾，终于说话了："这几年你一直在外面不回来。我看那个洞早就有了，只是这次你碰巧看到了。"

不等外公的话说完，那个人就急忙说："是啊，是啊，这次填上了就好了。哎，您这烟没有过滤嘴，来，抽我的烟。"

那个人掏出烟盒，弹出一根烟，要递给外公。

外公摆摆手，说道："习惯了。抽不了你那种烟。"

那个人走后，外公对一旁的我说了那句话。

当时我并没有理解外公话里的意思。

许多年后，我在表哥身上发生的事情里得到了解释。

那时候我刚到北京。

表哥已经在北京一个知名餐馆做大堂经理了。

大概有一个多月的时间，我借住在表哥那里。

表哥知道我外公的一些事情，便将他最近遇到的一件事说给我听。

一年以前，他在紫竹院那边租了一个次卧。但是他很少去住。

由于工作性质，他几乎每天都有应酬，晚上的应酬更是多。有时候喝多了，他就在应酬的地方找个酒店对付一晚。

那个次卧，他一个月住不了几个晚上，之所以要租，主要是用来存放一些私人的东西。

有一天晚上，他应酬的地方就在紫竹院附近。

又是一次酩酊大醉之后，他回那里住。

以前他在那里睡觉都是一觉睡到天亮。

那天晚上，因为喝多了，他半夜起来上厕所。

起来的时候他还晕晕乎乎。

上完厕所，回到房间的时候，他看到窗边有个人影。

那是一个姑娘的身影。

当时没有开灯，看不清脸。

因为酒劲，他没有被这个突然出现的人影吓到。

他站在门口想了想，他租的是次卧，这个房子是个套间，还有主卧和另一个隔出来的房间租给了别人。难道是我走错了房间？

还没有从酒意中清醒过来的他退出了房间。

他在几个房门之间走了一圈，确认了自己的房门，重新推开门走了进去。

这一次他确定没有走错。

可是开门之后，他看到窗边还是那个姑娘的身影。

迷迷糊糊中，他心想，难道是因为我经常不在，其他租客以为这里没有人住，有时候会到这里来？

同时，他也想到了另一个可能。但是他不敢去叫那个姑娘，怕验证心里的想法。

也可能是我喝多了，眼睛花了。他在心里自我安慰。

于是，他没有管那个人影是真还是假，悄悄回到床上，用被子蒙上头继续睡觉。

第二天早上醒来，他看了看窗户那边。

窗户是半开的，风吹了进来，窗帘抖动不已。

可能是昨晚窗帘被风吹动，我看成人影了吧？他努力为昨晚的经历找一个合理的解释。

不过心里终究有点忐忑，后面好长一段时间他都不敢回去住。

大概过了十几天，他一个老家的同学打电话给他，说要来北京玩，但是没有地方住。同学问他能不能给安排一个住处。

他想起那天晚上的经历，于是跟同学说：“我刚好有个不常住的地方，你不介意的话，在我那里将就一下。”

那件事情在他心里一直是个难以消解的疙瘩。他本来想在那里再睡一晚，半夜起来看看，但是酒醒之后的他还是有点害怕。

他想让别人验证一下。

同学来北京之后，他把次卧的钥匙给了同学。

他自己在外面过了一夜。

第二天一大早，他就去找那个同学。

他问同学："你昨晚睡得怎么样？"

同学说："挺好的呀。"

听同学这么说，他心里的石头落了地。

看来那天晚上是喝多了，看花了眼。他心想。

可是，同学犹豫了一下，接着说："你是不是把你的钥匙也给了别人？"

"没有啊。"

"可是我昨晚醒来，看到房间里还有一个人。"

他顿时汗毛倒立！

同学接着说："我想可能是你把钥匙也给了别人，别人不知道我在这里住，就进来了。我怕吓到那个人，就没说话。"

他问同学："你睡觉的时候锁门了吗？"

同学说："锁了。别人没你的钥匙肯定进不来。"

为了不吓到同学，他没有否认。

同学走后，他赶紧打电话给房东。

房东听他说完，承认这个次卧确实有问题。

房东跟他说，以前这个房间租给了一个姑娘。那姑娘在对面的教堂里上班。后来教堂发了火灾，烧死了几个人。那姑娘没能幸免。

房东说："她靠在窗边，应该是在看对面的教堂吧。那时候教堂是白色的，为了掩盖火灾的痕迹，刷成了现在的灰色。我之前没告诉你，是我的不对。我怕房子租不出去。我退你所有房租吧。实在不好意思。"

表哥拿回了房租，搬离了那里。

他心头的迷惑，也得到了清晰的解释。

我也以为故事就此结束了。

但是没有。

后来我找到了住的地方，没跟表哥一起住了。

其间我断断续续跟表哥联系着。

大概过了两年，表哥带着一个姑娘来找我吃饭。

那是表哥的女朋友。

吃饭聊天的过程中，我知道了那姑娘在离最大的图书馆很近的一个星级餐馆上班。

那时候我写的故事出了第一本书。

我送了一本给表哥，表哥送给她看了。

她很喜欢书里的故事，要表哥带她来跟我们一起吃饭。

吃完饭，表哥去买单。

这个姑娘突然跟我说："你相信吗？在遇到你表哥之前，我就见过他。我看你写了一些离奇的故事，所以想讲给你听，看看你能不能给我解释一下。"

我当然很感兴趣。

姑娘说："但是你不要说给你表哥听，免得他以为我神里神经。"

我点头。

姑娘说："我跟你表哥是最近才认识的。但是在四年前，我就见过他一次了。"

我说："四年前，他还没来北京呢。你是在北京见到他的吗？"

姑娘说："是啊。所以我也觉得奇怪。你先听我讲完。"姑娘看了一眼正在远处前台买单的表哥。

表哥正在跟前台的服务员说话，应该是要开发票之类的。

"好。"我说。

姑娘收回目光，说："四年前，我刚来北京上班。我在紫竹院那边跟几个认识的朋友合租了一个房子。一天晚上，我实在睡不着，就起来打开窗户吹吹风，看看外面的夜景。还没站一会儿，一个浑身散发酒气的人闯进了我的房间。我吓了一跳，我明明反锁了。我害怕得不得了，站在窗边不敢说话。那个人显然也看到了我，竟然犹豫了一下，退了出去。他长得不像是坏人，甚至有点帅。我刚放下心来，那个人居然又打开门进来了。我以为他要做什么，可是他看了看我，竟然自己爬到床上躺下了，用被子蒙住了头睡觉。我心想，他是不是喝多了，走错了房间？看他醉醺醺的样子，我知道他也不容易，应该是为了应酬才这样的。于是我出去找了个酒店睡了一晚。从那之后，我甚至希望他哪天喝醉了再走错一次。后来确实又有一个人走错了，但不是他。我有点失落，只好又出去住了一晚。"

我差点儿说"那不就是我表哥和他同学吗"，但是觉得哪里不对，便忍了下来。

她接着说："今年我参加餐饮界一个交流会，碰到了你表哥，一眼就认出了他。可是他没认出我。可能是那天晚上他是对着窗户的，我是背着窗户的，由于光线的方向，我能看清楚他，他看不清楚我。我故意上前跟他找话说，然后问他是什么时候来北京的。他说了之后，我才知道四年前他还没来北京。可是……我明明那天晚上看到了他。你写了这么多离奇的故事，你能告诉我这是怎么回事吗？"

"这件事你跟他说了吗？"我问。

"没有。我怕他说我脑子有问题。"姑娘诚恳地说。

"看来他那天晚上看到的并不是在教堂上班的那个……"我说。

"你说什么？"

"哦。我想起了另外一件事情。"

"什么事情？"

"他跟你说过他以前租房子住的事情吗？"我试探地问道。

她摇摇头，说："没有。"

"一点都没有吗？"我追问道。

她想了想，说："他说他以前租房遇到过一些怪事，但是怕吓到我，所以不跟我讲。"

这时，表哥已经拿着单子往这边走来了。

"你知道这是怎么回事吗？"她问道。

我想了想，说："可能这就是缘分吧。"

表哥听到了，问道："什么缘分？"

那姑娘急忙说道："我们中国人都相信缘分。现在见到的每一个人，都是因为以前见过。是不是？"她朝我看来，假装是在问我。

我心神领会，点了点头。

她站起来，挽住表哥的胳膊，说："我跟你表弟讨论人和人之间的缘分呢。"

因为表哥在，先前的话题便绕开了。

表哥他们走后，我思来想去，试图想出一个合理的解释。

　　可是，先前房东给表哥的解释在当时看来已经是一个非常合理的解释。就算我能想出一个新的解释，或许最终还是会变成一个阴错阳差的解释。就像许多年前那个梦见父亲叫他捡瓦的人，他以为自己明白了梦的寓意，有了自圆其说的解释，却不知道那个洞和他的梦没有任何联系。

　　这样一想，我便不再钻牛角尖了。

　　至于捡瓦的梦到底是什么寓意，下回再讲。

逆行的宿命冤家

宿命冤家，不只是有冤仇的人，还有给你带来痛苦而
又舍不得抛弃的似恨而又似爱的人。

在那个出车祸的十字路口遇见她的时候，她刚好七岁。

她看不见我，但是我能看见她。

当她从摩托后座飞起来的时候，我急忙冲了过去，用双手去接住她。

骑摩托的人很快被抬去了医院。

而她傻傻地坐在路边，像是一个旁观者。

从那之后，我一直跟着她。

就这样，我默默地陪了她十九年，陪着她从小学到大学再到上班，从徐州到上海再到南京。

等到她发现我的时候，她已经二十六岁了。

那是一个夏天的中午，她正在办公室睡午觉，空调的冷风不断地吹出来，吹在她的身上。

我担心她的身体受不了。

从七岁那年开始，她的身体就非常虚弱，经常忽然头晕目眩。长大后依然没有好转。

她躺在一张简易的折叠床上，冷风吹到她的腿上，使得她的短裙像波浪一样起伏，刘海在额头上飞舞。

这让我想起她七岁生日那天从摩托后座飞起来的样子。

我想告诉她，一个女孩子这样仰躺着睡觉太不雅观。

但是我不能跟她说话。十九年来一直如此。

过了一会儿，她的同事走了过来。

是那个喜欢捉弄别人的同事，别人都叫她小玉。

小玉伸手在她的眼前挥了挥，见她没有动静，忽然踹了折叠床一脚。

她一个激灵，立即坐了起来，脸上直冒冷汗，浑身哆嗦。

小玉没想到她会吓成这样，连忙道歉："不好意思，我想逗逗你，没想到你胆子这么小！"

她好像没听见，依旧抱着胳膊瑟瑟发抖。

小玉愧疚地站在旁边，不知所措。

她好不容易舒缓了一些，摆手道："不好意思，我最近状态不太好。"

我有些生气。她是被小玉吓的，怎么还对小玉说"不好意思"？

不过我知道，这十九年来，她一直这么善良。

七岁那年，她和小姨一起出去。小姨在车祸中去世，她被送到医院检查之后发现没有任何问题，仅有一点皮外伤。

从那之后，她内心充满了愧疚，觉得自己不应该完好无损地回来。

这种愧疚的情绪如一颗种子，在她的身体里生根发芽，跟着她的身体一起成长，越长越大，最后长成了一棵参天大树。这棵参天大树让她对身边每一个人都有莫名其妙的愧疚感。

走路时被骑自行车的人撞到，她也会说"不好意思"。

小玉问她："要不要去看看医生？"

她摆摆手，拿起桌上的一包烟，抽了一根出来，放在了嘴上。

我知道，她并不喜欢抽烟。她需要烟舒缓脆弱的神经。

"不用。我经常这样。"她拿起打火机往外走。

我知道，她又要去楼道里抽烟了。她一天要去那里五六回。

小玉跟了过来。

她假装没有看到。

吸了一口烟，她平静了许多。

小玉抱歉道："没想到把你吓成这样。"

"没事。"她谅解地笑了笑。

小玉一双眼睛死死地看着她，看得她有点儿不自在。

我也不自在。我感觉小玉不止看到了她，还看到了我。

十九年来，这是第一回让我感觉到被人关注。

十九年来，我像她的灵魂一样潜伏在她的身体里，像她的影子一样陪伴在她身边。她的家里人从来没有发现过我。

我像她一样被人漠视。

她的奶奶从来没有当她存在过。

在她出生那一刻，她的奶奶拨开她的腿看了一眼，失望之情溢于言表，然后转身离去。

因为奶奶的影响，她的父亲常常在她面前跟她的妈妈吵架，就像她不存在一样。

只有小姨注意她。小姨每次来，都会给她带礼物，给她讲故事，故事大多是恐怖又搞笑的，既吓得她往小姨怀里钻，又笑得她腮帮子疼。

小姨常常骑着那辆小摩托，载着她到处玩。

可惜的是，那次车祸后小姨被抬去了医院，再也没有回来。

后来她进入学校，依旧被人忽略。多少年后，曾经的同学聚会，有的人经过提醒才会想起教室里曾经还有她这么一个人。

上班之后，她依然没有什么存在感。

我知道，她曾经尝试过寻找存在感，但最后放弃了。

她已经习惯了，甚至开始喜欢这种不存在的存在感。

虽然她没有跟我说过这种感觉，但是我知道。

因为我和她一样喜欢这种感觉。

这种感觉不能言传，只能意会。

小玉其实也是这样的人，我第一次看到她的时候就知道了。但是她不甘于被忽视，所以经常搞一些恶作剧。哪怕让人反感，小玉也要寻求那一点存在感。

但是小玉没有想到，这一次真的把她吓着了。

"你要不要去看看？"小玉担忧地问她。

"去医院吗？不用！过一会儿就好了。"她连忙拒绝。

"不。我说的是，去我一个朋友那里看看。"小玉的声音忽然小了许多，神秘兮兮的。

"朋友？"她一愣。

小玉凑到她的耳边说道："我感觉你的魂魄不全，所以容易被吓到。我有个朋友会这个，可以帮你找回来。"

小玉退后一些，声音恢复正常，说道："我自己就在那里看过，现在好多了。"

她将信将疑。

在小玉三番五次的劝说下，她终于同意去见见小玉的朋友。

她见到那个朋友的时候，莫名有种亲切感。眉毛，眼睛，鼻子，都好像在哪里见过。声音也非常熟悉。可是细细一想，她从前的记忆里并没有这个人。

那个朋友看她的时候，眼睛里闪过一道温柔的光。

那道光也是如此熟悉。

朋友开口道："你的魂魄在七岁那年，就已经残缺不全。好在你的宿命冤家救了你，然后一直依附在你身上，暂时补全了你的魂魄。你丢掉的部分，因为年代太久远了，现在不太好找。"

她惊讶道："我七岁那年确实出过一次事故，我被吓到了。不过宿命冤家不是报仇的吗？怎么会救我？"

"宿命冤家，不只是有冤仇的人，还有给你带来痛苦而又舍不得抛弃的似恨而又似爱的人。"那个朋友说道。

她看到他的手腕上戴着一只奇怪的表。那只表居然是逆时针转动的。

她以为看错了，又偷偷看了看，确实是逆行的。

他发现她在看他手上的表，于是抬起手腕，问道："这个表你熟悉吗？"

她摇摇头。

其实她隐约记得在哪里见过。别人的手上？商场里？还是在哪一个视频里？她想不起来了。

"那就是说，找不回来了吗？"她将话题转移回来。

他笑了，说道："这样吧，我给你三张符纸，你回去后放在枕头下面。坚持三个月，你就会好。"

她接了符纸一看，三个符纸都折叠成了心的形状。

"如果三个月没好呢？"她不太相信这种符纸。

"那我把这只表送给你。"他自信地说道。

"谁稀罕你的表？"她违心地说道。

从那之后，她隔几天就跟着小玉去他那里一趟。两人渐渐熟络了起来。

她发现自己越来越喜欢这个朋友，几天不见的话，她会主动去找小玉，要小玉带她去会一会他。

"你怎么老想见他？"小玉问道。

"怕他带着那只表跑了。"她开了个玩笑搪塞过去。

她自己心里其实是清楚的。她喜欢上了这个朋友。

三个月还没有结束，她就和他走到了一起。

三个月的最后一天，她将符纸摆在了他面前。

"今天是最后一天了。我怎么还是没有感觉到一点点变化？"她问道。

"不是还有一天吗？急什么？"他依然自信。

"那你告诉我，你是怎么知道我魂魄残缺的？"她好奇地问道。

他回答说："因为我也是魂魄残缺的人，跟你一样。"

她惊讶不已。

"现在也是吗？"她问道。

他点点头。

"你自己都救不了，怎么救得了我？"她看了看那三个符纸，越看越觉得它们并不是可以将她残缺的魂魄召唤回来的符。

"明天不就知道了吗？"

"不行。我要你现在就告诉我。"

他深吸了一口气，缓缓吐出，然后说道："你相信吗？在三个月以前，我们已经见过。"

她皱起眉头，思索片刻，说道："我第一次见你的时候，就有似曾相识的感觉。但是仔细一想，以前又没见过。"

他摆摆手，神秘一笑，说道："我们不是在以前见过，是在未来见过。"

"未来？怎么可能？"她不相信。

他耐心地说道："佛经中说，过去即未来。正因为我们未来见过，第一次见的时候，就有跟过去见过一样的熟悉感。"

"你瞎说什么呢？"她伸手去探他的额头，"你是不是……"

他抓住她的手，说道："接下来的话可能让你觉得难以理解，但是请你听我说完。其实我们早就相遇过，跟这次和你相遇一样，我们一见如故，互相喜欢。可是后来你开始回避我。我问你为什么这样，明明你是喜欢我的。你说，如果非要问原因的话，可能你我是宿命冤家。我没有放弃，还是去找你。无数次的询问之后，你终于告诉我，你是因为小时候的遭遇和家庭的原因不敢接受我。你害怕重蹈覆辙，进入你父母那样的生活。你说你七岁那年遭遇了车祸，从此觉得自己的魂魄都是破碎不全的。你习惯了被忽视的孤独，害怕被关注。你说你害怕美好，害怕它破灭。所以你要躲开它，躲开我。"

她一脸茫然。她确实有这样的顾虑。

这三个月里，她也无数次想过离开他。

他继续说道："我终于明白了你躲开我的原因。我跟你说，我好希望到你七岁的那年去，然后一直陪你到遇见我。你说不可能的。时间怎么可能倒流呢？"

她不禁瞥了一眼他手腕上的表。

"你还是态度坚决地拒绝了我。我失望地回到家里，脱下手表准备洗澡时，发现表的针居然在往反方向走！我以为手表坏了，没有太在意。那天是十八号。十九号我约了一个朋友谈事情。第二天，我到了约定的地方，却不见朋友来。我打了电话过去，朋友居然说今天是十七号。我不相信，看了看带过去的电脑上的时间，居然确实是十七号！我看手机，又看别人的电脑，都显示今天是十七号！因为小时候我跟爷爷学过怎么看老皇历，我在自己的房间也有一本老皇历，每天学着爷爷的样子撕掉一页。我心想，电脑和手机上的时间可以调，撕掉的日历总不会被调整吧？我急忙回去看老皇历。昨天撕掉的那页居然还在上面！我昨天明明撕掉了那一页！我以为是我糊涂了。过了一天，时间居然到了十六号！手机，电脑，老皇历，以及身边人都证明那天是十六号！我发现手表反方向走得越来越快。每天的时间越来越短。我见人就问有没有感觉到时光在倒流，他们都没有觉察到。我问得多了，他们就不再搭理我，好像我说的话他们听不见一样。再后来，他们看到我的时候就像没有看见一样，就像我是个看不见摸不着的游魂。我在小区里行走时，发现路上落叶满地，树光秃秃的，没几天，树上满是黄叶，接下来的几天里树叶由黄色变成了绿色，又过了一阵子，树上居然开了花！四季的顺序颠倒也应证了时光倒流。我想起了我对你说的话，急忙去寻找你小时候生活的地方。我记得你说过小时候住在什么地方。终于，在你七岁那年我赶到了你出车祸的地方。我看到你飞了起来，急忙冲过去想要双手接住你。可是我的手从你的身体穿过，你还是摔出了很远。"

她记得，那次她在落地之前感觉到背后似乎被什么东西隐隐托了一下，才没有摔得很重。

"这时我看到了奇妙的一幕，我看到你像一个瓷娃娃一样破碎，地上散落了许多你的碎片。但是你爬起来时，还是一个完整的你。碎片还在地上，像是你脱下来的壳儿。"他稍稍停顿一下，继续说道，

"就在我目瞪口呆的时候，一个模糊不清的身影来到我身边，对我说，你不是想要时光倒流吗？时间其实和空间一样，不过肉身困在空间里，灵魂却可以穿过时间。你的肉身还在时针逆行的前一刻，灵魂却来到了十九年前。说完那个身影消失了。从那之后，我就一直跟随着你，默默陪伴着你，伴随你长大。但是你不知道我的存在。"

她摇摇头，说道："不，我能感受到你的存在。不知道为什么，每次我觉得孤独的时候，冥冥之中会感觉到温暖，像是身边有一个人陪着我，只是看不见摸不着。我从来没有跟别人提起过，我以为是幻觉，没想到原来是你！这十九年来，你一直都在吗？"

"在的。这十九年我一直在。"

"是不是时间过得很快？像倒流一样快？"她问道。

"不。遇见七岁的你之后，时间恢复了正常，一分一秒都没有错过。我看着你从那时候一路走到现在，就像从一个空间的位置走到另一个位置。"

"所以你给我符纸，要我等三个月，是因为三个月后，才是上次时间逆行开始的起点，对吗？"

他点了点头，说道："你真聪明。"

"那时候，你的手表就不会逆行了，是吗？"

他又点点头。

"然后呢？"她问道。

"不是冤家不聚头。然后……我会在后面的时间里……也一直陪着你。"他笑着说道。

三个月过后，我的表开始顺时针行走。

破相
带关

你只有破了相，她才会不缠着你。

山里很多奇怪的事情发生在惊蛰之后。

猎人北啊在惊蛰那天就遇到了一件怪事。

那天晚上，他出了门准备上山，在半路上碰到了拿着棍子到处敲打的王自达。

当时已经满天星辰，月光铺在路上，如同打了一层霜。

王自达是瞎子，靠着画眉村一位老先生教会了百来句口诀，从此开始给人算命，以此讨些生活费。

北啊见了王自达，打招呼道："王哥，这么晚了还出来做什么？小心跌跤了！"

王自达回道："对我这个瞎子来说，哪有什么早了晚了？棍子能敲到的地方就能走，敲不到的地方不是坎儿就是沟，比眼睛还实在呢，跌不了跤。"

北啊一想，也对。

王自达又问道："北啊，你到哪里去？"

北啊掂了掂手里的猎枪，说道："我去山上碰碰运气。"

王自达掐了掐手指，眉头一皱，说道："今天是惊蛰，山里的东西刚苏醒，不是饿极了，就是渴极了，蛇也是最毒的时候。你过几天再上山吧。"

北啊不以为然，笑道："它们好久没吃东西了，我也好久没有开荤了。我手里有枪，还怕它们不成？"

王自达叹了一口气，说道："山上有些东西，是枪打不死的。"

北啊哈哈大笑："王哥，要是今晚打到了野味，明早我送点到你家里去。"

说完，北啊将猎枪甩到背后，大步向前。

刚进山里，北啊就看到了一只兔子。

北啊抬起枪来，瞄准兔子。

砰——

枪响了，像是炸雷一般。远处山下的村庄惊起了几声狗吠。

那时候农村的夜晚格外安静，孩子的哭声可以传到十里之外，却弄不清到底是孩子做了噩梦哭，还是猫叫春。

山下的人往往将北啊的枪声听成了雷声。

早上起来，若是有人嘀咕说："昨晚明明打雷了，怎么地上不见一点儿雨水？"便另有人说："怕是北啊昨晚上山放了铳。"

北啊的枪是铳枪。

北啊开了一枪，但是兔子跑了。

不但跑了，还跑得飞快，一下子跑到前面的猫骨刺丛里去了。

北啊觉得不对劲。明明打中了，这兔子跑两脚也是垂死挣扎，怎么会跑得这么快，跑得这么远？

难道放了空枪不成？

北啊刚做猎人的时候，偶尔会放空枪。原因是往枪管里塞了火药，但忘了塞子弹。子弹不是一颗一颗的，而是一把一把的，都是小钢珠，打出来如天女散花，小猎物根本跑不掉。

可北啊上山的第一枪不可能放空枪。

上山前他有足够的时间和耐心将火药和小钢珠装够，然后用一根细通条从枪管里捅进去，将火药和小钢珠压实。

忘了塞子弹的情况只有发生在第一枪没打中，手忙脚乱地补第二枪的时候。

不过眼下想不了那么多了，北啊急忙往猫骨刺丛追过去。

北啊最怕猫骨刺。小时候他若是犯了错，他那无情的父亲就会从山上摘下许多猫骨刺铺在打谷机的箱桶里，然后扒去北啊的衣服，用赶牛的鞭子抽他。他疼得打滚，可是一打滚，就滚在了猫骨刺上。被猫骨刺扎的疼与被抽打的疼不一样。抽打的疼是疼在皮上。被猫骨刺扎的疼是疼在骨头里。不仅仅是疼，被扎的地方又痒又胀，好像骨头里生了刺，刺要钻出来。

北啊不明白，为什么父亲要用这种残酷的方式惩罚他。

邻居吴老太太给他涂药的时候悄悄说，他是怨你呢。你没见过你母亲，她可是十里八乡出了名的美人儿，可惜生你的时候难产死了。他是把怨气撒在你身上了。

父亲去世后，北啊每次看到猫骨刺既浑身疼痒，又莫名亲切，就像看到了那个他想要靠近又害怕靠近的父亲。

北啊看到猫骨刺里有一团白色的东西，心想应该是刚刚那只兔子。

他停下脚步，从马甲的前兜里掏火药灌进枪管里，又从腰间的牛皮袋子里掏出一把小钢珠塞进枪管里，然后从背后抽出细长的通条捅进枪管里，将火药和小钢珠压实。

就在他再次举起枪，将准星对着那团白色的时候，他感觉到一只手搭在了他的肩膀上，让他的肩膀一歪，准星错了位。

他吓了一跳，转身一看，原来是个女人。

那女人也背着一杆枪，枪口却插着一枝油菜花，应该是路过油菜花田的时候摘的。

北啊拍了拍胸口，说道："人吓人，吓死人。你能不能先咳一声？"

女人往猫骨刺丛里瞄了瞄，问道："兔子？"

北啊点点头，打量了一下这个女人，面生得很。北啊嗅了嗅，闻到一股酒气。

女人见他吸鼻子，从衣服里掏出一个巴掌大的酒壶来，在他眼前晃了晃。酒壶里发出酒水晃荡的声音。

"第一次打猎。喝点儿酒壮胆。你要不要来一口？"女人问道。

北啊摇摇头："我酒量不好。你是哪里人？我以前怎么没见过你？"

女人眉头一挑，说道："我还没见过你呢。真不喝吗？我这酒好着呢。"说完，女人将酒壶放到嘴边，咕嘟喝了一口。

虽然是晚上，但月光下的山林如白昼一般清晰。北啊看到酒壶口留下了一道血一样的红印子。

山下的女人只有在进洞房那天将红纸放在嘴边含着，染上触目惊心的红。平日里哪个女人若是嘴边落下了红印子，便会被认定是不安分的荡妇，是要被人嚼舌头的。

女人抬起手来，抹了一下嘴边的酒，却把唇红顺着嘴角抹出了一道红印子，像是写毛笔字时不小心带了一笔。

那道毛糙粗心的红印子却给那女子增添了几分妩媚。

"那……给我尝一口吧。"北啊咽了一口口水。

女人将酒壶递给他。

他就着酒壶口的红印子喝了一口。

这一口酒就像一团火，顺着北啊的喉咙进了胃里，又从胃里进了心里。火越来越旺，烧得他浑身发热。他好像被点燃了一样。

他又喝了一口。

天上的星星开始旋转起来。

女人凑到他的耳边，小声道："我这酒是不是烧得很？"

这一带的人不说白酒的度数，只说烧不烧。越烧的，度数越高，喝了之后心里越烧得慌。

北啊口干舌燥："烧，烧得很。"

"要不要凉快一下？"女人的声音更小了，却像飞虫一样扑棱扑棱地钻进北啊的耳朵里，又从耳朵里扑棱扑棱地钻进了脑子里。

"嗯。"北啊身不由己地点点头。

女人贴了上来。

北啊感觉到一阵凉意。

女人抱住了他，他像是掉入了水井里。

"你怎么这么凉？"北啊心里害怕，身上却惬意极了。

"你没听人说女人是水做的吗？"女人的手像蛇一样在北啊的衣服底下穿行。女人的指尖比手更凉，像蛇芯子一样舔舐他的皮肤。

北啊觉察到女人的体温异常，可是女人的体温没有像水一样浇灭他体内的火，反倒像火上浇油，使他体内的火焰越烧越旺。而他就像一个烧得太急的火炉，火焰要从他的嘴里，鼻子里，耳朵里，眼睛里喷出来。

他终于抑制不住了，将女人扑倒在地。

猫骨刺扎透了他的衣服，划伤了他的皮肤，像是抹了辣椒水一样疼。

可是他顾不得那么多了，他像中了枪的野兽一样失去了理智。

女人却不依。

"你要答应我，每天晚上都来这里找我。"女人说道。

"好！"北啊想都没想就答应了。

女人帮他解开了衣服。

他们滚到了猫骨刺丛里。

熟悉的疼胀感袭来，这种感觉让北啊既害怕又迷恋，让他既痛苦又兴奋。

他抬起头看了看夜空的月亮，发现月亮像冰一样在融化，月光像水一样流淌下来，哗哗作响。他听了听四周的虫鸣，发觉夜虫们叫得更欢，有起有落，有高歌有低吟，有起承转合，如同一首宏大而完整的歌剧表演。他感受到迎面而来的山风，山风中似乎有无数的手，有的抚摸他的脸，有的揉捏他的肩。

他觉得这一切都太怪异了。

他低头看了看，他的猎枪放在女人的身边。

他想要拿起猎枪。

女人却抓住了他刚刚触碰到猎枪的手，像是溺水的人抓住了唯一的救命稻草。

他的手指不小心扣在了扳机上。

砰——

枪响了。

他看到枪口喷出的火药正在燃烧，火药中无数小钢珠烧得通红，像流星雨一样从猫骨刺丛中穿过。

"你肯定是碰到刚出洞的蛇精了。它在洞里闷了几个月，饥渴难耐，刚好碰到了你。"王自达听北啊说完奇异的遭遇后，下了这样的结论。

"那怎么办？"北啊惊恐万分。

"你答应她每天晚上都会到那里去？"王自达问道。

北啊点头，脸色煞白。

"那你不去的话，她很可能会来找你。"王自达担忧地说道。

"找我？她又不知道我住在哪里。"

"隔壁村里一个老头上山的时候打过一条蛇，没打死。老头回家后，那条蛇找下山来，钻到老头的被窝里，把老头咬死了。"王自达说道。

北啊也听说过这件事。他学打猎的时候，师父就跟他说，如果碰到了蛇，要么别打它，打了就得打死。不然它迟早会找到打它的人。

"去也不行，不去也不行。这可如何是好？"北啊挠脸抓腮。

王自达想了想，说道："这样吧，这几天你先睡在米缸里。"

"睡米缸里？"

"是的。米缸上粗下细，缸壁滑溜，蛇爬不上去。可保你平安。"王自达说道。

北啊听了王自达的话，当晚没有上山，蜷缩在米缸里睡觉。

到了半夜，睡在米缸里的北啊听到了敲门声。

北啊不敢回应。

敲得久了，吵醒了住在隔壁的吴老太太。

北啊听到吴老太太问话的声音。

"这位姑娘，你找谁啊？"

没有听到姑娘的回应，北啊又听到吴老太太说："他啊！这个时候一般不在家，怕是上山打猎去了。"

第二天，北啊问吴老太太昨晚看到的是谁。

吴老太太说："面生得很，长得倒是挺俊。我问她找谁，她也不说，只是朝你睡的那个房间指了指。"

北啊赶紧又去找王自达求救。

王自达听北啊说完，长叹一口气，说道："这么说来，你只能破相带关了。"

北啊问道："什么叫破相带关？"

王自达说道："这个说法跟破财消灾是一个道理。有的人丢了钱，来找我要我掐算，问去哪里能找回来。我就说，这是破财消灾，你本来要遇到其他的劫难，最后只是丢了一点钱代替了那个劫难。你隔壁吴老太太她儿子去年丢了一笔钱，非要我帮忙找。我只好告诉他，那钱是吴老太太在洗衣池塘边洗衣服的时候忘了把钱从裤兜里掏出来，钱都漂到洗衣池塘南边的浮萍下面去了。他去洗衣池塘的浮萍下面捞，果然都捞了回来。结果呢，没几天他去犁水田，脚被自己的犁刀划了，最后那点钱刚好做了医药费，还受了疼。"

北啊记得，去年吴老太太的儿子确实被犁刀划伤了脚，拄了两个月的拐杖。那时候北啊只觉得一道划伤怎么会这么严重，没想到背后还有这么一回事。

王自达接着说道："你这不是破财可以消灾的。只能破相带关。道理差不多，有的人脸上的痣破了相，或者是受了伤破了相，那其实是抵消了其他难过去的关口。画眉村马老先生的孙女把脸上的痣点了两颗，还要接着点第三颗的时候，马老先生听到消息赶忙找到了她，把她臭骂了一顿。马老先生是懂这个的。他孙女说，这几颗痣不好看，才决定要点掉的。马老先生说，这是给你带关的，点不得。后来他孙女被修路的车撞到，在医院住了好几个月。马老先生说，亏得还有两颗痣没点掉。"

"不然会更严重吗？"北啊问道。

王自达点头道："是啊。不然怕是连小命都保不住了。"

"王哥，你的意思是我要点两颗痣吗？可是我脸上没有痣啊。"北啊摸着自己干干净净的脸说道。

王自达摆摆手："你就是相貌太好了，这事情才难办。"

"什么意思？你怎么知道我相貌好？"北啊一脸迷惑。

"我怎么知道？我当然是听到很多人说你长得好啊。我想，正是因为你长得好，刚好那晚又碰到了，那蛇精才缠着你的。她喜欢的是你这副皮相。所以啊，你只有破了相，她才会不缠着你。"王自达一边说着，一边起身去衣柜那里。他打开衣柜，在里面摸索了一会儿，拿出一把剪刀来。

北啊惊慌道："王哥，你这是要干什么？"

王自达走到北啊面前，说道："我要在你脸上划一道，破掉你的相。她才不会来找你。"

北啊嘴角抽搐起来，说道："这这这……"

王自达将剪刀张开，用手指触碰剪刀的刃，说道："你要是不敢受这个苦，就只能天天在米缸里睡觉了。"

北啊无奈，只好让王自达在他脸上划了一道，破了他的相。

可是当天晚上，那个女人还是找到了北啊家。

北啊以为她不会找来了，没有闩门。

她直接走到了北啊面前，盯着瑟瑟发抖的他看了又看。

"他的脸上没有这道疤。你不是他。"她甚至伸出一个手指来，在北啊脸上的伤口上点了一下。

北啊疼得嘶嘶吸气，却不敢避开。

那手指依然冰凉。

女人收回手指，放到嘴里吮了片刻，然后问北啊："他不在这里吗？"

北啊心想，王自达果然没有骗我！

他摇摇头。

"你知道他去了哪里吗？"她又问道。

他又摇摇头。

她轻叹一口气，转身离去。

从那之后，她再也没有下山来找过他。

一年后，又到了惊蛰那一天，北啊背着猎枪来到画眉村，在他表舅家里吃完晚饭，准备等天黑后上山打猎。

北啊自己家那边由于推行树林改造，山上的树被砍光挖走，全种上了松树，人们都说那是国外松，种几年便可以收割了做木材，卖到全国各地去。原来林子里的飞禽走兽要么暴露踪迹被捉，要么迁徙别处。种满了国外松的山上野生动物几乎绝迹，连只兔子都没有了。

北啊夜行二三十里，能打到一只山鸡都算是走了大运。

于是，他经常去别的村周边打猎。

他脸上的伤疤也完全好了。

北啊的表舅喜欢劝酒，北啊没有办法，吃晚饭的时候喝了两杯。

夜幕降临，北啊出了表舅家，走到画眉村前的洗衣池塘听了听远处山上传来的老鸦叫声，然后往与老鸦声相反方向的山走去。

走到半途，北啊碰到了算命先生王自达曾经多次提到的马老先生。

北啊打了个招呼，问道："马老先生，这么晚了，您出来做什么呀？"

马老先生裤脚挽在膝盖上，腿上青筋暴起。

"我来看看油菜花田里的水。喂，小心踩到牛粪。"马老先生说道。

北啊差点儿踩在一团牛粪上。他赶紧一跃，从牛粪上面跨了过去。

田埂上牛粪不少。白天有牛顺着长满了嫩草的田埂一边吃一边拉。

北啊站稳了，往前一看，隐约看见一块水田里盛开着油菜花。

就在这时，田埂的前方迎面来了一个人。

北啊一见那人，大惊失色！

北啊抓住马老先生的袖子，往马老先生后面躲。

那个迎面而来的人不是别人，正是去年惊蛰晚上遇到的那个女人！

"完了！她怎么找来了？"北啊惊恐万分道。

马老先生回头看了北啊一眼，虽然什么都没有说，但似乎明白了前因后果。

"别怕。我有办法。"马老先生宽慰道。

"你身上带剪刀了吗？要破我的相吗？"北啊不相信马老先生出门的时候会随身带一把剪刀。

马老先生皱眉道："带剪刀做什么？"

不等北啊回答，马老先生俯下身去，在田埂上捡起一颗黄豆大小的牛粪，将牛粪摁在了北啊的脸上。

那个女人走近来，看到了马老先生背后的北啊，脸上掠过一丝惊讶。

"你跟他好像。但是他脸上没有这么大一颗痣。"女人不无遗憾地说道。

北啊顿时明白了马老先生的用意。

女人叹息一声，扭动腰肢，绕过他们两人，往洗衣池塘的方向去了。

从那之后，北啊明白了王自达跟马老先生之间的差距。

叫花子的坟

猫山一死，那个地方就成了凶地，所以连累了家人。

1

大概是二十年前，属于方家人的山上忽然多了一座坟墓。那坟墓修得富丽堂皇，其引人注目的程度超过两百多户方家庄活人住的房子。

那时候方家庄还没有人修院子，即使有，也是竹编篱笆或者木栅栏。

但是那座坟墓四周修了院墙，刷了白色的石灰，盖了青色的瓦。

那时候方家庄方圆百里，谁家也没有在门前立石狮子。

但是那座坟墓前面一条长长的水泥路两侧立了一对石头狮子，狮子抹了金粉，像是金狮子。

奇怪的是埋在那座坟墓里的，却不是姓方的人，也不是方家的媳妇。

那是一个外乡人的坟墓。

若要问那个外乡人叫什么名字，方家庄没有一个人答得上来。

别说二十年前了，就是如今的乡下，要在一个村里埋下异乡人，那也是村里人非常忌讳的。

何况村里的每一寸土地都有所属，谁会同意在自己的土地上埋一个不认识的人？

方家庄的人虽然不知道那个人的名字，但是大多听说过那个人的故事。

那个人是个叫花子。

叫花子是在以前闹饥荒的时候来到这里的。

上了年纪的人大多还记得他操着外地口音挨家挨户讨饭的情景。可是那时候家家户户米缸早见了底，即使有米，也不敢直接煮了吃，大多和平时喂猪的糠拌在一起煮，虽然艰涩难咽，不易消化，但这样吃得久一点，也更扛饿。

人人自顾不暇，哪里有多余的同情心去可怜别人？

因此，他常常空碗来，空碗去。

即使如此，他若是在水塘边看到翻了肚白的死鱼，跳进水里捞起来，也要用随时携带的钝刀子切成好几块，分好几份送到家里有小孩的人家打汤。

他若是在山上看到可以吃的野果子，便钻到刺丛里摘下来，捧着送到村里，给那些饿得两眼跟老鼠一样发光的孩子吃。

人们渐渐发现他的善良，被他感动，问起了他的来历。

他用不太利索的本地方言说，他从山东一路要饭到这里来的。他家里那边也闹严重的饥荒，为了省点口粮给妻子和孩子，自己没带一点吃的就出来要饭了。没想到湖南这边也闹饥荒，人人没有吃的。现在想回去了，可是感觉体力不够，又快到冬天了，路不好走，只好在这里停留，等来年春天再回去。

本地人问，那你住哪里？

他说，我在旁边的山上住。

有人邀请他到自己家里住。

他不想叨扰别人，死活不去。山上有个废弃的牛棚，他在地上铺了一些稻草，晚上睡在上面。

那年头各种物资都匮乏。后来延续至今的婚嫁习俗是女方一定要陪嫁几床棉被，是因为那时候棉被都属于特别珍贵的物资。过年能置办一件新衣服，那都是富贵人家。

虽然如此，还是有好心人送了一件破棉袄到牛棚去。

他还是不肯接受，将破棉袄还了回去。

因此，虽然他天天来村里讨吃的，倒没有人嫌弃他。

那年冬天下了一场很大的雪，雪齐膝盖。

他没有像往常那样到村里来要饭。

有人就说："怕是冻死了吧？"

那时候山上可没有一根多余的干草和树枝，若是路上有一根晒干了的松针或者茅草，都会被人捡回去。树上的树枝只要不是青色的，烧起来不会冒烟熏眼，都会被绑在竹竿上的镰刀割了去。

没有煤气和电器灶的年代里，烧火柴也是稀缺资源。

几人寻到了山上，发现牛棚被雪压塌了，他被压在里面，不知道是被压死的，还是冻死，亦或是饿死的。

虽然外乡人没有埋在本地的先例，但是几个好心人不忍看着他抛尸荒野。

可是究竟埋在哪里，几个人没有了主意。

旁边都是雪，也不知道哪里适合挖坑。

这时，一人想起上山的路上看到了一块没有雪的坑，大小差不多刚好能容一个人。

几人过去一看，果不其然。整座山几乎被雪覆盖，偏偏那个坑里没有一片雪。雪花从天而降，坑里隐约可见的热气蒸腾而上，雪花和热气在半空中相遇，雪花融化成雨水，滴落在潮湿的坑里。

"这里蛮好。"一人从坑上跳了过去，借此丈量了一下宽度。

于是，几人下山去，带来草席和锄头，将他用草席卷了，埋在那个没有雪的坑里，一块牛棚里拆下来的木板插在旁边。本来想写个某某之墓，可是几人都不知道他姓甚名谁，也没有带毛笔和墨水来，干脆什么都没有写。

转眼之间十多年过去了。

除了当年那几个人偶尔从那个插了木板的地方经过时提一句"怎么不见他的亲人来寻他"之外，没有人再提起这件往事。

2

忽然有一天，好几辆小轿车停在了那座山的山脚下。一群西装革履气度不凡的人站在山下，对着那座山指指点点。

本地有位老人上前一问，得知他们是来找当年流落至此的叫花子的。

"都十几年了，以前怎么不见你们来找他呢？"老人就是其中一个当年埋那叫花子的人。

找来的人说，以前家里穷得叮当响，自己的肚子都顾不上，哪里能来找他？但是不久之后，他们整个家族突然兴旺了起来，做什么生意都赚钱，读书的都考上了好大学，出来后都做了官，官越做越大。现在他们家族在当地很有势力，于是想建一个像样的祠堂。建祠堂的话，要先弄清楚先人都是谁，做了什么事，这才想起了当年离家出走的先辈。这一找，便一路打听当年的消息找到了这里。

这件事情很快就传开了。

家族突然旺盛，自然会联想到祖坟的风水好。

于是有个学过风水的人说了，当年不过是随便找了个坑，怎么可能风水好？埋的时候什么礼节都没有讲究，年年没有人祭拜，连当作墓碑的木板都没几年就烂了，怎么会让家族旺盛？

一位老先生说，埋叫花子的那座山是一座猫形的山，猫又形似虎，大雪降临时便成了"左青龙右白虎"的白虎，是块风水宝地。更甚者，那个坑之所以遇雪即化，是因为那是猫的鼻子，虎的呼吸口，是风水宝地上的风水宝地。叫花子埋在这里，对晚辈有利，所以晚辈们突然大富大贵。

叫花子的富贵亲人们听了，非常高兴，说要在这里大兴土木，把他们祖先的坟地修得风风光光！

这下本地的方家人不干了。

这里的山是属于方家人的，当年见叫花子可怜，埋了也就埋了。可是一个外姓人要在这里大兴土木把坟地修得压过本地人一头，这是方家人不能接受的。

方家人给出了两个办法，一、叫花子还是埋在这里，一切如以前一样；二、要大修祖坟的话，必须迁坟回去修。

叫花子的亲人不同意。他们要占着这块好地方，也要让来往的人看到坟地就心生敬意。

两方都寸步不让。

很快，两方发生了激烈的争吵打斗。

冲动的方家人失手打伤了对方几个人。

叫花子的亲人通过各种手段，找了一些闹事的名义，抓了几个方家的人。

原本铁板一块的方家人顿时土崩瓦解，求对方高抬贵手。

等方家人都在拟定的协议上签了字按了手印之后，被抓的人放了回来。

方家人这才明白过来，原来这一切早在对方计算之中。

被打伤的人都是对方花钱从别的地方请来助阵的。

叫花子的亲人们如愿以偿，将山上弯弯曲曲的羊肠小道开拓成笔直大道，大卡车将道路轧得泥水四溅。一车又一车的石头和水泥倾泻下来。许多野树杂草被挖走拔光，换来了名贵树木花草。

前前后后大约花了半年时间，一座类似庄园的坟墓落成。

但凡有人从方家庄经过，无不被这座坟墓惊讶到，无不感叹它的大气奢华。山下方家庄所有的房屋都为之黯然失色。

二十年前的方家庄以那座坟墓出了名。若是遇到不熟悉方家庄的人，便说"那个山上有座偌大的坟墓的地方"，知道的便顿时知道了，不知道的怎么说也不知道。

坟墓修好后的第一个清明节，人人上山祭拜，放炮烧纸。

可是那座庄园一般的坟墓没有人来祭拜，冷冷清清。

好奇的人一打听，原来这座坟墓修好后不久，那个家族的人突然接连出现意外，当官的被抓，做生意的大亏，平时健健康康的忽然生了病，平时和和睦睦的忽然吵了架，平时头脑聪明的忽然发了疯。一个声势煊赫的家族在短短几个月里分崩离析，土崩瓦解。

那个家族的人想不通为什么突然这样。

一位老先生说，坟墓修得太大太风光，用的又是水泥红砖，都是不透气的，把猫山的鼻子给堵死了。猫山一死，那个地方就成了凶地，所以连累了家人。

离方家庄十多里的画眉村另有一位老先生说，那座山说不上好或坏，叫花子当年与人为善，虽不能给自己带来好运，却能给身边人带来好运。叫花子的后人嚣张跋扈，不但给身边人带来厄运，也会给自己带来厄运。

吐
人

书生张口一吐，吐出一个年方十五六的女子。

西边的太阳已经落在了山坳里，背着鹅笼的许彦还走在林间小道上。

鹅笼里那两只大鹅好像是被颠得晕了，又好像是犯了困，这阵子安安静静的，不叫一声。

他担心上了卖鹅人的当，说不定这两只大鹅可能要死了，才贱价卖给他的。

因此，他走一会儿就扭头往背后看一看，生怕鹅脖子耷拉下去。

偶尔他故意跳两下，大鹅被颠得拍翅膀，"鹅鹅鹅"地叫几声，他才稍稍放心。

这时，前面的路边出现了一个书生，年纪大约十七八岁。书生躺在路旁，揉着脚踝。

见许彦过来了，书生急忙站了起来，拦住了他。

"小哥，我走路走得脚疼了，能不能让我进你的笼子里，辛苦你捎我一段？"书生央求道。

许彦心想，这不是逗我吗？且不说我背不背得起，这笼子是装鹅的，他哪里钻得进来？既然是逗我，那我也逗逗他，偏偏答应捎他一段，看他怎么办。

"好啊。"许彦点头答应了，将背后的鹅笼取下，放在路旁。

书生作势要往鹅笼里钻。

许彦不以为意，抬头看了看天色。

接着，许彦听到书生说："好了，辛苦你啦！"

许彦低头一看，那书生竟然已经蜷缩在鹅笼里了！鹅笼没有变大一点，书生也没有变小一些。书生将两只大鹅抱在怀里。大鹅依然安安静静的，没有受惊。

既然已经答应了，许彦不好反悔，只好将鹅笼重新背了起来。

奇怪的是，鹅笼好像没有重多少，背起来并没有比刚才吃力。

"我平时吃得少，所以轻。"书生似乎猜到了他的心思，不问自答。

许彦疑虑重重地问道："你在哪个学堂读书？"

书生回答说："绥安。"

许彦又问："可有功名？"

书生说："这不是去考功名吗？俗话说，读万卷书，行万里路。万卷书读得差不多了，行万里路没想到这么难。"

书生问许彦是做什么的。

许彦说："区区村民而已。以前也想过考功名，进过学堂，可惜不是这块料。"

书生又问："你买鹅作甚？"

许彦说："买鹅还能作甚？喂谷生蛋呗。"

两人瞎聊了一会儿，书生问道："你累不累？"

许彦说："是有一点儿。"

书生说："你在前面那棵大树底下停一停，我给你摆酒设宴，以示感谢。"

许彦心想，这书生身无一物，怎么给我摆酒设宴？怕是平时爱面子又爱夸海口。

不过许彦本没指望书生感谢他，随口答道："好。"

到了大树底下，许彦放下鹅笼。

书生从鹅笼里钻了出来，拍了拍身上的衣裳。

许彦提起鹅笼要走。

书生拉住他："哎，说好了摆酒设宴感谢你的，你怎么就要走？"

"天色已晚，我还有好长的路要走。"许彦不想揭他的短。

书生不依，指着天上说："你看，今晚月色尚好，不饮酒的话可惜了这良辰美景！"

说完，书生张口一吐，居然吐出一个铜盒子。书生将铜盒子放在地上，打开盒子的盖。

铜盒子里面居然有酒有菜，香气扑鼻。

书生彬彬有礼道："请！"

许彦走了这么久的路，肚子确实有点儿饿了。平时他也好喝一点儿小酒，此时闻到诱人的酒香，脚步已然挪不动了。

"恭敬不如从命。"他客套了一句，在树底坐了下来。

书生拎起酒壶，倒满了一杯，递给许彦。

书生给自己也倒了一杯，举起酒杯，对着天上的明月，说道："来，让我们举杯邀明月。"

许彦应邀举杯。

两人吃菜饮酒，好不自在。

三杯酒下了肚，书生有了些许醉意，身子左右晃动，眼神开始迷离。

书生摇摇晃晃道："漫漫旅途孤苦无聊，我都是带着一个女子相依作伴的。我想叫她跟我们一起吃点儿，不知道小哥介不介意？"

许彦心想，这一路也没见着其他的人啊？莫非是说酒话不成？不过，这好菜好酒都是你的，我怎么能介意？

"好。"许彦点头道。

书生张口一吐，吐出一个年方十五六的女子。

女子身着绫罗绸缎，眉眼含笑，落落大方。

女子在书生身边坐下，一同饮酒吃菜。

书生心情畅快，连饮几杯，不一会儿就醉倒在树底下。

许彦单独面对女子，有些不自在。

女子说道："两人饮酒确实难尽兴。我暂且再叫一个人来。不过他醒来后，你不要告诉他。我虽然跟了他多年，但是心底里并不是十分欢喜。他是个书呆子，对诗书最为钟情，不懂人间烟火。除了吃饭喝酒，我们常常相对无言。因此，我有时候和这个人谈天说地，无所不至。"

许彦也有了几分醉意，点头说："好。"

女子以手掩嘴，低头轻轻一吐，一个年纪二十出头的俊俏男人出现在铜盒子旁边。

男人看到铜盒子里的酒，急忙倒了一杯。

男人提议道："你们这样干喝无聊，不如行酒令吧？"

于是，三人行酒令助兴。

也许是行酒令的声音吵到了书生，书生在树底下翻了个身，嘴里呓语不断。

女子站了起来，说道："他要睡醒了，我去陪陪他。你们接着玩吧。"

说完，女子吐出一个水墨屏风，遮住书生，然后自己过去陪书生了。

男人看了看屏风，听了听屏风后面的动静，然后对许彦说："她是个有情有义的人。可是她没有办法一直陪着我。我再叫个人来一起行酒令吧。不过你要替我保密。天知地知，你知我知。"

这时候许彦也有点喝多了。他看了看天，明晃晃的月亮挂在大树上。他看了看地，人的影子被拉得出奇地长。

"好。"许彦说道。

男人背过身去，吐出一个女子。女子与男人年纪相近。

三人又开始行酒令，相谈甚欢。

不知过了多久，铜盒子里的酒喝得差不多了，菜也快吃完了，屏风后面响起了书生迷迷糊糊的声音。

"我是不是喝多了？"

接着书生打了一个长长的哈欠。

男人小声道："他们两人已经睡醒了。"说完，男人将嘴张得很大，将女子吞回口中。

不一会儿，先前那个女子从屏风后面绕了出来。

"他要起来了。"女子说完，先后将男人和水墨屏风吞进了口中。

许彦又单独与女子对坐了。

女子朝他笑了笑，依然落落大方。

许彦也笑了笑，点头示意。

两人沉默着，不言不语。

草丛里的虫鸣声让人昏昏欲睡。

书生从树底下爬了起来。

"不好意思！我酒量不好，又贪杯，一不小心喝多了。让你单独坐着，很无聊吧？"书生在铜盒子旁坐下。

许彦道："还好。还好。多谢款待！"

"哪里！哪里！现在天晚了，我的脚也不疼了，应当与你告别啦。"书生拱手道。

女子听了，立即开始收拾铜盒子里的残羹冷炙。收拾完毕，将铜盒子盖上。

书生从铜盒子里拿出酒壶，摇了摇，酒壶里有酒水晃荡的声音。

书生将女子和铜盒子吞进口中。

许彦也将鹅笼重新背起。

"相遇就是缘分，这个酒壶送给你吧。"书生将酒壶递给许彦。

"那个……"许彦欲言又止。

书生拍了拍许彦身后的鹅笼，将酒壶塞到他的手里，然后说道："后会有期。"

两人告别后，许彦独自赶路。

许彦一到家就闷头大睡。

第二天醒来，许彦回想昨晚的事情，觉得像是做了一个梦。

他嗅了嗅，身上的酒气还没有散去。不像是梦。

床边的桌子上放着昨晚喝过酒的酒壶。

他拿起酒壶看了又看。

酒壶底有铭文，写的是"大汉永平三年制"。

他估摸着算了算，这酒壶是五百年前的。

窗外鹅的叫声传来，一声比一声高。

本文根据古代志异小说集《续齐谐记》略加改编

有三
幸生

三生石上旧精魂，赏月吟风不要论。

洛阳城北的惠林寺里有两个奇人。

一个是李源。

李源以前是个沉迷于饮酒作乐，热衷于寻花问柳的浪荡公子。他的父亲本是镇守一方的太守。只因贼子叛乱，他的父亲被贼人包围，力战而死。

李源伤心至极，万念俱灰，于是将家中产业施舍给了洛阳城北的惠林寺，其中包括他父亲的宅院。

他遣散了府中所有仆人，每天跟着寺庙里的僧人们一起吃饭念佛睡觉，几乎断绝了外界联系，过着不是僧人胜似僧人的生活。以前跟着他寻欢作乐的人都叫他"败家子"。

另一个是圆观。

圆观是惠林寺的和尚，可是他特别喜欢俗世的田园生活，春种秋耕，勤勤恳恳。他也喜欢音律，时常抚琴吹笛，怡然自得。不仅如此，他平时还喜欢做点儿小生意，放下经书便拿起算盘，拨得噼里啪啦响，因此攒下了不少钱财。洛阳城的人都叫他"富和尚"。

"败家子"和"富和尚"似乎走的是两条截然相反的人生路。

可是他们两人一见如故，互相视为知音。

两人坐在一起，就有说不完的话，聊不完的天。他们常常聊得忘记时间，从晚上聊到东方既白，要不是第二天要去大雄宝殿上早课，他们还会聊下去。

他们这样亲密的关系引来了不少流言蜚语。有些人怀疑他们两人关系不当，恐怕是有断袖之嫌。有的只是背地里说，有的当面冷嘲热讽。

佛门本是清净之地，传出这种话来，一般人便如万箭穿心，备受煎熬。

可是李源和圆观都懒得理会，也不辩解，依然常常点灯夜谈，同席而眠。

不在一起的时候，李源依然过着与世隔绝的清净生活。圆观依然计算着铜钱白银的进进出出，比世俗的人过得还要世俗。

如此三十年后，李源想要出远门走一走，顺便访仙山，寻仙人，挖仙草，最后去四川的青城山、峨眉山看一看再回来。

他将出游的想法告诉圆观。

圆观十分赞同。

"我本是到处挂单、没有定处的云游僧，因为你而在这里驻足了三十年。你既然有这个想法，我便跟你一起去吧。"圆观说道。

李源大喜，说道："我说给你听，就是想邀你一起去云游。你看，我把路线都想好了。我们先南下荆州，乘船逆流而上，看沿途风景，攀两岸名山，登高处楼台，过三峡，抵四川。你看如何？"

说着，李源拿出预备好的地图在圆观面前徐徐展开，一一指出预想的路线。

圆观看了看地图，脸色一暗，说道："我觉得吧，南下不如西行。我们先去西边的长安，然后过斜谷，再往南，最后到四川去。"

李源摇摇头："不如南下的好。"

圆观皱皱眉："不如西行的好。"

三十年来，他们两人第一次因为一件事情而争执不下。谁也不肯退让半分。

这一争执，出游计划便耽搁了半年时间。

除了这一件事，他们两人依然亲密无间，无话不谈，常常通宵达旦。

有一天，李源又和圆观提起了云游的计划。

李源幽幽道："我已经断绝了尘世间的事情，可我的父亲是在长安城被贼人杀害的，我若是去了，睹物思情，不免伤心。你替我想想，可以吗？"

圆观说："走哪条路本来就由不得自己。既然这样，我听你的，先南下荆州，从三峡走吧。"

李源喜出望外。

几天后，李源和圆观离开寺庙，从洛阳启程，南下荆州。

到了荆州，他们乘船沿着长江逆流而上。

船开到了南浦的维舟山下，李源看到江边有几个衣着鲜丽的女人背着瓦罐在打水。女人身边鲜花盛放，身后山崖巍峨，美不胜收！

李源正要叫圆观看江边风景，却看见圆观泪眼婆娑，悲戚难当。

"你哭什么？"李源惊讶地问道。

圆观以袖拭泪，哭道："我不愿意走这条路线，就是不想看见江边的那个女人啊！"

李源不解，问道："我们乘船而来，一路上见了不少这样的女人啊。"

圆观望着江边说道：“你看见那个肚子挺起来的孕妇没有？”

“看到了，怎么啦？”李源看到打水的女人里面确实有一个大肚子的女人。

“那个女人姓王，是我的托生之所，是我来世的母亲。”圆观泪水不断。

“你……你不是还活着吗？她怎么会是你来世的母亲？”李源迷惑道。

“这三年里，她怀孕多次都没能顺利产子，就是因为我还没死。现在见到她了，我就命不久矣。”圆观说道。

“怎么没见到就没事，见到就不行呢？”李源知道圆观不是在开玩笑，顿时焦急起来。

“世间人与人相遇，都是讲缘分的。很多人不相遇便相安无事，遇到了便因缘而生果。”

李源手足无措，既后悔自己的坚持，又埋怨圆观的妥协。

“你怎么不早跟我说啊？你要是告诉我会这样，我就听你的西行走长安过斜谷了！”李源顿足道。

圆观含泪微笑道：“命中注定，你我又何必执着？你帮我找到那个姓王的女子，告诉她先找一条枯鱼放生。”

“枯了的鱼怎么放生？”

“枯鱼不是干枯的鱼，是处于困境中的鱼。在江边的小水坑里找一找，应该能找到一条。这放生呢，不能从市场买鱼来放生。买鱼的话，会让市场里的人去捉更多的鱼，不但没有行善，反倒助了恶。放生之后，你帮我告诉她该贴什么符，该念什么咒，可以保她这几天内平安生子。待会儿船家靠了岸，你把我的肉身埋在维舟山下吧。

三天之后，你去找那个姓王的女子，常言道三岁娃儿记得千年事，寻常人都是学会说话之后才忘记以前的事情，要是那孩子见了你就笑，说明我还记得你。你不要悲伤，等到十二年后的中秋，你去杭州的天竺寺。那天晚上会有月亮，到那时候，我们还会见面。"

李源知道事情已经无可挽回，哭得稀里哗啦。

圆观让船家靠了岸，李源找到那个女子，问那个女子是不是这三年生产不顺。

那女子惊讶不已，说："确实如此。"

李源告诉女子，回去之后如此这般，这几天内便会顺利生下孩子。

女子高兴地回去了。

不一会儿，女子一家来到了江边，众人在江边找到一条困在水坑里的鱼，放生到了江水里。

李源走了过去，给了女子朱砂符，又教她怎么念咒。

而圆观打好了沐浴的水，沐浴更衣，换了一身新衣服。

当天晚上，圆观安详西去。

也是在当天晚上，那女子顺利产下一子。

三天之后，李源去了那女子家。

襁褓里的孩子看到李源，果然笑了起来，似乎要跟他说话，却因为还没有学会说话，张嘴只能咿咿呀呀。

李源忍不住落泪。

女子见李源落泪，觉得奇怪，问其缘由。

李源将圆观的事情告诉了她。

"原来是我孩子的前身！"女子非常惊讶。

她急忙叫了家里人来，一定要出钱厚葬圆观。

圆观已故，李源没有了游玩的心情，埋葬圆观之后的第二天掉转船头，回了惠林寺。

回到寺庙后，圆观的徒弟告诉李源，圆观出发前已经散尽钱财。

李源这才明白，原来圆观早就知道这一趟是有去无回，因为不忍李源经过长安想起伤心事而迁就了他。

时光荏苒。

十二年说长也长，说短也短。

对于李源来说，等待的时间无比漫长，可是十二年一过，又恍然如昨，似乎昨晚还跟圆观聊了一夜，还不尽兴。去圆观以前住的房间走一圈，昔人不再，又怅然若失。

离中秋还有些时日，李源就赶到了杭州的天竺寺，生怕错过约定的时间。

中秋那天，杭州下起了小雨。

李源心想，莫非圆观算错了？这雨水下起来，晚上恐怕是见不到月亮了。如果没有月亮，他是不是也不会出现？

李源担忧了没多久，雨停了，天气转晴。

到了晚上，月色明朗，月光铺满了天竺寺和周围的山川。

李源到处寻找圆观，可是不见踪影。

李源心想，圆观说过，人在学会说话之后便将以前的事情忘记了，他刚出生时记得我，现在十二年过去了，他未必还记得。

这么一想，李源无比失落。

就在这时，李源听到悠扬的歌声从葛洪州那边传了过来。细细一听，唱的是《竹枝词》。

李源驻足倾听，如痴如醉。

歌声越来越近。

不一会儿，一头水牛出现了，一个牧童坐在牛背上。牧童身穿短衣，头上绾着两个发髻，眉目之间有几分圆观生前的样子。

李源确定牧童就是他，走近前去，忐忑试探道："多年不见，别来无恙？"

牧童拽着牛绳，让牛后退了一步。

牧童道："多谢挂念，还好还好。没想到你还真在这里等我。不过你我的缘分在前世，不在今生。我们不能再像以前那样亲近了。"

李源难过道："若是不认识不记得，也就罢了。可是你记得我，我知道你，为什么我们不能像从前那样？"

牧童目光柔和，敲了敲牛角，说道："以前便是以前，如今便是如今。前世便是前世，今生便是今生。前世千百次回眸，才有今生擦肩而过。百年修得同船渡，千年修得共枕眠。前世的缘分到了今生，大多消解殆尽。今生纵然再亲再爱，来世相逢也可能形同陌路。你看，有的人初次见面，便说，久仰久仰，今日得见，三生有幸。原来三生的幸运和缘分，也就换来一面之缘。我今晚与你相约见一面，已然超出了今生的缘分。我们现在属于不同的世界，在不同的道路上。奈何想起从前种种，实在不忍心不见。但是从此缘尽，我们以后无法再见面了。"

李源不知道该怎么接话，只是呆呆地看着牧童，泪流满面，无语凝噎。

李源知道，牧童敲牛角是暗示他不要钻牛角尖了。

牧童说完，又唱起了《竹枝词》。

水牛重新迈开蹄子，缓缓前行。

歌声响彻山间。

水牛走到天竺寺门前时，牧童唱道："三生石上旧精魂，赏月吟风不要论。惭愧情人远相访，此身虽异性常存。"

走过寺门后，牧童又唱道："身前身后事茫茫，欲话因缘恐断肠。吴越山川游已遍，却回烟棹上瞿塘。"

李源回过神来时，牧童已经不见了。

歌声隐约可闻，细听时却又消失了。

根据唐代《甘泽谣》中《圆观》篇改编

绩女

织布机上的梭子来来回回，如同一条在水中惊动逃窜的鱼。

一天晚上，月光如水。

寡妇媪婆借着月光脚蹬织布机，想要赶出一匹布来，明天去集市上卖了，换些明天下锅的米和一支照明的蜡烛回来。

织布机上的梭子来来回回，如同一条在水中惊动逃窜的鱼。

这时候，一个少女推门而入，门轴发出吱呀吱呀的叫声。

少女问道："奶奶，这么晚了您还在辛苦劳作吗？"

媪婆看了看，那少女年纪在十八九岁，面容俊美却陌生。再看少女身上的漂亮衣裳，常年织布的媪婆认出那是价格昂贵的布，不是寻常人家买得起的。

"你是谁呀？"媪婆离开织布机，凑近前去，想要看得清楚一些。

少女笑道："奶奶不用知道我是谁。我看您一个人住，孤苦伶仃，所以来给您做个伴儿。"

媪婆心想，该不是权贵人家里逃出来的姬妾吧？要是人家找上门来，怪罪于我，那岂不是惹祸上身？

少女似乎看透了媪婆的担忧，接着说道："奶奶您别害怕。我也是孤苦伶仃一个人生活，跟您一样。我见您虽然日子过得紧巴巴，但安分守己，又非常爱干净，家里一尘不染，所以来打扰您。我们若是一起生活，您有个照应，我也免得孤单，咱们两全其美。您说是不是？"

这话说到了媪婆的心坎儿上。

自从老伴去世之后，她确实太寂寞了。她也曾羡慕别的老人有女儿或者孙女陪伴，可惜自己没有半儿一女的命。

可是这个少女来历不明，让她有些犹豫。

少女见媪婆不说话，竟然绕开媪婆，坐在了织布机旁，脚一蹬，安安静静的梭子被惊动，如鱼一样在水一样的月光中穿梭。

少女织布的手法熟练，技艺远在媪婆之上。

这让媪婆吃了一惊。媪婆织布几十年，竟然不如这个十八九岁的少女。

少女一边织布一边说道："奶奶您别担心，我不会白吃白喝您的，我会织布，还会做饭洗衣。我织出来的布，您明天去集市上比较一下，可以卖出比往日多好几倍的价钱。"

媪婆见了少女织布的手艺，又听了她这么说，点了点头，说："好吧。"

少女织布到了夜深，终于织好了一匹布。

媪婆摸了摸布，经纬整齐细腻，确实是上等的布。

少女有些累了，捶着腰说道："我带了枕头和被子来，就放在门外。您出去解手的时候麻烦帮我提进来。"

媪婆出门去，果然看到门外有一个布包裹。

媪婆将包裹提了进来。

少女解开包裹，从中拿出衣物和被子，放到了床上。

媪婆纵然织布多年，可是看不出少女的衣物和被子到底是用什么材料做的，又香又丝滑。

床是双人床。少女将被子对折，铺在床的半边，然后放上枕头。还有半边留给媪婆睡觉。

媪婆也铺好床被，先躺了上去。

等媪婆躺好，少女脱去外衣，睡在旁边。

媪婆闻到少女身上的体香，仿佛睡在香花盛放的春天里。

媪婆禁不住暗想，没想到今晚会遇到这样一位年少佳人，可惜呀可惜，可惜我不是男儿身！

旁边的少女笑了起来。

"奶奶，您都七十多了，怎么还胡思乱想？"少女在枕边说道。

媪婆脸一热，连忙否认："我没有乱想。"

少女咯咯地笑，说道："既然没有乱想，为什么您恨不得自己是男儿身？"

媪婆见自己的心思被她看透，知道她不是寻常人，恐怕是狐狸变的。

媪婆心生恐惧。

少女笑得更厉害，说道："您想变成男儿身，是何居心？您既然有这个大胆的想法，又为什么怕我呢？"

媪婆见少女看出她的恐惧，于是更加害怕，浑身颤抖。

床也跟着微微颤动。

少女坐了起来，说道："哎哟，您的胆子这么小，还想做男人的春梦？实话告诉你吧，我确实是狐仙。不过您不用害怕。我不是来祸害你的，我真的是来找个伴儿。但是您一定一定不要跟别人说。从此以后，我可以保证您衣食无忧，再也不会像以前那样辛苦了。"

媪婆这才舒缓下来，安心睡觉。

第二天早上，媪婆早早地起来了。

媪婆见少女醒了，急忙跪在床边。

少女伸出手臂，将她挽了起来。

"您大可不必这样。我们从今往后相依相伴，跟家人一样。"少女安慰道。

媪婆被少女挽着，与她肌肤接触的地方软绵温热，又见少女的手臂白皙如玉，香气袭人，一时之间方寸大乱，禁不住又浮想联翩，恨不能顺势爬上床，与少女滚在一起。

少女急忙将手臂抽了回去，取笑媪婆道："嘻嘻！你这个不要脸的婆子！昨晚不是吓破了胆吗？现在怎么又起了色心？您要是一个男的，恐怕会为情而死！"

媪婆狠狠吸了两口香气，说道："要是我变成了男的，恐怕今天晚上不得就死了！"

少女笑得花枝乱颤。

从那以后，媪婆和少女两人关系融洽，共同织布，相依为命。

少女用棉花搓成的线匀称光滑，用线织成的布堪比绫罗绸缎。媪婆拿到集市上卖，能卖出比平时高三四倍的价。

媪婆出门的时候，就锁上门。要是有人来找她，她就在别的房间与人见面，避开织布的那个房间。

如此半年，没有人知道媪婆家里还有一个伴儿。

时间一久，媪婆的戒备心渐渐放松了。有一次和几个走得比较亲近的姐妹聊天时，姐妹问媪婆："你怎么这半年来不见显老，反倒愈发容光焕发？"

媪婆虚荣心作祟，忍不住说出了少女在家里帮忙织布的事情。

姐妹不信。

媪婆又炫耀说："不仅仅织布，家里一切事务都有她打理。我倒落得个清闲自在。"

姐妹说道："真是令人羡慕。不过从来不见她出门，是不是长得太丑，不敢见人？"

媪婆说："那你就猜错了！"

接着，媪婆又将少女的容貌身材夸耀了一番。

"别看我现如今七十多岁了，每天晚上跟这样的美人儿睡在一起，都忍不住生出男人才有的念想！你们想想吧，能让我这个老婆子想入非非，她该有多好看？"媪婆说道。

这么一说，姐妹都求媪婆让她们见一见家里的织布少女。

媪婆摆手道："跟你们说一说无妨，但是不能让你们见。我答应过要为她保守秘密。"

媪婆见完姐妹，回到家里，见少女正在收拾带来的衣物和被子。

"你这是做什么？"媪婆问道。

"您把我的事情告诉了外人，我不能在这里住了。"少女抹泪道。

媪婆顿时后悔自己失言了。

"是我不对！实在抱歉！从今以后，我再也不跟外面的人瞎说了！"媪婆自责道。

少女不听。媪婆跪了下来，抱住少女的脚，求少女原谅。

少女急忙搀她起来，说道："我知道您是跟往日里熟悉的姐妹说了，这也没有什么大不了的。我担心的是，一传十，十传百，恐怕那些有非分之想的男子听到了，会来骚扰，那就没了安宁之日。"

媪婆见少女谅解了她，说道："是呀是呀。我也担心。今天见的这几个姐妹没有什么坏心思。不过她们听我说了你之后，都想见见你。有的姐妹说，我若不答应，以后就不要来往了。你能不能跟她们见一见？你若是不答应，我就跪在这里不起来。"

少女无奈，只好答应。

过了一天，媪婆的家门前排起了长队，有老太太，有小媳妇，有大姑娘。她们每个人手里都捧着香，像是去庙里拜菩萨一样。

原来媪婆的姐妹知道少女答应见面之后，将亲朋好友里面的女眷都拉来了。她们都想见一见这个会织布的狐仙，希望狐仙能让她们的织布技艺大为提升，能给她们带来好运。

少女见状，十分厌烦。不论进来见她的女人身份高贵还是低贱，她都不跟人说一句话。

少女默默地端坐着，无动于衷，任人朝拜。

见过少女的人都惊讶于她的美貌，啧啧称赞。

很快，这件事传开了。

方圆几十里不少男子听人说起织布少女的美貌，神魂颠倒，想要一睹芳容。媪婆全部拒绝了。

县城里有个名叫费生的书生，家财丰厚，小有名气。他卖掉所有家产，将换来的钱全部给了媪婆，只求媪婆让他与织布少女见一面。

媪婆从来没有见过这么多的钱，终于经不住诱惑，答应了他。

少女知道了，责备媪婆说："你这不是把我卖了吗？"

媪婆扑在地上，磕头求情。

少女无奈道："你贪图钱财，我因为他的痴情而感动，可以见一见。"

媪婆大喜。

少女又道："不过我们之间的缘分已尽。"

媪婆又扑地磕头。

少女不再搀扶她，淡淡说道："你让他明天来吧。"

费生得知少女答应见他，高兴得几乎发狂。

第二天，费生带着香和红烛去了，进门之后深深作揖。

少女在一道帘子后面跟他说话。

"我听说你倾尽家产也要跟我相见，你有什么话要跟我说吗？"少女问道。

费生说："实在不敢有其他念想。只是古书中说到美人必称王昭君、西施，我只听说过，从没有见过。你若是不嫌弃我愚笨冥顽，让我开开眼界，我就满足了。若是我命中注定无缘相见，我也不会强人所难。你我就此别过。"

费生说完，帘子后面出现了少女的模样。少女仿佛浑身散发微光，黛眉红唇清清楚楚，仿佛中间没有帘子隔着一样。

费生顿时心猿意马，神游九霄，忘乎所以。

不自觉地，费生双腿一软，拜倒在少女面前。

等他拜完起身时，中间的帘子忽然变得又厚又重，只能听见少女的声音，已经看不见少女的容貌了。

费生暗恨自己刚才没有往下面看一眼。

他刚起这个念头，就看见帘子下面伸出一双穿着绣花鞋的玲珑小脚。那双小脚瘦得盈盈一握。

费生又不禁拜倒。

帘子后面响起少女的声音："好了。你回去吧。我累了，要休息了。"

媪婆领着费生到了隔壁房间，好茶款待。

费生意犹未尽，于是提起笔来，在墙壁上题了一首《南乡子》。

写的是："隐约画帘前，三寸凌波玉笋尖；点地分明，莲瓣落纤纤，再着重台更可怜。花衬凤头弯，入握应知软似绵；但愿化为蝴蝶去裙边，一嗅余香死亦甜。"

写完诗，费生恋恋不舍地走了。

费生走后，少女看到了那首诗，然后对媪婆说："我早说了我们的缘分已尽。今天应该是最后一天了。"

媪婆伤心不已，自责道："都怪我！"

少女摇头道："也不全是你的原因。我偶然堕入情障，以色相身貌示人，所以他才写了这样的诗词，这都是我咎由自取，跟你没有什么关系。要是我不赶紧离开，恐怕会于情网之中越陷越深，最终在劫难逃。我当初来您这里，闭门不出，安心织布，也是为了与一人断掉情缘，远离颠倒梦想。"

说完，少女收拾好当初带来的布包裹，出门而去。

媪婆追出去挽留她，但少女转眼就消失得无影无踪了。

根据《聊斋志异》中《绩女》篇改编

阿
绣

我不知道你到底是阿绣，还是那个像阿绣的人。

刘子固十五岁的时候去盖县探望舅舅。

他从一个杂货店经过的时候，看到了一个女子站在柜台后面。那女子长得非常漂亮。刘子固怦然心动，挪不动脚步了。

犹豫了片刻，刘子固调转方向，悄悄走进了杂货店，靠近柜台。

那女子见他靠近，微微一笑。

刘子固顿时魂儿被她的笑容勾了去，像木头一样呆在原地。

女子问道："客官是看上了哪样东西？"

刘子固回过神来，心想，我看上的是你呀。

可是这样的话怎么说得出口？

刘子固于是朝着女子胡乱一指，说道："我看上了……"

女子回身一看，身后的橱柜里挂着一把精美的扇子。

"这个吗？"女子指着扇子问道。

刘子固干咽了一口，将错就错点头道："是的。挺漂亮的。我喜欢。"

女子喊了一声："父亲！"

一个长着山羊胡子的中年男人走了过来。

女子对那个男人说道："父亲，这位客官看上了这把扇子。"

女子的父亲看了刘子固一眼，将扇子取了下来。

"你的眼光不错。整个盖县就我这里的扇子最好看。"女子的父亲一边说着，一边将扇子取下来，放在了柜台上。

刘子固非常失望。他本来想跟这位女子多说几句话，没想到谈价钱的是她父亲。

"多少钱？"刘子固心不在焉地问道。

"五百文钱。"女子的父亲说道。

"五十文钱行不行？"刘子固本来就不想买，故意压了个离谱的低价。

"我看你不是诚心想买。"女子的父亲眉头一皱，将扇子放回原处。

刘子固耸耸肩，扭头就走。

出了杂货店，刘子固回头一看，那女子又站在了原处。

女子的父亲已经跟别的客人讨价还价去了。

刘子固又回到店里，走到女子面前。

女子又朝他微微一笑，问道："你还是想要吗？我叫父亲过来。"

刘子固连忙阻止道："不要叫你父亲！你只要说个价，多少钱我都要。"

女子愣了一下，眼珠子一转，说道："两千文钱？"

刘子固一咬牙，说道："好。我要。"

"真不讲价？"女子面露惊讶。

刘子固掏出身上所有的碎银，折合起来差不多两千文钱，全部放在了柜台上。

刘子固拿上扇子就走了。

女子看着柜台上的碎银，一脸茫然。

第二天，刘子固吃过早饭又去了那个杂货店。

他找到昨天那个女子，说道："再给我一把同样的扇子。"

女子取了一把同样的扇子给他。

他又拿出同样多的银子放在柜台上，转身出了店门。

女子从店里追了出来，喊道："哎，你给的钱太多了！昨天我是瞎说的。"

女子将多出来的钱还给刘子固。

刘子固对女子的好感又增加了许多。

她不仅好看，还非常诚实。人人都说无奸不成商，她是商人的女儿，却没有半点贪念！刘子固心想道。

从那之后，只要她父亲不在，刘子固就到店里来，东看看西看看，有一搭没一搭地找话聊，买一些根本用不着的东西回去。有时候买锅铲，有时候买筷子，有时候买烟叶，有时候买把锁。

刘子固的舅舅很是迷惑，不知道他买这些东西做什么。家里不缺这些，他和刘子固也不抽烟。

慢慢地，刘子固和那女子熟了。

女子问他："你住在什么地方？"

刘子固将他舅舅住的地方告诉了她。

刘子固问她："你姓什么？"

女子告诉他："我姓姚。对了，你今天买糖做什么？是用红糖蒸鸡吗？"

刘子固也不知道自己为什么要买红糖。

"呃……这个可以蒸鸡吗？"刘子固反问道。

女子点头："当然了。小时候我母亲常这么做给我吃。"

刘子固干咳一声，说道："那就是了。我也蒸鸡吃。"

女子忍俊不禁。

店里的糖都是用纸包的。

女子扯出一张纸来，将红糖包好，然后用舌头舔了舔纸边，将纸边沾上。

刘子固将红糖包揣在怀里，回家之后舍不得打开纸包，怕把女子舔过的地方撕破。

这件事被跟着他来盖县的仆人发现了。

仆人偷偷告诉刘子固的舅舅，刘子固被杂货店老板的女儿勾去了魂儿，买来的红糖天天放在怀里，把红糖都闷成硬块了。

刘子固的舅舅这才明白为什么他买了那么多不相干的东西回来。

舅舅为了不让刘子固乱买东西，叫刘子固的父亲来盖县把他硬生生带了回去。

刘子固回去之后，将红糖纸包放在了装书的箱子里。没人的时候，他就关上门，将红糖纸包拿出来，看了又看。他想起杂货店那女子的笑容，想起跟他说过的话，想起她舔纸边的样子，想得心里一会儿苦，一会儿甜，一会儿酸。

过了一年，刘子固又到了盖县来看舅舅。

跟舅舅打了一个招呼，他就赶紧跑到杂货店去找那女子。

到了杂货店前面，他才发现杂货店关了门。

他很失望，拖着身子回到舅舅家。

好不容易挨到了第二天，他又早早地去了杂货店。

杂货店的门还是关着的。

刘子固慌了。他向住在旁边的邻居打听。

邻居告诉他说，这开杂货店的姚家不是本地人，是从广宁过来的。

因为今年生意不好，关了门，一家人回广宁了，不知道什么时候再回来。

刘子固头晕目眩，差点儿倒在大街上。

他在杂货店门前坐了许久，直到仆人找来了，才和仆人一起回家。

他在舅舅家住了两天，就闷闷不乐地回了自己家。

舅舅留他多住几天，他拒绝了。

回家之后，母亲开始为他提婚事。

无论母亲提起哪户人家的哪个姑娘，他都不同意。

母亲觉得奇怪。

舅舅听说了此事，写信告诉刘子固的母亲，刘子固迷上了盖县杂货店老板的女儿。

刘子固的母亲非常生气，从此再也不允许他去盖县。

刘子固整日恍恍惚惚，茶不思饭不想，很快消瘦得不成人样儿。

母亲没有办法，只好退让。

母亲让刘子固再去一趟盖县，让舅舅托人向姚家提亲。

刘子固兴奋不已，当天就启程奔往盖县。

到了盖县，刘子固赶紧让舅舅去找认识姚家的人。

结果舅舅带来一个不好的消息。

"不是舅舅不帮忙，是你们没有缘分啊。认识姚家的人说，阿绣已经许给她老家广宁的人了。"

刘子固顿时脸色煞白。他这才知道那女子叫阿绣。

刘子固回家之后，天天看着红糖纸包，看着看着就忍不住流泪。

母亲心疼不已，劝道："要不你还是听我的，我相中的那个黄家的姑娘也生得花容月貌。"

刘子固摇头道："不。再怎么花容月貌，也比不上阿绣。除非她长得和阿绣一模一样。"

母亲道："傻孩子，天底下哪有跟她长得一模一样的人？这样吧，你去黄家看一看我相中的姑娘，万一你看了之后觉得满意呢？是不是？要是你相不中，我再托人去找和阿绣姑娘长得像的，行不行？"

刘子固见母亲为了他的事情憔悴了不少，白发似乎比往常也多了几根，于是答应去看一看。

母亲相中的黄家姑娘住在复州。

在仆人的陪同下，刘子固去了复州。

从西城门进复州城之后，刘子固看到朝北一户人家的大门开着，门里站着一位姑娘，看起来很像阿绣。

姑娘进门后回了头。

刘子固目瞪口呆！

这姑娘竟然就是他日思夜想的阿绣！

他想要追上去，又觉得不妥。

是不是我太思念阿绣姑娘，把别人看作了她？刘子固不确定自己是不是看花了眼。

为了妥当起见，刘子固去东边邻居家打听。

邻居告诉他，隔壁人家姓李。

刘子固疑惑不解。杂货店那女子姓姚，显然跟这姑娘不是一个人。可是她怎么长得跟姚阿绣一模一样呢？

天底下怎么会有跟阿绣姑娘长得一模一样的人？

刘子固在附近的客栈住了下来，天天去李家门口守着，却不见那姑娘出门来。

一天，太阳就要落山了，刘子固忽然看到那位姑娘从门口出来了。

姑娘远远见了刘子固，她用手指了指身后，又将手放到额头上，然后回了屋。

刘子固高兴极了，但是不明白姑娘为什么转身离去，更不明白姑娘指身后是什么意思，将手放到额头上又是什么意思。

他想了一会儿，绕着李家走了一圈，发现李家后面有一座荒芜的花园。花园的西边有一堵不到一人高的矮墙。稍稍踮脚，他就能看到花园里面。

他豁然开朗，明白了姑娘的意思。姑娘指身后，意思是要他到后面来，将手放到额头上，是手搭凉棚望着他来的意思。

于是，他躲在矮墙后面静静等待。

等到太阳落了山，夜幕降临，终于那姑娘从矮墙上露出头来。姑娘小声对着墙外问道："来了吗？"

刘子固急忙站了起来，回应道："我在呢。"

他仔细一看，那人果真是阿绣。

他悲痛万分，泪流满面。

姑娘隔着墙，伸出手来用绢巾给他擦泪。

"别哭了。别哭了。"姑娘安慰道。

刘子固哭道："我好不容易说服了母亲，让舅舅托人去找你提亲。可是找不到你的人，还听说你许给了你老家广宁的人。我以为我们此生再也无缘见面了，没想到会在这里遇见你。你怎么不在广宁，到复州来了？"

姑娘道："这李家是我表叔。我父亲觉得你家离广宁太远，我家里就我一个女儿，怕以后难再相见，不愿跟你们家结亲，所以骗你舅舅说我已经许配了人家。"

刘子固一听，欣喜不已。

"你能不能出来跟我说话？"刘子固说道。

阿绣说："让我表叔知道了，定然会告诉我父亲的。你先回去，把仆人打发到别的地方住，我过会儿去找你。我知道你住在哪里。"

刘子固听了她的话，回到客栈后，将仆人打发到了别的房间住，独自等着阿绣。

不到一炷香的时间，阿绣果然来了，身上的衣裳是以前在杂货店时穿过的。

刘子固倾诉一年以来的相思之苦。阿绣感动不已。

情到深处，两人不禁抱在了一起，一时干柴烈火，宽衣解带……

激情之处，阿绣突然停下来，爬下床，点燃了桌上的红烛。

刘子固坐了起来，搂着被子说道："你点蜡烛做什么？怪不好意思的。"

阿绣笑道："我都不害羞，你害羞什么？"说完，阿绣回到床上，将刘子固按了下去。

刘子固觉得眼前的阿绣跟他在杂货店见过的阿绣相去甚远。

阿绣看出了他的疑虑，凑到他耳边小声道："我虽没有经历过人事，但听人说过，书上看过，早就心驰神往，想试一试了。"

屋里烛光摇曳，阿绣的影子落在墙壁上，拉得很长很长……

天亮之前，阿绣急忙起来，说道："我得回去了，不能让表叔知道。"

刘子固依依不舍。

阿绣道："今晚你照样等着我。"

阿绣穿好衣服，悄悄溜走。

从此之后，阿绣夜夜前来。

刘子固将母亲交代的黄家姑娘抛在脑后，夜夜和阿绣缠绵在一起。

仆人催他去看黄家姑娘，他不去。仆人问他什么时候回去，他也不回。

刘子固的母亲在家里等了一个月，还不见刘子固回来。

一天夜里，仆人起来喂马，见刘子固房间的窗户里还有烛火晃动，心中生疑，于是悄悄走到窗边，从缝隙里往屋里看。

这一看，便看见了阿绣。仆人吃了一惊。阿绣怎么在这里？

仆人蹲守在外面，等阿绣出来的时候，偷偷跟在阿绣身后，找到了阿绣的住所。

天亮之后，仆人在阿绣住所周围打听了一圈，然后回到客栈。

仆人问刘子固："公子，昨天夜里跟你在一起的人是谁啊？"

刘子固不愿告诉他。

仆人咳了一声，说道："那姑娘住的房子非常冷清，恐怕是鬼狐聚集的地方。公子应当小心才是。阿绣是姚家的姑娘，家在广宁，怎么会到这里来？公子不觉得奇怪吗？"

刘子固知道仆人摸清了状况，只好坦白道："她住在表叔家里，有什么奇怪的？"

仆人说道："我已经问过住在周边的人了，李家只有一个孤老太太。老太太没有什么亲戚住在家里。公子遇到的那个姑娘，十有八九非狐即鬼。再说了，她身上的衣服是一年以前的，没有换过。脸色也太白了，两颊略瘦，笑起来没有酒窝，细看的话不如杂货店的阿绣好看。"

经仆人这么一说，刘子固也觉得有些蹊跷了，越想越怕。

"那怎么办？"刘子固没了主意。

仆人说："今天晚上我躲在这里，等她来了，我把她打晕了捆起来，问问她到底是什么东西，为什么跟阿绣姑娘长得一模一样。"

刘子固本想离开客栈赶紧回去，经仆人提醒，觉得她肯定见过阿绣，说不定可以得到一点阿绣的消息，于是同意了。

天黑后，姑娘又如期而来。

姑娘进屋之后就说："我知道你怀疑我了。不过我没有别的意思，我只是想了却过去的缘分。"

话没说完，躲在门后的仆人举着木棍冲了出来。

姑娘早有防备，大喝一声："把木棍丢了！"

木棍似乎听从姑娘的话，自动从仆人手里脱落，掉在了地上。

姑娘又以命令的口吻说道："拿酒来，我要与你主人共饮一杯，然后告别。"

仆人乖乖地去取了酒来，摆在桌上，然后退了出去。

刘子固惊恐不已。

姑娘微微一笑，那笑容跟他在杂货店见过的一样。

"俗话说，一日夫妻百日恩。就算我不是阿绣，你为何想要暗中害我？再说了，我比阿绣差在哪里？是容貌不如她，还是举止不如她？我明明跟她一模一样了。"姑娘生气地说道。

刘子固吓得一句话也说不出来。

外面响起了更夫打更的声音，听了听，已是三更。

姑娘倒了一杯酒，一饮而尽。

"我要走了。等你与真正的阿绣再相会的时候，我再和她比一比谁美谁丑。"姑娘的眼神里有了几分醉意。

刘子固急忙问道："我还能见到阿绣吗？"

姑娘说："能。你们缘分未尽。你去盖县等着，迟早会见面的。"

说完，姑娘摇摇晃晃地起身打开门，消失在黑夜里。

刘子固走到门口，一阵冷风吹来，他不禁打了一个哆嗦。

他信了姑娘的话，几天之后回到盖县，在杂货店旁边找了个地方住了下来，一边等待阿绣归来，一边托人打听阿绣的消息。

过了十几天，他听说要打仗了，叛军已经离盖县不远了。

刘子固怀疑是谣传。

很快仆人赶来告诉他，叛军马上要进城了。

他和仆人收拾行李后赶紧离开。

中途主仆二人走散了。

刘子固被当兵的抓住了。

士兵见刘子固是个文弱书生，放松了警惕。

刘子固瞄准机会偷了一匹马，驱马逃跑。

逃到海州地界时，他看到前面有个蓬头垢面的女子走得非常艰难，脚上连鞋子都没有。

刘子固想过去帮帮她，让她坐一程。

刚到那女子身旁，那女子忽然大喊："你不是刘郎吗？"

刘子固仔细一看，原来这女子是阿绣！

但是他害怕碰到的又是上次那个来历不明的姑娘。

"你……真的是阿绣？"刘子固不敢下马。

"你不认得我了？"女子问道。

刘子固说："我不知道你到底是阿绣，还是那个像阿绣的人。"

女子迷惑道："像我的人？你在哪里见到了像我的人？有多

像？"

"要多像有多像。"刘子固终于放下心来。

他下了马，扶着阿绣坐在了马背上，然后一边牵着马继续前行，一边跟阿绣说起了他在复州遇到的事情。

阿绣啧啧称奇，她也不知道复州那个跟她一模一样的姑娘到底是怎么回事。

"你不是在广宁吗？怎么跑到海州来了？"刘子固问阿绣。

"说来话长，前不久父亲带我从广宁回盖县，路上被当兵的抓住了。我不知道该怎么办。没多久，又来了一队兵，两边打了起来。一片混乱之中，忽然有个女子跑到我身边，抓住我的手，拉着我逃跑。我们在人群里乱跑。她跑得飞快，要不是她拉着，我根本跟不上。跑得我鞋子都丢了。跑了很远，看不到别的人了，她才停下来。我看到她头上蒙着纱巾，看不清她的脸。她放开手，跟我说，好了，现在安全了。前面的路很平坦，你可以慢慢地走。那个找了你很久的人就要到这里来了。你跟他一起回家吧。"

刘子固猜到那女子就是复州那姑娘，心里感激不已。

"可是，我听人说你许配了人家。"刘子固悲伤地说道。

阿绣说："本来我父亲答应了我们那边一个姓方的人。可是方家还没有送聘礼，就闹兵灾打起仗来了。我父亲以为盖县这边会好一点，想回来继续开杂货店，才带着我往这边来。没想到会这样。"

刘子固道："我家那边好像还没乱。要不你先跟我回去吧。后面我想办法救你父亲出来。"

阿绣道："我也没有别的办法了，都听你的吧。"

刘子固带着阿绣回了家。

刘子固的母亲见了阿绣，高兴道："怪不得我家傻儿子一直忘不了你！我见了都喜欢！后面你跟我一起睡吧，我托人去找你的父亲，等你父亲答应了，我就给你们办喜事。"

没过几天，刘子固的母亲托人找到了阿绣的父亲。

阿绣的父亲在刘家住了几天，放心地将阿绣交给了刘家。

刘子固的母亲终于让阿绣和刘子固住在一起。

当天晚上，刘子固打开箱子，拿出了那个红糖纸包。

"每次想到你，我就拿它出来看看。你还记得吗？这是你给我包好的红糖。"刘子固说道。

阿绣羞涩道："记得。"

"今天可以打开了。"刘子固高兴地打开红糖纸包。

纸包里的红糖竟然变成了泥土。

"怎么会是泥土呢？"刘子固觉得奇怪。

阿绣掩口笑道："几年前骗你玩，你今天才发现啊？那时候你来店里买东西，我说多少钱就多少钱，明明贵了很多，你也不讲价，给你包起来的时候，你从来都不看看是真是假。所以我跟你开了个玩笑，把泥土当做红糖包了起来。我以为你会发现，来找我理论。没想到你从来没找我麻烦，我就知道，你肯定是为了找我说话才乱买一些用不着的东西。"

刘子固也笑了起来："原来那时候你就知道了我的心思。"

就在两人回忆往昔的时候，一个人推门而入。

"你们这样快活，不该谢谢媒人吗？"那个人说道。

刘子固一看，进来的人也是阿绣。

擦了擦眼，他分不清哪个才是刚才进来的阿绣了。

刘子固叫了母亲和家里人来，没有一个人能分清哪个才是真阿绣。

其中一个阿绣作揖道："我本是一只修炼的狐狸。我跟阿绣长得这么像，是因为我修炼人身的时候看到了阿绣。我便偷偷跟着阿绣，即使她沐浴的时候，我也躲在房梁上看她，就这样照着阿绣的样子修了人身。后来你来到杂货店，被阿绣迷住了。我觉得我们是知音，我也是被阿绣的样子迷住了，才照着她的样子修身，才学了她的一举一动，甚至说话的口音，变成了跟她几乎一模一样的人。一半是因为我们都喜欢阿绣，一半是出于同情，我才在复州等着你，让你如愿以偿。"

刘子固心中的谜团终于解开了。

真阿绣感激道："多亏了你，我才从兵乱中逃脱出来。"

假阿绣说道："我该感谢你才是。是你让我有了这么好的人身。我报答你是应该的。你们重逢了，我也该走了。"

说完，假阿绣与他们道别，然后离开了。

刘子固和阿绣为了感谢她，在屋里设了一个牌位，天天点香供着这位狐仙。

一天晚上，刘子固喝了酒，醉醺醺地回了家。

屋里漆黑一片。

他刚要点灯，阿绣从黑暗中走了出来。

刘子固问："你去哪里了？"

阿绣笑道："你看看你，酒气熏人，真是让人讨厌。我还能去哪里，当然是在这里等你呀。"

刘子固捧起阿绣的脸颊，亲了一下。

阿绣问道："你看看我的脸，我和那个狐仙姐姐谁更漂亮？"

刘子固说："你比她好看。但是只看外表的话，确实看不出来。"

阿绣含羞道："那你是从哪里看出来的？"

刘子固见她含羞的样子，比往日里更是多了几分妩媚。

"当然是从别的地方看出来的。"刘子固说完，先点燃了蜡烛，然后抱住了阿绣。

阿绣低声道："你把蜡烛灭了吧。"

刘子固笑道："没有烛火的话，我怎么分别你是真阿绣还是假阿绣呢？"

阿绣握拳轻捶刘子固的胸口。

刘子固情难自禁，与阿绣亲热起来……

过了一会儿，外面响起了敲门声。

阿绣推开刘子固，笑道："原来你也是只看皮相外表的人。"

刘子固不明白她的话是什么意思。

他起身去开门。

门外站着的居然是阿绣。

他吃了一惊，随即明白了刚才那个阿绣是狐狸变的。

他和阿绣回到屋里，先前那个阿绣已经不见了。

阿绣抬起头来，对着房梁说道："你为什么不变成其他人的样子？"

房梁上面的暗处传来阿绣一样的声音："因为在我心里，你是最好看的。以前我以为跟你没有区别了，没想到刘郎的仆人还是看出了细微差别。刘郎也察觉出来了。我又精修了一段时间。上次仆人分辨不出来了。刚才刘郎也没有觉察出我与你有什么不同。看来这次我是大功告成，跟你没有任何差别了。"

从那次之后，狐仙再也没有出现过。

　　但是刘子固每次细看阿绣的时候，都不能确定她到底是不是他最早遇到的那个阿绣。

根据《聊斋志异》中《阿绣》篇改编